COLLECTION
L'IMAGINAIRE

Paul Gadenne

La plage
de Scheveningen

Gallimard

Paul Gadenne est né en 1907 à Armentières (Nord). Il quitte ce pays à pied avec sa famille lors de l'invasion de 1914. Il vit ensuite à Boulogne-sur-Mer, puis à Paris. Agrégé de Lettres classiques en 1931, il est nommé professeur à Rouen. Atteint de tuberculose, il ne peut plus enseigner et se retire à Bayonne en 1940, puis à Cambo où il meurt en 1956.

Son œuvre romanesque, sept titres, débute avec *Siloé* (1941) et s'achève par un roman posthume, *Les hauts quartiers*. Un art raffiné, créant un climat d'inquiétude et de mystère qui n'est pas sans rappeler Henry James, traduit la solitude de chaque instant, et l'inéluctable présence de la mort.

Quiconque me trouvera, me tuera.

GENÈSE, IV, 14.

I

La ville, après un été orageux, était revenue à une espèce de calme. Elle avait assisté à leur départ avec enthousiasme, un enthousiasme prudent, qui n'avait fait de victimes que parmi les enfants et les ivrognes. L'automne nous avait installés non dans la paix, mais dans une attente ardente. Tandis que toute une part de nous-mêmes retombait à sa passivité, notre imagination restait brûlante, et chaque jour nous faisait descendre un degré de plus dans l'horreur. Nous étions des hommes, et nous découvrions qu'être des hommes, c'était répondre au même nom que nos bourreaux. L'honneur des hommes, notre honneur, était entaché.

Il y avait de temps à autre un incident, comme un convoi d'Allemands blessés que la foule, debout devant la gare, attendant les siens, recevait à coups de pelles et de bâtons, et achevait d'estropier. Une heure après l'incident, Arnoult, dans la campagne ensoleillée, avait rencontré le convoi, en route pour un camp : des faces bleuies, tuméfiées, n'exprimant plus rien qu'une indifférence ahurie, une stupeur intense : le masque du martyre. Ceux-là justement n'avaient rien à avouer ; la justice se trompait de porte. La ville se vengeait ainsi de cinq ans d'inaction, de sourires, de complicités, de flirts, d'un enrichissement trop subit, qui allait bientôt acculer au luxe les moins favorisés. Il fallait bien vivre.

Arnoult avait remisé sa bicyclette sous l'escalier, ou plutôt elle s'y était remisée elle-même, un soir d'août, lui refusant tout service. Il garda longtemps comme une relique cette carcasse, vite rongée de rouille. Elle portait encore la trace d'une éraflure faite par une balle, — mais naturellement ce n'était pas lui qui était dessus ce jour-là, quelle malchance. Il avait couché pendant plusieurs semaines sur un matelas contenant des documents, paraît-il, explosifs, mais rien n'avait jamais éclaté, et il ne se trouvait pas très glorieux. Son voisin, qui s'occupait seulement de revendre des espadrilles, avait été perquisitionné un jour, à sa grande surprise. On avait trouvé dans un coin de son grenier un paquet de tracts amenés là il ne savait comment. Vengeance de femme ? Une confusion est tôt faite, quand on a tant besoin d'hommes. Le malheureux avait été vite expédié. Ce n'était pas très glorieux non plus. Beaucoup de gens, dans cette guerre, étaient morts sans gloire, par procuration, ou par erreur.

Curieux des événements qui allaient survenir, Arnoult était remonté à Paris, dans l'intention de faire ce qu'il fallait pour y être mêlé d'une manière moins vague. Le sentiment de la liberté retrouvée lui inspirait une sorte de bonheur inquiet, d'anxiété heureuse. Il se souvenait, comme d'un rêve, des métiers cocasses qu'il avait pu faire avant la guerre, quelques mois à la tête d'une imprimerie, puis secrétaire d'une revue savante, puis des fouilles en Mésopotamie, sur les ruines du Palais de Mari, qui eut pour dernier occupant Zimrilim, adversaire de Hammurabi (xxe siècle avant Jésus-Christ), dont les soldats rendirent au désert ce monument prodigieux de la capitale présargonique, siège d'une dynastie, la dixième après le Déluge. Paris, Mari se faisaient dans sa tête un pendant acceptable. Eisenhower égalait Hammurabi. En d'autres temps, des hommes étaient morts pour Mari. Il lui parut que tout cela, les papiers gardés sous le matelas, un ou deux romans écrits à la hâte, représentait des titres suffisants pour exercer, en 1944, la fonction approximative de correspondant aux armées, et il s'employa à l'obtenir. Il connaissait assez de gens pour l'aider, — croyait-il, — si l'on voulait bien ne pas trop regarder à sa santé rendue délicate par de longs séjours sous les averses.

En attendant cette échéance — car il fallait tout de même attendre — il arpentait Paris, avec cette légère méfiance de l'homme qu'on vient de rendre à l'air libre. Il lui semblait que dans ce monde, qui était déjà le monde d'«après», il n'y avait plus de place pour le bonheur. Malgré lui, malgré tout son désir de retrouver le Paris où il avait vécu, il comprenait, en circulant sur ces trottoirs gris, que personne n'aurait jamais plus vingt ans. Il marchait avidement, flairait le vent, tâtait les murs, avec l'appréhension qu'on éprouve au-dessus d'un puits, d'une cave où l'on se souvient obscurément d'avoir dormi, et peut-être d'avoir laissé un trésor. Le trésor s'y trouve-t-il encore ? Est-ce bien là ? Il ne pouvait se dérober à l'idée que quelque chose lui échappait, qu'il s'agissait de situer, de reconnaître à travers toute une ville en effervescence, soulevée encore par une grande passion commune.

Pourtant la figure extérieure de la ville n'avait pas vraiment changé, et il était frappé plus que jamais par son aspect monumental. On pouvait être à Paris, cet hiver-là, sans trop penser à la guerre qui s'achevait. Les édifices étaient intacts. Déjà il fallait chercher les blessures. Un ami lui avait montré la glace de sa salle à manger, trouée d'une étoile. Des journées de la Libération, tout le monde avait vu quelque chose. Des plaques de marbre sur les murs parlaient de civils, d'agents tués. Des bouquets se fanaient sur le trottoir. Mais le sang avait été séché par les pluies, et le trottoir était lisse. Une amie d'Arnoult, trop fragile pour avoir jamais pu quitter Paris, avait vu, de sa fenêtre, brûler un tank. Les expositions ouvraient leurs portes : on pouvait se reprendre à Léger, se plaire à Chagall, redécouvrir Soutine, ses arbres torturés, ses visages tordus, — prophétiques. Des écrivains, des poètes reparaissaient, prouvant par leur simple regard qu'ils n'étaient pas aussi coupables de la défaite qu'on l'avait dit. On rencontrait même, çà et là, chose prodigieuse, des gens que l'on avait connus. Mais jamais à la place où on les avait laissés. Tel ami que Guillaume avait laissé dans le XIVᵉ habitait sur les pentes de Ménilmontant. Tel autre, qu'il avait connu à la Trinité, était hébergé à Vincennes, ou à la porte d'Orléans. Un troisième, homme pacifique, habitait le quartier de l'École Militaire. Il les voyait, les reconnaissait, et cependant ne retrouvait personne. Entre eux et lui, alors même qu'ils se serraient la main, il y avait un vide. Aucun d'eux n'était plus installé comme autrefois, personne n'avait plus les coudées franches. Quelques-uns se trouvaient camper dans des appartements qui, précisément, ne leur appartenaient pas ; ils étaient là pour quelques jours, en passant. Celui-ci logeait chez sa belle-mère ; celui-là partageait le studio d'une vieille dame qui s'occupait d'œuvres, et avait cru recueillir un clochard. Ils attendaient tous autre chose, quelque chose : une pièce à louer, une chambre, un événement, une voiture qui allait venir les chercher, un train qui devait partir, l'éclosion d'un monde, d'une vérité. Mais depuis quelques jours les Parisiens étaient bloqués par l'absence de trains, et Arnoult avec eux. Le charbon manquait, les machines manquaient, le papier manquait, le pain manquait, l'électricité allait manquer. La France repartait à zéro. En réalité, c'était l'air qui manquait surtout. Guillaume ne respirait pas tout à fait dans ce Paris où, les trains arrêtés, il se sentait déjà confiné et où, après ces années hasardeuses, chacun avait reconquis une seule chose, sa solitude. Il avait beau s'exciter à la joie, toutes les glaces où il se regardait ne lui renvoyaient obstinément qu'une image. Ce qui s'était passé dans sa vie depuis cinq ans, et surtout depuis ces derniers mois, lui apparaissait soudain en plein jour. Il avait cru vivre avec les hommes, il avait été uni avec eux, — uni et seul ; car toujours un mur, un silence étaient entre eux et lui. Il avait reçu des ordres d'un homme, qui les recevait d'un autre homme, et ainsi de suite à l'infini, de sorte que par lui il se sentait joint à des quantités d'autres hommes, à tout un peuple. Mais tout cela était fini, ou à peu près. Les hommes découvraient entre eux, à la lumière affreuse du grand jour, de la paix proche, des différences. La paix, c'était cette lumière grise ; cette lèpre qui se révélait sur leurs membres. Soudain dépossédés de tout ce qui avait fait l'impitoyable tension de cette vie et qui les avait trompés si longtemps, à présent la « victoire » les montrait à eux-mêmes. Ce qui allait finir, ce n'était pas la guerre, c'était une trêve qui pour quelques années avait rendu sa noblesse à l'existence. Pendant un temps, il avait été permis d'aimer, car la vraie guerre se fait sans haine : on ne hait bien que ses compatriotes, ses amis. Mais la haine se retrouve toujours, et c'était elle qu'Arnoult sentait gronder à chaque pas que le monde faisait vers la paix.

Ce sentiment assez paradoxal, cette inquiétude

anachronique, qui n'était peut-être après tout qu'un certain mécontentement de lui-même, un certain goût qu'il avait dans la bouche et que rien ne pouvait recouvrir, s'augmentait encore à l'idée de tous ceux qui avaient disparu autour de lui. Lefèvre, qu'il avait laissé un matin de leur adolescence, écrivant des signes sur un tableau noir, et qui depuis avait écrit d'autres signes sur le plâtre des cellules ; Beauchamp, quitté il y avait à peine six mois, au bord d'une route, abattu trois jours après sur le palier de sa chambre... Mais il y avait des disparitions qui semblaient encore plus irréparables, parce que tout l'homme avait sombré d'un seul coup, que la perte était totale, qu'on lui refusait jusqu'au souvenir. Ce n'était pas seulement pour l'avoir connu dans sa jeunesse, ou parce que leurs vies avaient été plus ou moins mêlées, ni pour avoir fait avec lui dans Paris un certain nombre de ces trajets qui rapprochent parfois mieux les êtres que les conversations les plus intimes, qu'Arnoult croyait retrouver partout, dans le reflet des vitrines, dans les halls des théâtres, dans la perspective des avenues, dans ces monuments dont la vue le saisissait si fort, la physionomie animée, la silhouette un peu trapue d'Hersent. Celui-là, il ne pouvait penser à lui calmement, car il avait l'impression d'une destinée qui se refermait. Hersent avait dû fuir, supposait-il, en compagnie de cette équipe de gens qui, dès la libération de Paris, s'était empressée de franchir le Rhin. Arnoult n'avait fait, là-dessus, que recueillir des bruits vagues ; mais le fait est qu'il n'avait jamais trouvé la moindre mention à son sujet dans les petites feuilles si vite déchirées qui étaient les journaux de ce moment-là ; arrêté ou passé en jugement, il estimait que cela aurait fait assez de bruit pour qu'il le sût. À son égard, quand il voyait tant de gens s'échauffer au point de ne pouvoir supporter son nom, — par un sentiment qui peut-être n'était pas toujours très pur, — il était surpris, presque honteux de rester en arrière, de se trouver sans haine. Est-ce l'habitude, la demi-connaissance qu'il avait eue de lui, à des intervalles éloignés (il avait des souvenirs d'Hersent remontant à son adolescence), une estime certaine pour ses talents, ou l'échec de sa cause, — de pareils sentiments n'étaient pas non plus toujours très purs, — qui excusait cette paresse de cœur, cette lenteur non à condamner, mais à désirer la vengeance? Trop commode pourtant de se dire qu'on ne hait que les idées; les idées font corps avec l'homme. Supprimez Galilée, la Terre reprend ses droits. Peut-être se représentait-il trop vivement le côté maintenant pitoyable de son odyssée, et ce passage du Rhin qui ressemblait si peu à un exploit : il imaginait combien, avec sa nature d'écorché, Hersent devait souffrir. Mais il ne l'imaginait qu'à moitié, car il n'arrivait pas à donner une réalité à ce songe : Hersent à Sigmaringen! Tout ce qu'il savait, ou croyait savoir de lui, allait à l'encontre. Il se souvenait d'avoir apprécié Hersent pour un certain air de franchise, une ardeur qu'il avait dans les yeux, dans les manières, et parce qu'il portait en lui la poésie : un garçon n'oublie pas les deux ou trois camarades dont la précocité l'a bouleversé, jadis, sur les bancs du collège. Il se rappelait quel choc, un peu plus tard, comme il sortait un jour de la Sorbonne avec des camarades, — ils allaient avoir vingt ans — leur avait fait son nom aperçu au sommaire de la *Revue Mondiale*, dans un kiosque, entre des noms célèbres : c'était le premier chapitre d'un livre. Cela aurait pu être, déjà — soyons francs — une bonne raison pour le détester. Supposons cependant qu'ils n'aient été que meurtris. Discrètement meurtris. Arnoult essayait de comprendre comment, avec ces dons si généreux, cet élan d'imagination, et une sympathie affichée pour la « civilisation chrétienne », on pouvait devenir un partisan acharné des dictatures. Mais justement, cette civilisation chrétienne était-elle autre chose aujourd'hui que le cheval de bataille des pires matérialistes, les matérialistes bien-pensants ?... Hélas, il lui fallait se rappeler, avec moins d'agrément, les articles publiés par Hersent sous l'occupation. Il avait d'abord hésité à comprendre. Ces articles étaient écrits de la même plume brillante et soignée, un peu spécieuse, à vrai dire, qui naguère — dix ans plus tôt — ressuscitait si allégrement les prosateurs oubliés du xviie siècle, et s'efforçait de déguiser Honoré d'Urfé en Marcel Proust. Elle était toujours allègre, cette plume ! Arnoult n'avait jamais connu d'homme aussi décidé à être gai. Il lui arrivait de lire quelques-unes de ces lignes moins par fidélité à une admiration ancienne que pour essayer d'entrevoir, à travers ces phrases toujours si fluides, qui parfois s'infléchissaient vers un souvenir, ce qu'était devenu Hersent, son ami. Et il se trouvait que de cette fluidité, de cette coulée heureuse de l'expression, de ce ton de bonne foi contagieuse, sinon de bonne compagnie, il recevait un frisson glacial. Et il ne comprenait plus du tout comment des choses si contraires pouvaient s'accorder dans cet esprit ; comment, avec tant d'intelligence, de savoir et un sens aussi averti, semblait-il, de l'escroquerie intellectuelle, Hersent pouvait s'associer ainsi, en toute égalité d'âme, à la confection des poisons que la propagande ennemie s'efforçait de répandre sur notre sol. À ces moments-là, oui, il se disait que la haine est légitime.

Mais après tout, ces choses-là étaient plus ou moins réglées ou allaient l'être, et Guillaume n'avait désormais aucune raison de penser à Hersent. La Libération était venue, il avait perdu ses traces, personne n'entendait plus parler de lui, et ce silence, cet effondrement pouvaient suffire : ceux qui l'avaient connu, peut-être aimé, ne pouvaient avoir envie de devenir ses juges. Et peut-être avait-il bien fait, en somme, de s'enfoncer avec les autres, dans la profondeur des forêts allemandes, d'où il n'était pas trop question qu'il ressortît, même avec un nouveau visage. Et puisqu'il y avait encore, sur la terre des contrées hospitalières aux « traîtres », — car voilà comment il fallait parler d'Hersent aujourd'hui, voilà ce qu'il était, un « traître » — Arnoult pensait qu'avec un peu de chance, un peu de cette habileté à vivre, de cette précieuse lâcheté qui à nous tous permet de subsister... À moins que dans un accès de chagrin, — lui si peu habitué aux chagrins, — il ne subît la force de certains exemples, et ne se fît justice à lui-même...

Brassé toute la journée par le métro, — un métro qui brûlait les stations et qui vous imposait de longues marches, — Guillaume revenait chez lui pour se coucher, ce qui lui épargnait bien des réflexions. Les après-midi étaient courtes : faute de lumière, les bureaux, les magasins, fermaient à cinq heures et, bien qu'il eût décidément tout autre chose en tête, c'était là encore un détail qui le faisait penser à Hersent, qui n'eût pas manqué de le placer dans un livre, pour faire vivant. Car il goûtait par-dessus tout ce qui révèle le caractère éphémère, transitoire, des événements humains, et Arnoult l'avait vu se pencher sur des collections de revues jaunies, de magazines décolorés, à la recherche du détail suranné, — amoureux de ce qu'une époque peut offrir d'unique, épris de tout ce qui ne se produit qu'une fois. Il fallait bien s'amuser.

Les détails de cette sorte abondaient dans Paris cet hiver-là. Paris manquait de pain, et avait les pieds dans la neige. Les boulangeries n'ouvraient qu'à d'introuvables heures. Guillaume, qui avait repris possession d'une chambre qu'il avait à Vincennes, achetait son pain au hasard de ses courses, et passait la journée avec sa baguette dans la poche ou dans l'échancrure de son pardessus. Telle était la mode cette année-là. Des librairies s'étaient ouvertes partout, les anciennes avaient fait peau neuve, à chaque pas fleurissait le papier imprimé. Sauf les livres d'Aragon, qu'il fallait retenir un mois d'avance, ceux de Montherlant, disparus du commerce d'un jour à l'autre, ceux de Giono, que remplaçaient les *Rêveries d'un Promeneur solitaire*, il n'était rien qu'on ne pût exiger. Les romanciers américains allaient, pour quelques années, faire recette — jusqu'à dégoûter ceux-là mêmes qui les avaient lancés — et tel roman, qui avait enchanté ses lecteurs de l'avant-guerre, était rendu à ceux-ci dans un état irréprochable, amputé de la préface qu'ils y avaient lue dix ans plus tôt. Tant les vitres étaient partout devenues fragiles.

Parti de Vincennes de bonne heure, Guillaume n'y rentrait donc qu'après avoir décrit dans Paris de grands cercles où il avait tenté d'enfermer tous ceux à qui il croyait qu'une idée, un sentiment le reliaient encore, avec une avidité que peu d'entre eux arrivaient à comprendre, encore moins à approuver, comme si le monde, d'un instant à l'autre, risquait de lui manquer. Il n'ignorait pas qu'une attitude plus réservée, un peu distante, eût beaucoup mieux servi son prestige ; mais il ne pouvait s'empêcher de courir à tout ce qui lui était resté cher, et désirable, peut-être parce qu'il pressentait que cela n'avait plus que quelques jours pour exister. Toujours courant, il s'était heurté à Luce à l'angle d'une petite rue près des boulevards, — Luce comment ? il ne savait plus, il y en avait tant et les pseudonymes lui avaient brouillé la tête. Ils avaient marché ensemble en se racontant des histoires ; la nuit était tombée, ponctuellement, et comme si elle avait attendu ce moment, dans la lueur intermittente et vive des phares d'autos, que la pénombre des rues rendait presque aveuglante, elle lui avait donné à baiser sa grande bouche lumineuse. Il lui avait proposé : « Vous restez avec moi ? », imaginant la chose toute naturelle, après cinq ans de guerre, avec une fille qui ne lui avait jamais causé le moindre souci, et cela dans une vie où l'on était si facilement exposé à ne jamais se revoir. Mais, contre toute attente, elle n'avait pas voulu. Ou pas pu. Ces cinq années de guerre l'avaient déformée dans un autre sens que tout le monde. Elle s'était contentée de répondre : « La prochaine fois, si nous nous rencontrons... » — « Mais ne serait-il pas plus simple alors de se donner rendez-vous ? » — « Plus simple ? Oh non, Guillaume, sûrement pas. C'est si compliqué, les rendez-vous, il faut faire des calculs, puis téléphoner pour se dédire... Puisque vous savez où j'habite... »

Oui, il savait. Et puis il n'y avait plus pensé. Il avait lui aussi toutes les peines du monde à organiser ses rendez-vous ; il lui fallait bien souvent retéléphoner pour s'excuser, donner un autre jour, et il n'aimait pas follement ces exercices. Il faisait froid ; on s'arrachait les adresses des rares cafés qui avaient le privilège d'être chauffés. Leurs vitres craquaient sous une fine couche de givre ; les gens s'y bousculaient, dans un nuage de fumée irrespirable, et Arnoult préférait encore le froid. N'importe, tout cela était grisant, et surtout l'attrait des rencontres, et l'espèce de mystère qui en décide. Entre-temps, il accomplissait quelque démarche, complétait son dossier, remettait des photos, donnait des signatures, réclamait des certificats, et des certificats de certificats et, les hasards lui étant favorables, — ou facétieux, — il rencontra même, un matin, sur l'étrange pont Saint-Louis, un camarade qu'il avait connu autrefois, au cours de sa campagne en Mésopotamie, et qui se trouvait, disait-il, bien placé pour le servir. «Je te téléphonerai dès que je saurai quelque chose.» Cette parole rendait un son connu : c'était tout le climat de l'avant-guerre. Depuis lors, comme prévu, Guillaume n'avait plus entendu parler de rien. N'importe, le plaisir, le trouble que lui apportait Paris étaient grands, — si grands que, par moments, il oubliait ce qu'il était venu y faire. Il recommençait à penser à un visage perdu, condamné — dans le sens où l'on dit que les portes sont condamnées — et que depuis longtemps il se croyait résigné à ne plus revoir.

Un ami conduisait à un autre. Il existait ainsi, de quartier en quartier, une sorte de chaîne enchantée, mais cela ne détruisait pas la solitude, et Guillaume, se référant à cette image qui se présentait à lui de plus en plus souvent, commençait à comprendre pourquoi. Il se trouva un jour, subitement, avenue Monceau, devant la maison des Parny. Il voulut monter. Le concierge l'arrêta. M. Parny, l'ingénieur, était en mission : Hélène avait quitté l'appartement pour celui d'une amie ; la maison respirait le malheur. Hélène était de ces êtres pour qui l'on éprouve de la gratitude, parce qu'ils existent, et Guillaume avait toujours eu besoin d'imaginer pour elle une vie heureuse. En consultant plusieurs Bottins aux pages déchirées — les Parisiens avaient déchiré les pages de leurs Bottins comme ils avaient déchiré les cartes de leur métro — il parvint à trouver un numéro de téléphone, mais la voix d'Hélène avait un son qu'il ne reconnut pas. «Venez, lui dit-elle avec une sorte d'hésitation, mais vous allez me trouver changée, très changée. Je ne suis plus la même. Je vous dirai…» Que s'était-il passé? Il ne l'avait pas revue depuis le début de la guerre, mais elle était à l'âge éclatant, et plus éclatante qu'une autre. Elle lui raconta comment, un matin, à six heures, quelques jours avant la Libération, on avait sonné chez elle : des Allemands étaient venus chercher sa mère. Pendant quatre ans elle avait vécu, jour après jour, dans l'appréhension de ce coup de sonnette. Et pourquoi sa mère? «Mais elle était israélite, vous ne saviez pas?…» Non, il ne le savait pas, il avait toujours ignoré que la mère d'Hélène, qu'Hélène elle-même fût d'une race à part. C'était de ces malheurs sur lesquels on ne s'interrogeait pas autrefois; puis cela s'était déclaré comme une maladie subite, et vous avait enlevé les gens en un rien de temps.

— Est-ce que vous savez où elle est? dit-il.

— Nous n'avons rien su, jamais. Nous croyons seulement qu'elle a fait partie du dernier convoi… Une femme de soixante ans, reprit-elle. Qu'est-ce que ça pouvait bien leur faire?…

Elle essayait de ne pas pleurer. Guillaume restait atterré. Une idée, peut-être saugrenue, lui vint à l'esprit.

— Est-ce qu'elle s'occupait de quelque chose?… hasarda-t-il.

— Voyons!… Vous savez bien comme nous vivions loin de tout ça!

Guillaume revoyait la mère d'Hélène, telle qu'il l'avait connue, et il se rappelait que rien ne la distinguait des autres mères, sinon peut-être l'excessif amour que lui portait sa fille. Plus tard, à la vue d'une photographie représentant la petite construction entourée d'arbres maigres, d'où personne n'était jamais sorti vivant, et qui marquait le terme d'un horrible voyage, il devait se demander comment ces arbres n'avaient pas refusé de pousser là. Pour le moment, il contemplait Hélène, émaciée mais toujours belle, si grande et saisissante dans sa robe noire, et ne parvenait pas à rassembler des images aussi contradictoires, où le bonheur de vivre et la pire ignominie se mélangeaient. Il mesurait sa chance : il n'était pas juif. Il était aryen, français, catholique. Catholique et Français toujours. Un cas irréprochable. Il redécouvrait avec horreur ce que sa nature le portait à oublier sans cesse, qu'il existe des choses qui crient vengeance. Il avait cru pouvoir s'en tirer par l'innocence ; Hélène, sans une plainte, lui faisait comprendre que c'était impossible, qu'il n'y avait pas d'innocents.

— Je me rappelle un jour de mon enfance, dit-elle, où étant tombée subitement malade j'avais cru mourir. Ma première idée avait été : «Pourquoi moi?...» Mais aujourd'hui, mon ami, tout est changé, — à moins que nos malheurs ne fassent que nous révéler notre véritable condition. À qui viendrait l'idée qu'il est justifié parce qu'il a survécu? Mais c'est qu'en aucun temps la vie ne constitue une justification. Ce qui est extraordinaire, en tout temps, dit-elle, en crispant ses doigts sur un médaillon qui apparaissait dans l'échancrure de son corsage, ce n'est pas de mourir, c'est d'être en vie. À supposer que nous mourions dans l'instant au coin d'une rue, avouez que nous avons bien longtemps vécu, que nous avons bénéficié d'un sursis énorme, — inespéré. Nous pouvons nous en réjouir, mais en tirer de la fierté?... Allons, il n'y a pas de quoi!...

Ce n'était pas elle qui parlait de vengeance ; mais Guillaume comprenait mieux, en l'écoutant, à quel point nous naissons pécheurs. «Nous avons tous été coupables dans cette aventure, pensait-il en descendant l'escalier de la maison d'Hélène. Nous avons tous laissé s'accomplir le mal.» L'idée d'une faute immense, collective, ancestrale, à laquelle pourtant chacun participait à titre personnel, s'enracinait chaque jour un peu plus dans nos consciences. Nous avions décidément fini de vivre le temps des fictions. Rien de plus contagieux que la responsabilité : elle ne connaît pas les frontières. «Toute faute est humaine », se disait-il en se retrouvant dans la rue. Certes il voyait que les vaincus sont portés à se plonger plus que d'autres dans le drame de la conscience coupable ; mais peut-être était-ce uniquement parce qu'ils ont payé davantage, et que cela fait réfléchir. Les Américains n'avaient pas encore été trop obligés, eux, de s'apercevoir de leurs fautes : ils pouvaient se donner l'illusion qu'ils avaient déclaré la guerre à l'Allemagne délibérément, parce qu'il leur plaisait de le faire. «Et, pensait Guillaume, n'est-ce pas justement ce que nos ennemis, et mon ami Hersent avec eux, leur ont répété pendant cinq ans : Que venez-vous faire en Europe ? Cette guerre ne vous concerne pas !... » C'est ce que commençaient à murmurer des gens qui avaient contribué à les appeler, ou accepté qu'on les appelât, ne se souvenant plus que ce reproche était revenu pendant quatre ans dans tous les articles d'Hersent comme une insupportable ritournelle. Guillaume ne pouvait s'empêcher de sourire quand certains de ses camarades vantaient la sagesse américaine, la vertu américaine, le lait condensé américain. Sans doute les Américains étaient-ils habiles à mettre en boîte tous les produits imaginables et les autres, et sans doute parviendraient-ils bientôt à mettre en boîte Dieu lui-même, entre deux tranches de «pork and beef» (Registd.), mais un temps ne viendrait-il pas où la planète aurait assez de ce bœuf écrasé et désirerait d'autres nourritures? Il déviait, dérivait, heurta un obstacle. Une figure parut sortir de l'ombre, y rentra. Il trébucha, dans la nuit tôt venue, sur une saillie du trottoir, s'accrocha à une passante qui prit peur. La tête serrée dans un petit capuchon bordé de fourrure, elle avait, ou devait avoir, le visage de l'innocence, et il pensa combien la peau humaine est caressante, oui, de quelle innocence sont les caresses, que tant de gens calomnient. Il se demanda si ceux qu'avaient atteints une balle ou un éclat de mitraille en service commandé avaient eu, eux aussi, avant de mourir, en posant par exemple leur main sur leur poitrine, cette délicate, cette amère impression d'innocence, si par exemple les soldats de Solférino, ou, — c'était un souvenir singulier, déplacé, mais qui l'avait toujours suivi, — si les officiers anglais du Fort de Bayonne, morts en 1814, dans une tentative de sortie... Il n'y avait aucune absurdité, après tout, à évoquer la mémoire de ces soldats : depuis le jour où par hasard, au cours d'une drôle de promenade — sa dernière promenade avec Hersent justement, au printemps de l'année 38, — il avait vu leurs tombes sur les pentes boisées d'un ravin dévoré de soleil, il avait pensé à eux si tendrement, qu'ils étaient restés presque aussi proches de lui que tous ceux qu'il avait vus mourir dans cette guerre. Car pourquoi mesurer le temps à la durée d'une vie? Ces soldats, sous un autre uniforme, étaient ceux contre qui nous nous étions battus... Mais non, l'idée de leur innocence n'avait pu venir à ces jeunes gens pour leur rendre la mort plus amère. S'ils avaient un peu réfléchi, déjà cette idée avait fait son temps. Quel monde avions-nous aujourd'hui à opposer à ce monde où la force faisait l'innocence, où le seul tort était de ne pas réussir? « Si dans cette ville vous trouvez un seul juste... »

Bien. L'humanité était donc fautive ; cela veut dire qu'elle était une erreur. Il n'y avait plus, n'est-ce pas, qu'à « faire une croix dessus ». Guillaume eut soif, soudain, de la seule innocence qu'on puisse trouver sur terre, celle qui consiste à éprouver du bonheur. Il voulut sortir de cet accablement où l'avait plongé sa conversation avec Hélène ; il avait besoin de retrouver, de clamer son innocence ; besoin d'une journée pure, d'une journée sans faute, sans ratures. Une journée comme en auraient les enfants, s'il y avait encore des enfants innocents (mais, hélas, Freud avait bien démontré le contraire, et lui-même venait de lire, dans un journal abandonné sur une table de café, le récit d'un forfait exécuté par deux gosses de quatorze à quinze ans). « Que faisait-on, de mon temps, à quatorze ans ? Que faisait Hersent ?... Nous déclinions sagement *Rosa* ou *Dominus*. Peut-être même récitions-nous sans trop d'erreurs la seconde conjugaison en *mi* ; puis nous allions jouer sur ce qui restait des fortifs... » Comme il passait devant un magasin dont un employé baissait le store de fer, à grand bruit, Guillaume entendit comme en écho, sur la façade d'un mur lointain, le claquement sec d'un volet replié à la levée du ciel. Il se rappela ses réveils auprès d'Irène, cinq, non, six ans plus tôt. Ç'avait été le temps de sa véritable innocence. S'il avait pu parler avec elle comme autrefois, ne fût-ce qu'une heure, il aurait été sauvé. Comme autrefois, comme s'il ne s'était rien passé...

Il s'emballa sur cette idée absurde. Il lui semblait soudain qu'elle seule aurait pu mettre fin à cette impression de solitude, d'abandon, de faute universelle où il vivait. Cette impression, il ne savait que trop, maintenant, d'où elle venait : non pas tellement de sa conversation avec Hélène, mais du fond de lui-même. Ce fut comme s'il se réveillait d'un long sommeil. Il se revit brusquement avec Irène, sous un grand soleil blanc qui les éclairait d'un éclat uniforme, un grand soleil suspendu à mi-hauteur de leurs fenêtres, comme si pendant toutes ces années ils n'avaient habité qu'une seule chambre. Couché sur le côté, il regardait Irène se démener, les doigts allongés, les yeux dirigés sur un point de l'horizon extrêmement lointain, le visage animé d'un sourire, dans une chambre peuplée d'Irènes, dont toutes les glaces lui renvoyaient en même temps les mouvements ordonnés, tendant ou détendant la chemisette trop étroite jetée au hasard sur ses épaules. Car Irène avait deux passions : le sable et l'eau, — toutes les eaux. Il ne lui suffisait pas de se plonger dans la mer, de se frotter de sable. À peine rentrée de leurs promenades, elle se déshabillait entièrement, — pour la gymnastique ou la toilette, il n'avait jamais bien distingué, car l'une était aussi mouvementée que l'autre, mais il n'avait non plus jamais vu aucune femme se déshabiller aussi vite : en trois mouvements elle était nue, et ses vêtements se retrouvaient pêle-mêle, en une boule insignifiante, au creux du fauteuil, sans qu'il eût jamais pu savoir dans quel ordre ils s'étaient suivis. Elle rendait une vérité à la phrase bien connue des feuilletonistes : «en moins de temps qu'il n'en faut pour le dire». C'était une véritable attraction. À peine avait-il eu le temps, pour sa part, d'ouvrir ou de fermer une porte, déjà la chambre avec ses miroirs, ses fenêtres, son vaste horizon, n'était plus occupée que d'Irène, — Irène pirouettant, avec une superlative aisance, entre la commode et l'armoire, d'une glace ou d'une fenêtre à l'autre : s'imposant pour limite l'ombre du balcon de bois que le soleil d'hiver appliquait sur le parquet. Guillaume n'avait jamais vu autant de tranquillité dans une femme. «Irène, disait-il, vraiment, tu n'as pas froid ? » — «Mais non, pourquoi ?

disait-elle, je suis habituée.» C'était une impression d'extrême pureté qui se dégageait de tous les mouvements d'Irène. Le soir, quand il s'endormait près d'elle, baigné dans cette grande nudité dorée, il avait encore la sensation d'être couché sur le sable, bercé dans le vent qui agitait les pins à leurs cimes. De tels rapports entre deux êtres eussent paru simples à quiconque en eût ignoré la vérité. Leur conversation l'était aussi. « Mon amour », murmurait-il en s'endormant. Et chaque fois un écho proportionné à sa voix lui répondait : « Mon amour. » C'était le début d'une litanie ;

Mon amour, disais-tu… Mon amour, te disais-je…
Il neige, disais-tu… Il neige, répondais-je…

Il ne neigeait pas : malgré l'hiver, le soleil ruisselait sur eux, sur Irène, du matin au soir. C'était aujourd'hui qu'il neigeait, dans ce Paris sans soleil, privé d'Irène, coupé de courants d'air, balayé de brusques tempêtes, et où depuis trois jours la neige lui cinglait le visage. Les scènes qu'évoquait pour lui le nom d'Irène n'étaient d'aucun temps, d'aucune époque : rien ne les marquait, elles étaient admirablement dépouillées de ces traits particuliers qui datent un temps, une figure, et qu'Hersent aimait à placer dans ses romans. Le Paris où il circulait était bien marqué au contraire. Et comment faire se rejoindre ces deux choses, ces deux miracles presque égaux, ce miracle triste et ce miracle joyeux, Paris et Irène ? Irène, cela faisait combien d'années au juste ?… Quarante-quatre, quarante-trois… Trente-neuf, trente-huit… Oui, cela faisait bien six ans ! Six ans qu'il n'avait pas revu Irène, qu'il n'avait même plus de ses nouvelles. C'était monstrueux. D'après les derniers bruits qui lui étaient parvenus, fort vagues, fort indirects, Irène était en province, à Marseille, ou dans les environs. Mariée, lui avait affirmé quelqu'un. Il en doutait, cela lui ressemblait peu. Il revit la petite tache brune qu'elle avait au milieu du front et qu'il appelait l'Étoile du Berger. Et si elle était à Paris? Ce serait trop bête. Il fallait le savoir. Il lui semblait que toutes ces années de guerre lui donnaient le droit de rompre le silence. Il décida brusquement de s'accorder, coûte que coûte, deux ou trois jours avant de repartir, — avant de recommencer à sauver le monde. Deux ou trois jours pour tenter une « sortie », — comme ces petits Anglais hors du fort où ils étaient cernés — pour appeler sur lui, dans l'extrême confusion qui brassait les choses et les êtres, un peu de justice.

Il se trouvait une excuse opportune dans le fait que Paris était bloqué faute de trains. Et peut-être qu'avec un peu de chance le charbon ne reviendrait pas aussitôt?... La tentation était là. Le manque de trains lui permettait peut-être de déserter sans devenir trop vite un traître.

II

Le premier qu'il interrogea fut Morel. Il savait que les hasards de la guerre l'avaient conduit à Marseille où il avait servi comme médecin. Morel était depuis peu à Paris, à demi installé, bricolant, s'intéressant beaucoup par exemple aux ressorts de pendule, aux rhéostats, bricolage qui n'était pas sans rapport, disait-on, avec son activité clandestine. Il avait effectivement aperçu Irène à Marseille, puis n'avait plus entendu parler d'elle. C'était avant le débarquement. Il ignorait ce qu'elle était devenue. Pour la première fois se présentait à l'esprit de Guillaume l'idée qu'Irène pouvait ne pas être vivante.

La conversation n'était pas vaste avec Morel, mais imagée. Elle s'orientait volontiers vers les sujets matériels. Il avait acheté, un nouvel appareil. Il songeait au plan d'un autre : il s'intéressait plus aux inventions relevant de son métier qu'à la thérapeutique ; c'était un ingénieur égaré dans la médecine. Il avait imaginé pour faire les radiographies un appareil élémentaire mais qui fonctionnait fort bien et qui ne tenait pas de place, car les pièces en étaient indépendantes, et l'on pouvait entrer dans son petit cabinet sans les voir. Bien sûr, il était obligé d'ôter l'écran pour mettre la plaque, mais c'était facile à faire, et les résultats étaient bons. Une fois le travail terminé, on remisait le tout dans un coin. Il montra à Guillaume ses vitrines, ses instruments, sa table d'examen, avec ses molettes, ses leviers, son escabeau métallique, tout cela neuf, séduisant, précis. Il était fier de sa petite bascule américaine, qui tenait sous une chaise, et aussi de sa petite voiture électrique, en forme de fuseau, qui aurait presque pu rentrer dans une armoire... L'attention d'Arnoult s'égarait. Morel avait souffert de la guerre, mais à sa façon, qui était discrète, et il évitait d'en parler comme d'un sujet trop intime. À la fin il évoqua leur vieux professeur Dumoustier, qu'au lycée on appelait Anacharsis.

— Est-ce qu'il n'a pas repris ce surnom pour écrire dans les journaux? demanda-t-il à Guillaume. Cet Anacharsis qui signait la critique dramatique dans le *Jeune Européen*, n'était-ce pas lui?

Arnoult s'était déjà demandé la même chose.

— Ce n'est pas impossible, dit-il.

— N'était-ce pas le journal d'Hersent? ajouta Morel.

— Oui, dit Guillaume. Il n'avait vraiment aucune envie de parler d'Hersent. Il demanda pourtant :

— Sais-tu ce qu'il est devenu ?

Les lèvres de Morel dessinèrent une pointe sur le côté.

— Je ne sais pas trop. Il paraît qu'il a fichu le camp, comme les autres.

Ils étaient dans la petite salle aux murs blancs, exiguë, luisante de propreté. Morel, debout contre la fenêtre, et Arnoult assis sur le marchepied de la table à examiner les patients, la tête contre le fer ripoliné, l'œil sur les cuvettes posées devant lui et sur un appareil en émail blanc supportant des bocaux, d'où partait un serpentement de caoutchouc.

— Après tout, dit Morel, en changeant de position, il n'avait pas le choix.

— Pas le choix ? sursauta Arnoult, quittant le marche-pied pour le tabouret de fer… J'aurais préféré pour lui la prison.

Il avait cru être dur ; mais il vit le regard de Morel changer de couleur, comme si on l'avait électrisé, et la conversation quitta le ton distrait qu'elle avait eu jusqu'alors.

— La prison ? dit Morel. Est-ce que tu te fous de moi ?…

Guillaume eut un sursaut.

— Ah tu ne vas pas encore une fois me parler des traîtres ! s'écria-t-il, car il avait, lui aussi, appris à crier plus fort que le voisin pour ne pas être battu. Je t'avertis que je sors d'en prendre ! Un traître, un vrai, on sait ce que c'est. Quand tu écriras pour les journaux, je te permettrai… Mais entre nous…

— Si tu veux, dit Morel, nous plaisanterons un autre jour. Je m'étonne, entre parenthèses, que toi, Arnoult, tu défendes un type… un type… Mais enfin, tu ne te rappelles pas ce qu'il écrivait pendant l'occupation ? Ses articles sur les Juifs, les otages, les maquisards ?… Tu ne crois pas qu'on va oublier ça ?

Arnoult avait détourné la tête. Oui, il se rappelait maintenant ; il avait tout à fait présents à la mémoire certains des articles d'Hersent, notamment sur les Juifs, et il en était épouvanté. La veille, — ce n'était pas très loin, — il avait vu Hélène. C'était grave. Entre Hersent et la mère d'Hélène, il y avait un chemin qui, pour n'être pas direct, n'était pas tellement long à parcourir. L'horreur, la violence des images qui s'étaient imposées à lui tandis qu'il écoutait Hélène, l'état de maigreur où il l'avait vue et qui lui avait fait comprendre que l'on

peut, suivant l'expression populaire, « mourir de chagrin », — Hersent n'avait sans doute pas exactement
voulu *cela*, mais il avait soutenu, à grand renfort d'esprit,
avec un éclatant, un joyeux brio, des idées qui menaient
à cela. Fallait-il supposer qu'un journaliste, par ailleurs
assez bon romancier, manquait de la vertu d'imagination? Cette infamie de vouloir punir quelqu'un de
sa naissance, il l'avait approuvée, il l'avait faite sienne.
S'il continuait à considérer Hersent comme son ami,
Arnoult devenait l'ennemi d'Hélène. Malgré sa répugnance à s'enfermer dans de tels dilemmes, il était pris.
Comment ces choses étaient-elles devenues possibles?...

Il savait bien qu'il est naïf de s'irriter contre les êtres
que nous avons connus lorsque, se révélant infidèles à
ce que nous pensions d'eux, ils échappent à cette sorte
de possession que constitue la connaissance. Il ne lui
était pas difficile, quand il voulait se représenter un antisémite, de se représenter Hess ou Rosenberg. Mais ce
garçon qu'il revoyait si bien, étendu avec nonchalance
sur le banc qui était au-dessous du sien, pendant les
cours de l'excellent M. Dumoustier, tout au haut des
gradins de cette fameuse « khâgne », dormant paisiblement sur le dos, le torse couvert d'un blouson bleu
sur lequel était brodée une chouette... Il s'était souvent
demandé, quand il le voyait ainsi rêvassant, insolemment
inattentif à ce qui se passait dans la classe : « À quoi
pense-t-il?... » Était-ce le développement de cette image
macabre qu'il suivait ainsi sur le plafond, le chemin
sinueux parcouru par les idées? Voyait-il, ce futur auteur
de scénarios (car il avait touché à tout) préparer, de
doctrine en doctrine, de Maurras en La Rocque, de
La Rocque en Goering, en passant peut-être par Doriot,
le supplice de la mère d'Hélène? Non, il pensait des
mots, il rangeait des idées, il ne se doutait pas que l'on

peut devenir coupable par manque d'imagination. Maintenant Guillaume était dans la rue, il avait quitté Morel, sans avoir songé un seul instant à ramener la conversation sur Irène, et les répliques d'un dialogue fictif continuaient à se succéder dans sa tête.

— Tu te rappelles ses articles sur la tragédie grecque, son théâtre d'amateurs, et cette pièce qu'il avait écrite, d'un si noble style, *Les Thébains*?

— Très bien. Je me méfie du beau style. Tu te rappelles son petit couplet à la gloire de M. Hitler, et les châtiments qu'il osait appeler sur les nôtres, quand il invoquait la nécessité contre la justice?

— Il était de bonne foi...

— C'est ce qui est grave!

— Il était né orateur...

— On se coupe la langue!

Mais Guillaume refusait de pousser plus loin. Il n'était pas venu à Paris pour examiner le cas d'Hersent. Quelqu'un lui avait-il confié Hersent? Hersent ne lui était rien. Il voulait penser à Irène, la retrouver. Il avait, avant de repartir, avant d'aller finir la guerre, une parole à lui dire, une question à lui poser. Sans quoi il n'y aurait partout que du gâchis.

III

Madame Barsac habitait désormais le quartier du Champ de Mars. Arnoult s'était fait indiquer le nom de la rue, une petite rue des environs de La Motte-Picquet, mais il ne la trouvait pas, et depuis si longtemps qu'il n'avait plus été à Paris, le rapport entre les stations de métro et les noms des rues lui avait un peu échappé. Beaucoup de stations n'étaient pas rouvertes, d'autres étaient débaptisées, bref, il était descendu trop loin, il eut à revenir sur ses pas et à traverser tout le Champ de Mars sous une bise aigre, les pieds trempant dans un horrible magma de neige boueuse. De sorte qu'il était près de midi quand il aperçut le magasin de vêtements qu'on lui avait signalé comme marquant l'angle de la rue, pas très loin du pont du métro, et les petites constructions du Village Suisse, qu'il s'étonna de trouver encore debout, tellement elles paraissaient anachroniques. Midi. Pouvait-il se risquer à cette heure chez une femme qu'il n'avait pas revue, elle non plus, depuis cinq ans ? Cette coupure de cinq ans avait été fatale, elle marquait désormais ses rapports avec les êtres. Madame Barsac aussi avait déménagé ; elle avait abandonné les coteaux de Passy où il l'avait connue, pour venir habiter ici, en bordure de la plaine de Grenelle, parmi ces

grandes étendues plates où Paris commence à s'enca-
nailler. Il arriva tout essoufflé sur le palier du quatrième.
Non seulement il n'avait pas revu madame Barsac depuis
cinq ans, mais il ne lui avait jamais écrit. Comme il la
savait sujette aux émotions, il craignait un peu l'effet
que sa vue allait produire sur elle.

— Mon mari va rentrer, dit-elle en l'apercevant, du
ton dont on s'adresse aux gens qu'on a vus la veille. Il
est devenu d'humeur très irritable à cause de son
estomac. Il n'a pas encore digéré les rutabagas, figurez-
vous!... Revenez donc après le déjeuner, ça vaudra
mieux.

— Mais...

— Vous avez eu une très bonne idée de venir. Ce
matin encore je parlais de vous à Isabelle. Nous avons
besoin de causer. Dépêchez-vous, j'entends mon mari.

Ce n'était pas son mari ; ce n'était même pas quelqu'un
qui lui ressemblait. Quant à Isabelle, ce nom était
complètement inconnu à Guillaume. Mais qu'importait?
On avait l'habitude d'être accueilli de la sorte chez
madame Barsac. Et Guillaume avait été heureux, en
sortant, dans la pénombre du palier, de se dire qu'elle
n'avait pas changé le moins du monde. C'est qu'elle
était à l'âge où, de nos jours, les femmes ne changent
plus. Madame Barsac allait sur ses quarante-cinq ans.

Entré dans un restaurant, après un examen prudent
de la carte, il dut rester debout plus de dix minutes
derrière un échafaudage de portemanteaux, dans la
vapeur, avant de pouvoir prétendre à un siège. Ce n'était
pas un endroit très cher ; un simple restaurant pour
employés, un de ces vastes halls où l'on entasse les gens
par centaines, et où était prévu, même en ces temps
rigoureux, tout un système d'équivalences entre les
plats. Certains dîneurs, pour ne pas rester sur les nouilles

un peu argileuses qui formaient le terme du programme, se faisaient servir le potage à la fin. Cela ne nourrissait pas beaucoup, mais dégageait une certaine chaleur. À vrai dire, Guillaume comptait pour se réchauffer sur tout autre chose qu'un bouillon ; il pensait à la conversation qu'il allait avoir avec madame Barsac.

Il était difficile de faire traîner au-delà de certaines limites un repas assez rudimentaire, et Guillaume craignait d'arriver un peu tôt chez son amie. Il trouva celle-ci, à une heure de là, installée dans sa cuisine, en train de nettoyer des pots de cuivre avec l'aide d'une jeune femme de chambre, fort jolie sous le madras qui enveloppait sa tête, et qui répondit à son salut par un sourire amusé. Il n'y avait pas trace de vaisselle. Madame Barsac s'arrangea assez singulièrement pour nommer Arnoult en se tournant vers la femme de chambre, et expliqua, tout en frottant ses cuivres, qu'elle se tenait volontiers dans sa cuisine par ces temps froids, parce que la pièce était petite et qu'on y avait plus vite chaud que partout ailleurs. Guillaume n'aimait pas beaucoup les cuisines, et il n'aimait pas non plus beaucoup ces cuivres que son amie frottait avec tant de zèle, un zèle bien nouveau chez elle, lui semblait-il. Il était sensible à cette façon familière et tout amicale de l'accueillir, mais il lui tardait d'être seul avec elle, et il avait pourtant peur de la brusquer. Madame Barsac continuait donc à frotter, et Arnoult commençait à se demander si elle ne comptait pas lui faire passer l'après-midi dans cette cuisine étroite où il n'avait trouvé que le coin d'une table pour s'asseoir.

— Vous n'avez donc pu donné vos cuivres ? lui dit-il, faisant allusion à la collecte qui avait été entreprise quelque temps avant le départ des Allemands.

— Il aurait fallu être bien sot, dit-elle, ou bien méchant.

— Et vous n'êtes ni l'un ni l'autre, dit-il. Dites-moi donc s'il y a longtemps que vous avez vu Irène?

Elle se réserva un silence souriant mais théâtral.

— Veux-tu attendre deux minutes? dit-elle. Nous allons passer au salon.

Arnoult subit le tutoiement sans broncher. Il était bien possible que madame Barsac le tutoyât jadis. Ce n'était pas seulement pour faire plus «artiste». Elle y mettait vraiment beaucoup de naturel. Ils passèrent au salon, où d'abord elle lui parla de tout autre chose que de ce qu'il lui avait demandé. Il essayait de retrouver dans cet appartement inconnu l'ambiance heureuse qu'il avait connue autrefois autour de madame Barsac. C'était toujours les mêmes meubles, mais rangés différemment. Les pièces ressemblaient fort par leur disposition à celles qui composaient l'ancien appartement de Passy. On aurait pu croire qu'elle avait réussi à transporter intégralement son appartement d'un quartier à l'autre. Les fenêtres ne fournissaient pas plus d'échappée qu'autrefois. Guillaume allait revenir courageusement sur sa question, mais à cet instant même madame Barsac prononça très haut le nom d'Isabelle. Celle qu'il avait prise pour une femme de chambre apparut dépouillée du turban dont il l'avait vue affublée, dans des vêtements de ville plus que convenables, et madame Barsac la lui présenta alors avec cérémonie comme une amie qui était venue l'aider bénévolement de ses services, et l'invita à prendre le café avec eux. Elle s'était comportée en cela de telle façon que Guillaume ne put d'abord comprendre si par cette invitation elle voulait faire une gentillesse à la personne qui était venue frotter ses cuivres, ou si c'était cette personne qui en frottant ses cuivres avait fait à madame Barsac une gentillesse ; mais il n'eut plus de doute lorsque Isabelle, enfin dégagée de son service, prit la parole, avec les pures intonations d'Auteuil. Il avait donc tout retrouvé de madame Barsac. L'appartement n'était plus dans le même quartier, les objets n'étaient plus tout à fait à leur place, mais le pouf de cuir rouge était toujours occupé par une jeune fille, une jeune fille dont, par miracle, l'âge n'avait pas changé : qui avait toujours vingt-cinq ans.

Arnoult ayant laissé tomber le nom d'Armande, madame Barsac déclara que justement, s'il voulait des renseignements sur Irène, Armande les lui donnerait.

— Je n'ai pas dit que je voulais des renseignements, dit-il.

Il se trouvait un peu gêné, sans trop savoir pourquoi, d'entendre parler d'Armande devant la jeune inconnue qui, assise sur son pouf, était prodigieusement occupée à maintenir une tasse bleue en équilibre sur une soucoupe rose. Tous les services aujourd'hui étaient dépareillés, affirmait madame Barsac, oubliant qu'il en avait toujours été ainsi chez elle, et que c'était plutôt pour elle une heureuse conséquence de la guerre que le monde se fût mis à l'unisson de son élégant désordre. Isabelle prononçait quelques rares paroles d'une voix douce, ou bien écoutait son amie en souriant, avec à peine de la surprise, comme si elle assistait à une scène souvent répétée.

— Pourquoi ne t'adresses-tu pas à Laura ? demanda soudain madame Barsac.

Laura : une sœur d'Irène, que Guillaume avait peu vue, et qu'il connaissait mieux par Irène que de toute autre manière. Leurs rencontres avaient été assez rares. Peut-être l'avait-il vue une fois chez madame Barsac, dont la mémoire enregistrait toute chose ? Laura, il s'en souvenait, se trouvait par hasard au second plan d'une photographie qu'il avait vue chez elle, représentant Irène dans une allée de jardin. Mais madame Barsac, interrogée, ignorait complètement ce qu'était devenue Laura ; il n'avait donc pas plus de chance de rencontrer Laura qu'il n'en avait de rencontrer Irène, et il commençait à être excédé par l'incohérence de cette conversation.

Madame Barsac avoua enfin qu'elle avait revu Irène, s'il fallait tout dire, il y avait à peu près un an. «Une visite-éclair, comme elle en a toujours fait... » La jeune fille était venue sonner à sa porte, un soir de l'autre hiver, lui avait plaqué dans les mains un bouquet de fleurs très blanches, — trop blanches, disait madame Barsac, — et était repartie en prétendant que quelqu'un l'attendait en bas. Arnoult flairait ici une invention, mais madame Barsac insista : en se penchant par la fenêtre, elle avait vu s'éloigner une voiture. Sans doute espérait-elle attrister Guillaume par ce récit, car elle y apporta beaucoup de complaisance, et s'appliqua à le faire durer. Elle ne détestait pas non plus, apparemment, le jeu d'évoquer une femme devant une autre. Après avoir ainsi parlé d'Irène, d'Armande, du petit José — dont elle lui glissa l'adresse en passant, avec quelques détails sur sa nouvelle existence, qui paraissaient la divertir beaucoup — madame Barsac revint à Guillaume et se mit à lui poser force questions. Mais, autant que par le passé, il était bref sur lui-même. Par besoin d'interroger, ou peut-être pour étonner Isabelle, elle se rejeta sur les relations d'Arnoult.

— Cet Hersent dont on a tant parlé pendant l'occupation, dit-elle, est-ce qu'il n'était pas un peu ton ami ?

Arnoult jeta un coup d'œil vers Isabelle au pouf.

— Mon ami... dit-il. C'est-à-dire que...

— C'est bon, tu n'as pas besoin de te défendre.

41

Personne n'est responsable de ce que deviennent ses amis. Je sais bien que vous étiez intimes. Tu nous as assez souvent parlé de lui. Dis-moi plutôt si tu sais où il se trouve maintenant.

— Je viens d'entendre dire qu'il a pris la fuite, dit Guillaume, adoptant sans y penser la version de Morel.

— Eh bien, cela vaut mieux pour lui, dit-elle. Il avait tort de penser comme il pensait, mais je n'aimerais pas le savoir en prison. On dit qu'il était beau garçon. Je n'aime pas penser qu'un beau garçon puisse aller en prison. Tout de même, ajouta-t-elle, c'est dommage qu'il ait mal tourné. Il écrivait de si jolis romans. *Un été en Sicile*, par exemple — jamais Hersent n'avait rien écrit sous ce titre fade — c'était si fin, si... Il y avait tant d'intelligence, et pas seulement de l'intelligence, c'était senti...

Intelligent, sensible : Arnoult crut entendre derrière lui la voix dorée d'Hersent, du temps où ils terminaient leur première. « Tu sais ce qu'il m'a mis sur mon livret scolaire ? De l'intelligence, de la sensibilité, du goût... La vache ! Si on ne me recale pas avec tout ça !... » Non, on ne l'avait pas recalé avec tout ça ; mais, avec tout ça Hersent, que tout le monde voulait à présent lui donner pour ami, avait dû quitter son pays.

Madame Barsac avait remis une bûche dans le petit poêle de tôle qui suppléait aux déficiences du calorifère — aucune maison dans Paris n'était chauffée cette année-là — et tandis qu'Arnoult regardait ses chaussures qui continuaient à s'égoutter lentement, elle le contraignait à songer encore une fois à l'« ami » qu'il avait si bien décidé d'oublier et, docile à l'image qu'on lui imposait de plus en plus, il se le représentait à la même heure, romantiquement, dans quelque forêt de Germanie, regardant la neige tomber sur les bois à travers la vitre d'un château. Mais non, il avait de la peine à faire tenir ensemble ces deux mots : Hersent, contumace. Il avait l'intelligence, il avait tout, comme cela était consigné sur le fameux carnet scolaire, et comme plus tard l'excellent Dumoustier lui-même condescendait à le reconnaître. À vrai dire, tout n'était pas mentionné sur ce carnet : on avait omis une chose, le courage. Simple oubli peut-être : au lycée, le courage n'était pas coté ; cette qualité ne faisait, de la part des éducateurs, l'objet d'aucune mention spéciale. Dans d'autres pays, peut-être... C'est même ce qui faisait qu'Hersent estimait ces autres pays, et qu'il aurait voulu doter le nôtre d'un régime semblable, dans lequel le courage eût compté, dans lequel on eût appris aux jeunes hommes à être non seulement intelligents et sensibles, mais courageux. Mais voilà, à Hersent lui-même n'avait-on pas oublié d'enseigner le courage ? Il avait fui.

IV

Guillaume avait connu Stéphane Cordier rue Vaneau, vivant très seul, épris de silence, dans un entresol donnant sur un jardin. Step habitait maintenant un appartement confortable mais encombré, du type capharnaüm, qu'il partageait avec une créature étrange, au bavardage intarissable, au visage de centenaire, mais certainement d'une résistance à toute épreuve, ce qui excluait toute idée d'un arrangement « en viager ». Cela se passait au cinquième étage d'un immeuble, avenue du Maine.

Step accueillit son jeune ami avec de grandes exclamations, et ne le laissa pas parler.

— Il y a eu du grabuge à la représentation d'hier soir, commença-t-il en toussant, — et Guillaume se rappela aussitôt cette éternelle bronchite, qui avait fini par faire partie de sa profession d'acteur, et qu'il était même arrivé à intégrer dans ses rôles. On ne veut plus de Fernay au théâtre. Son apparition a soulevé des huées. On s'est presque battu dans la salle. Est-ce idiot !… Coup monté, naturellement… Il leur a fallu trois jours pour s'organiser, mais les salauds n'ont pas raté leur affaire. La pièce rendait à merveille, il va falloir faire relâche. Fernay est indispensable, il n'y a que lui pour le rôle, la troupe va se trouver sans travail. Fernay a peut-être fait des conneries, reprit-il tout en faisant le tour du salon à petits pas, mais je le connais, il n'a pas fait de saletés. Moi qui n'ai pas serré la main d'un Allemand de toute la guerre, je puis dire... Allons, rapproche-toi du poêle. On gèle dans cette pièce.

Toujours le poêle. On se serait cru dans un roman russe. Cela devenait comique.

— Mais... ne pourrions-nous pas aller dans ta chambre? suggéra Guillaume, n'imaginant pas que Stéphane, qu'il avait connu si soucieux de son intérieur, pût n'avoir d'autre refuge que cette grande pièce triste et poussiéreuse, qu'une porte vitrée séparait seule du couloir.

— On gèle encore plus dans ma chambre, répliqua Stéphane assez sèchement. Nous n'avons de combustible que pour un poêle : nous faisons du feu dans la pièce commune. Et ce n'est pas en empêchant les comédiens de faire leur métier...

Guillaume contemplait, stupéfait, l'extraordinaire antiquaille dont il se trouvait entouré : des statuettes en biscuit rose qui se tordaient sur des consoles, sur le couvercle d'un vieux piano où la poussière était devenue pelucheuse, avait pris une consistance d'étoffe ; la fenêtre encadrée d'un baldaquin verdâtre, dont les courants d'air faisaient trembler les petites boules velues. « S'est-on battu, pensait-il, pour que Stéphane échangeât son doux appartement de la rue Vaneau contre cette pièce rococo qu'il partage avec une espèce de romanichelle, une diseuse de bonne aventure pour gens bien ?... »

Il était assez intime avec Step et il avait assez confiance en lui pour lui parler immédiatement d'Irène. Mais Stéphane, contrarié d'être détourné de sa belle indignation, afficha la plus complète ignorance à ce sujet.

Il répondit même en des termes si vagues que Guillaume se demanda s'il avait bien prononcé le nom d'Irène, ou si Stéphane n'affectait pas une ignorance plus complète que nature. Cinq ans d'éloignement avaient permis à Arnoult d'oublier les caractères. Retrouvant Stéphane, qui n'avait pas quitté Paris, retrouvant cet homme alourdi, encombré de cache-nez et de gilets de laine, il croyait retomber au fond de quelque province. Cela lui rendit la mémoire. Stéphane, il s'en souvenait, avait toujours refusé de croire à son attachement pour Irène ; un tel sentiment l'offusquait, le troublait dans sa tranquillité heureuse. Il aurait bien voulu pouvoir penser que cela n'existait plus, des hommes et des femmes qui s'entendent, que l'amour avait à peu près disparu de la surface de la terre. Chaque fois qu'on lui rappelait l'existence de cette étrangeté, Stéphane se renfrognait ou, se croyant sur la scène, partait en grands éclats de voix. Guillaume le soupçonnait de s'être réjoui quand, à la suite d'une série d'événements aujourd'hui difficiles à apprécier, il avait cessé de voir Irène. C'était la fin d'un scandale ; Stéphane ne serait plus obligé, pensant à son ami, à Irène, de se dire : il y a dans le monde des gens qui s'aiment, qui se cherchent, qui sont heureux ensemble. Car c'était un scandale que l'amour existât ; mais qu'il pût rendre quelqu'un heureux en était un autre bien pire. « Le fait est, pensa Guillaume, soudain triste, qu'Irène a dû cesser un jour de se sentir heureuse avec moi... » Irène l'avait quitté, ou il l'avait quittée, cela n'était plus très clair pour lui, mais par un sentiment qui n'était pas très clair non plus, il s'obstinait à penser que c'était en lui que vivait Irène. Il croyait que plusieurs choses très belles qu'ils avaient créées étaient en eux pour toujours et que rien ne pouvait faire que cela n'eût pas été. À vrai dire il était un peu abusif de prétendre qu'il le croyait; il ne le croyait pas toujours; mais il le croyait mieux, il venait peut-être de l'apprendre en regardant le pauvre visage de Stéphane, en mettant, comme il venait de le faire, la main dans sa main sèche, décharnée.

Il était maintenant loin de cette pièce, de Stéphane, de Paris même. Les éclatantes journées de Wimereux, d'Hardelot, les longues pistes blanches de Blankenberghe, avec le gros tramway jaune, les siestes dans les dunes blanches de Pâques, à l'abri du vent; les exercices et les pirouettes matinales d'Irène; oui, ces longues journées tremblantes où ils se nourrissaient d'une pomme, d'un verre d'eau, ce mouvement du buste qu'elle avait quand elle écartait les bras pour les recroiser aussitôt, ce sourire adressé à l'espace, qui franchissait la fenêtre et se perdait par-delà la mer, tout cela existait, et il avait pu voir mourir des hommes, rien n'avait détruit en lui le moindre de ces fragiles instants. Ces instants, dont le souvenir lui revenait en même temps que la première bouffée d'air respirée depuis cinq ans, lui restituant sa durée, dans une réapparition bouleversante, il découvrait soudain, en présence de Stéphane, qu'il était libre de les recréer, — peut-être de les reconquérir. Oui, cela devait être en son pouvoir, — mais aussi, bien sûr, au pouvoir d'Irène : il fallait la revoir.

— Le théâtre n'est plus ce qu'il était, reprit Stéphane, incapable de se quitter longtemps. On y va, certes, on y va, les moindres navets font salle comble depuis le début de l'hiver, mais il y a quelque chose qui manque... quelque chose... Ah, ce n'est plus ça!

Arnoult pensa que Stéphane était un homme attaché au passé; mais qu'il regrettât la troupe avec laquelle il avait joué plus de dix ans, et le répertoire de cette troupe, cela, c'était plus que naturel. Lui-même avait assisté, grâce à Step, pendant ses années d'étudiant, à presque toutes les représentations de ce théâtre héroïque. Du bâtiment lui-même il connaissait tous les mystères, l'escalier de fer qui montait vers les loges étouffantes, le bon Auguste toujours si affairé, les machinistes, les acteurs qui deviendraient écrivains, les écrivains qui deviendraient acteurs, et aussi les petits acteurs qui deviendraient grands, comme ceux qui feraient une carrière plus tard dans le cinéma, — mais plus que tout cela, les animateurs de cette troupe, l'homme et la femme, dont la présence suffisait à électriser une salle, à hausser le ton de la vie. Lui, — ses regards d'homme traqué, sa voix sourde, ses gestes chargés d'inquiétude, soulevant un poids invisible : on ne pouvait imaginer incarnation plus parfaite, plus poignante de nos maux, du trouble immense dont souffrait notre monde. Il était tour à tour, de trois mois en trois mois, le Pur, le Coupable, le Lâche ; il était le Roi faible et fuyant, puis l'Inventeur épris d'Absolu, dont l'exigence menace la cité ; il était le roi Lear, il était Hamlet, et toutes les brumes du Nord étaient présentes, entourant ses hochements de tête, feutrant cette diction rocailleuse et saccadée, douloureuse même dans l'excitation de la joie. Certes Paris avait raffolé de cet homme, mais aussi de sa gracieuse compagne à figure d'immolée : on aimait cette pureté inquiète sur son visage, cette flamme blanche qui brûlait sur ses pommettes hautes, sur ses joues d'enfant trop ardente ; éternelle Ophélie en voiles de mariée, promise à des cours d'eau fangeux, petite fille vieillissante qui épie la Ville derrière un rideau de tulle ; épouse menacée et courageuse qui s'en va pour voir clair, une pauvre valise à la main ; puis Jeanne en costume de soldat, toute seule devant ses juges, se défendant jusqu'aux larmes...

Guillaume se passa la main sur les yeux. Derrière ces décors toujours nus, d'une légendaire sobriété, ces tentures qui voulaient dire la mer, la ville, un château, voici qu'il retrouvait encore une fois Hersent, l'œil animé, la lèvre rouge et brillante. Combien de fois ne s'étaient-ils pas rencontrés dans les coulisses de ce théâtre ! Hersent était partout, il pétillait, lançait des étincelles, discutait avec les acteurs, les patrons, semblait s'amuser énormément. Lui qui réussissait partout, Guillaume se demandait pourquoi il ne tentait pas sa chance au théâtre. Et en effet un jour vint où son nom parut sur les affiches ; mais parmi tant d'occupations de toutes espèces qui lui disputaient ses loisirs, ce travail avait traîné plus longtemps qu'il ne pensait, et sa pièce, où il y avait ce qu'il fallait d'esprit chevaleresque et de violence froide, avait disparu, en même temps que la troupe qui la jouait, dans les premiers remous de la guerre. Un tel amour du théâtre était touchant ; Hersent y apportait une ferveur délicieuse, le meilleur de lui. Il se plaisait absolument dans ce monde artificiel, inoffensif, qui semblait contenter entièrement son goût du jeu. Avec le recul des années, Guillaume croyait reconnaître en effet ce que le théâtre avait apporté à Hersent : un monde sans responsabilité, une vie qui nous laisse satisfaits, un amour, un sang qui ne tachent pas, une tragédie bien propre, bien circonscrite, qui ne nous suit pas dans la rue. Il sentait ce qu'Hersent demandait à ces étoffes, à ces lumières, à ces voix, à ces cris qui soudain montaient sous la herse, comme celui qui retentissait dans *Liliom* : « Julie a mis au monde un enfant !... Julie a mis au monde un enfant... » Il saisissait, comme s'il était le sien, ce désir tragique de différer, de compenser l'instant où les choses compteraient pour de bon. Lui-même n'avait jamais entendu ce cri qui lui revenait soudain à la mémoire, *Liliom* étant une des rares pièces auxquelles il n'eût point assisté dans ce temps-là, mais il pouvait encore entendre Hersent assourdissant sa voix pour imiter celle du Patron, lui racontant la scène, lançant la phrase avec cette frénésie retenue, ces éclats brefs qu'il connaissait bien, que personne désormais ne connaîtrait plus ; voix où l'exaltation même sonnait le glas, et remplissait les spectateurs d'une sorte de religieuse épouvante. Et voilà peut-être ce qu'Hersent avait poursuivi le plus avidement dans le théâtre : ce trouble même, cette passion, cette souffrance dont sa vie était mystérieusement privée. Apparemment Hersent ne souffrait pas, ne désirait rien qu'aussitôt il n'obtînt. Toute sa vie avait été un miracle de réussite. Il n'avait manqué d'aucun des appuis que constituent une famille aisée, des relations assurées dès le berceau, l'absence à peu près complète de souci matériel. Il avait évolué dès l'adolescence dans le milieu voulu, sans avoir à se donner le mal de rechercher personne. Vite entouré de notoriété, voyant les gens qu'il fallait, son esprit s'était développé avec une précocité extraordinaire, un peu suspecte si l'on veut, car elle se payait d'une frivolité inguérissable, et de certains caprices, de certaines bouderies d'enfant gâté. D'aussi loin qu'il pût se le rappeler, Arnoult le revoyait souriant, détendu, vainqueur. Déjà il l'avait vu réussir aux examens avec insolence, et il était surpris de le voir briller dans les matières pour lesquelles il ne lui supposait aucun goût, mais qu'il préparait avec aisance comme tout le reste, et sans jamais donner l'impression du moindre effort, toujours dispos, résumant, apprenant des livres d'histoire en une semaine et porté, du jour au lendemain, des galeries grises et austères de Louis-le-Grand aux couloirs délabrés mais aimables et libéraux de l'École dite Normale, d'après un mot d'esprit de M. Dumoustier, qui remportait annuellement son petit succès. Cette École, suivant un mot du même Dumoustier, n'était déjà plus qu'une hôtellerie, un décor : c'était le théâtre qui continuait. Ce qu'Hersent aimait dans l'École, c'était cela, bien sûr, son inutilité, son caractère de survivance, de luxe. Cela comportait certaines délices, le plaisir de la vie en commun, sans ses rigueurs, l'usage à peu près quotidien de la mystification et de ce qu'on appelle le « canular », usage qu'il transporterait plus tard dans le journalisme et qui devait constituer, finalement, une notable partie du climat intellectuel du *Jeune Européen*. « Comment, toi !... Avec ce torchon entre les mains !... » Ce n'était pas la voix enrouée de Stéphane, qui fulminait de plus belle, mais qu'Arnoult n'entendait plus ; c'était la voix d'un camarade, Robert Wolf, un an avant la guerre, comme il venait de surprendre Arnoult à une table de café, distraitement penché sur ce journal qu'un client avait laissé là. « Quoi ! Cette feuille immonde !... Cette ordure !... » Arnoult avait hoché la tête, décontenancé. Il n'avait pas encore bien regardé, précisément, l'« ordure » qu'il avait entre les mains, mais le ton de Wolf, sa mimique, sa capacité d'injure étaient plus qu'impressionnants. Il y avait plusieurs mois qu'Arnoult n'avait pas vu Hersent, sa tendance à tenir tous les journaux quels qu'ils fussent pour répugnants n'avait fait que s'aggraver, et l'accusation de Wolf s'adressant à lui était comique. Le journal d'Hersent, mordant, joyeux, bourré d'esprit et de méchanceté, première mouture d'où sortirait un jour sa tentative de magazine illustré « Faire l'Europe », ne lui était d'ailleurs que rarement tombé sous les yeux. Plus tard, la guerre venue, il devait lui arriver de le lire quelquefois ; et il y avait en effet bien des métiers qu'on pouvait aimer faire, plutôt que d'écrire les articles qui se trouvaient là. Le visage d'Hersent recommençait à s'altérer : Arnoult n'arrivait plus à joindre dans une seule image le garçon qui avait écrit sur le plus fier des poètes français des pages presque tendres et celui qui, dans le *Jeune Européen,* passait son temps à vouer les Juifs à la corde. Que fallait-il comprendre ? Arnoult aurait voulu ne voir en lui que la victime d'une triste facilité, celle d'un métier où la pureté se perd. Mais de toute évidence, c'était plus grave.

— J'aimerais bien, dit soudain Stéphane, gémissant, toi qui sais ces choses-là, que tu me dises où je pourrais trouver pour ma collection personnelle, — oh, c'est pour mon plaisir, rien que pour mon plaisir, tu penses bien ! — les articles, les pages de livres où ton ami Hersent, tu te rappelles, parlait du Patron. Depuis que cet homme-là est mort, vois-tu...

Il se remit à monologuer, sans attendre la réponse sollicitée. Fallait-il donc qu'Hersent eût écrit sur autre chose que sur le théâtre !... Arnoult avait envie de l'interrompre, de répliquer qu'Hersent avait suivi son destin. Après tout, cela n'était pas à la portée de n'importe qui... Prenant son courage à deux mains, il se décida enfin à intervenir, mais ce fut pour dire tout autre chose.

— Sérieusement, tu n'as plus jamais entendu parler d'Irène ?...

Stéphane quitta le tabouret de piano sur lequel il était assis, enveloppé de ses châles, dans une attitude pittoresque, le dos à l'instrument, et se mit à marcher dans la pièce, entre les cadres innombrables et horrifiants qui recouvraient les murs, exhibant des portraits de famille aux yeux fixes, dont il n'était sans doute pas responsable, mais qui cernaient, étouffaient absurdement sa vie. Arnoult put croire qu'il n'allait pas répondre. Sa voix lui parvint tout à coup du fond des âges, grave, accusatrice, atténuée pourtant par des années de déclamation et de laryngite, et encore davantage par les peluches et les tapis à franges qui faisaient de chaque meuble un catafalque.

— C'est à moi que tu demandes ça ! s'écria-t-il sans aménité. À moi !... Comment se fait-il que tu ne sois pas mieux renseigné, mon garçon !...

Les nerfs démangeaient à Guillaume.

— Tu sais bien, Step, il y a beau temps que nous nous sommes perdus de vue.

— Je me demande pourquoi tu voudrais que ça change ! ricana Stéphane, changeant de ton et passant soudain à l'aigu. Si tu as pu te passer d'elle, ou elle de toi, pendant des années, je me demande pourquoi ça ne continuerait pas !

— Voyons, Stéphane... Tu sais bien...

— Ce qui pourrait t'arriver de mieux, mon cher Guillaume, dit Stéphane très lancé, c'est que tu ne la retrouves jamais. Avec ton caractère !... Même si je savais où elle est, je... Je crois que je ne te le dirais pas.

Guillaume n'avait jamais beaucoup réfléchi au cas de Stéphane. Il s'étonnait à présent de cet entêtement, de cette volonté de blesser, qu'il n'avait connue jusque-là qu'aux vieilles filles oubliées derrière les bahuts des salons provinciaux. Il regarda cet homme, qui n'était peut-être son aîné que de dix ans, et comprit qu'il avait sous les yeux un vieillard. Il regretta de lui avoir parlé d'Irène, qu'au fond Stéphane avait très peu vue, et jamais hors de sa présence. Mais voici que Stéphane prenait plaisir tout à coup à lui parler d'elle, allant rechercher très loin des histoires dont Guillaume ne se souvenait plus, uniquement, semblait-il, pour lui prouver qu'il avait tort, et qu'il l'importunait, comme il avait dû importuner Irène.

— Dès le début, dit-il péremptoire, j'avais compris que ça ne marcherait pas.

Cherchait-il à se consoler par ces paroles de la mort du Patron, de la médiocrité des spectacles actuels, ou de la menace de chômage qu'entraînait pour lui la manifestation politique de la veille ?

— Rappelle-toi, précisa-t-il, comme il voyait Arnoult ahuri par la déclaration qu'il venait de lui faire, cette promenade aux environs de Rouen !...

Guillaume se trouvait à Rouen avec Irène lorsque Step était venu en tournée. On avait décidé de passer une après-midi au grand air. Il n'y avait guère plus de six mois que Guillaume connaissait Irène, et ils avaient été souvent séparés, par ce qu'il appelait encore à cette époque, assez lâchement, « la force des choses ». L'idée de cette partie avec Stéphane était peut-être singulière, et Guillaume ne savait plus trop, en ce moment où il était là, assis sur une triste chaise cannée au dos sculpté et aux jambes torses, exposé aux flèches de Stéphane, en vertu de quoi, sinon d'une amitié certainement excessive de sa part, cette étrange rencontre avait eu lieu. Irène ne lui avait jamais reparlé de Stéphane. Ce qu'avait laissé dans leurs esprits cette journée, vécue il y avait si longtemps, Guillaume n'avait jamais eu la moindre raison de se le demander ; mais il était en train de l'apprendre, du moins en ce qui concernait Stéphane.

— Tu te rappelles, quand nous sommes arrivés dans ces broussailles, après des heures de marche, et qu'il a fallu se mettre à marcher en file... Tu étais en avant, toujours pressé, Monsieur, d'aller plus loin, et tu m'avais laissé en arrière avec ton... ton Irène !... Tu n'avais même pas remarqué, dans ton grand amour, qu'elle avait mal au pied ! À un moment donné elle a dû s'asseoir sur le talus pour enlever son soulier. Il y avait un vent des cinq cents diables. Tu étais toujours en avant, n'est-ce pas, tu lançais des appels de temps en temps pour nous encourager à te suivre. C'est moi qui ai dû aider ton amie à se relever…

— Je te remercie bien, dit Guillaume.

— Ouais!… C'est à ce moment-là qu'elle m'a dit… eh bien oui, je te le dis tout cru, qu'elle sentait que cela n'irait plus très loin entre vous deux.

Guillaume était franchement mal sur cette chaise toute raide. Il croisait et décroisait les jambes. Les reliefs sculptés du dossier, absurdement placés, s'incrustaient dans son dos. Le bois craquait à chacun de ses mouvements, et il éprouvait une crainte absurde de s'effondrer et de se voir accuser de briser des meubles anciens, tandis que Stéphane, plus libre, était allé s'étendre sur un divan vert pâle, d'où il épiait l'effet de ses discours.

— Avoue que c'est curieux, dit Arnoult, que tu me racontes cela aujourd'hui.

— Je connais ta nature, dit Stéphane, continuant à jouer au sage. Je ne me serais pas risqué à te parler. Et je sais parfaitement que ç'aurait été inutile. Tu entends : i-nu-tile.

Stéphane avait longtemps joué des rôles d'oncles, dans les pièces russes. Arnoult n'en était pas moins rebuté par ce ton d'assurance niaise, aussi bien que par la connaissance que Stéphane prétendait avoir de lui, d'Irène. D'Irène surtout! Qu'elle eût pu lui parler ainsi, la première fois qu'elle voyait Stéphane, elle qui ne parlait à personne, n'était pas son moindre sujet d'étonnement. Tout cela avait beau être fini depuis longtemps, et il avait beau mettre en doute les affirmations de Stéphane, elles bouleversaient ce petit coin de lui-même où insidieusement Irène était en train de reprendre vie.

— Est-ce qu'elle t'a parlé ainsi d'autres fois? demanda-t-il.

— Jamais plus, dit Stéphane. Une fois suffit! Mais mon opinion était faite sur vous deux, et tu dois avouer, dit-il avec satisfaction, que l'événement ne l'a pas démentie.

Arnoult se leva brusquement.

— Je ne sais pas quand nous nous reverrons, dit-il à Stéphane, qui eut à peine le temps de quitter le divan où il s'était écrasé. Tu sais que je pars dans quelques jours. Mais à propos, un petit conseil : si tu dois t'absenter quelque temps, n'oublie pas de te procurer de la naphtaline ; ton appartement en aura besoin. Avec un peu d'urbanité auprès des commerçants, on en trouve.

V

— Irène ? dit José. Mais d'abord comment avez-vous su que je travaillais ici ?

Guillaume avait un peu craint l'abordage. Il ne se rappelait plus s'il fallait ou non tutoyer José. La question était résolue.

— Madame Barsac, dit-il. Voyons !... Vous n'allez pas la voir de temps en temps ?

— Je ne la vois plus. Je ne vois plus personne, déclara José d'un air profondément satisfait. Mon existence s'est beaucoup simplifiée. Mais puisque vous avez vu madame Barsac, je n'ai pas besoin de vous dire...

— Oui, je sais, dit Guillaume, vous êtes marié depuis le mois de juillet. Vous avez épousé une femme qui avait déjà un enfant. Mais vous ne voudriez pas venir boire quelque chose en face ? Cet endroit où nous sommes ne dispose pas à la conversation.

José déclina l'invitation : il n'allait plus jamais au café, il n'avait pas le temps ; dès qu'il sortait du bureau, c'était pour rentrer chez lui, sans perdre de temps, sans détour.

Pourtant l'endroit où ils se trouvaient présentait aussi peu de confort que possible pour une rencontre de ce genre. C'était une sorte d'immense hall en grande partie vitré, avec de frêles supports métalliques et des portes à bascule, par lesquelles arrivaient de furieux courants d'air. Tout autour de ce hall étaient disposés des guichets, derrière les grilles desquels Guillaume apercevait des messieurs, ou des dames emmitouflés. José lui-même était couvert d'un épais pardessus marron, élimé et trop grand pour lui, et il avait un peu l'air d'être dans une guérite. Au centre du hall se trouvait une rangée de petites tables accolées, avec porte-plumes et buvards, et c'était là qu'Arnoult se trouvait assis avec José. À tout moment des portes s'ouvraient, des employés en pardessus entraient, sortaient, passant d'une porte à l'autre, enveloppés de cache-nez ; ou bien c'était des messieurs étrangers au service, qui venaient faire un bref séjour devant un guichet, tirant des papiers de leur portefeuille, les y remettant, après quelques mots échangés avec l'employé. Il y avait des gens qui vivaient ainsi, qui pendant que Guillaume courait les routes et vivait dans le vent, passaient leur vie derrière ces guichets, et qui même avaient dû attendre pour y être admis, avaient dû donner des garanties, écrire des lettres, solliciter, faire des études, — et cela était sans doute nécessaire à la marche du monde. Quand on était content d'eux, on leur donnait cette place derrière un grillage ; ils vivaient et mouraient là, ponctuels, guerre ou pas guerre ; quand ils mouraient on les remplaçait par d'autres, bien contents de l'aubaine, car eux aussi avaient attendu très longtemps leur tour… Une lumière grise tombait des verrières, l'air était en même temps froid et confiné ; devant lui Guillaume regardait José, tout petit, tout ratatiné dans son vieux pardessus fripé, José qui, huit ans plus tôt, séduisait les jeunes filles en se faisant passer pour professeur de russe. Maintenant, après maints avatars, dont six mois passés à la caisse d'un grand café, et un essai peu concluant comme « saxo » dans un jazz de nuit, on lui avait donné cette place, et il était devenu une espèce de fonctionnaire, quelqu'un avec un emploi du temps, une machine à gagner des sous. Guillaume aurait eu beaucoup de choses à lui dire, mais l'atmosphère impersonnelle et triste de ce hall le refroidissait, il sentait qu'il n'arriverait jamais à rien proférer d'intelligible dans ce temple du courant d'air, et il insista de nouveau pour que José consentît à le suivre dans un café. Mais son ami fut inébranlable. Guillaume, en le dévisageant, constata que son regard s'était terni et qu'il portait des lunettes compliquées derrière lesquelles sa prunelle brune lui échappait. Il savait, grâce à madame Barsac, que la femme qu'il avait épousée avait milité dans la Résistance et lui avait apporté pour toute dot ce petit garçon. José, — le petit J, comme on disait plutôt, car pouvait-on le nommer par plus d'une lettre, il avait si peu d'importance, il prenait si peu de place quand il n'avait pas son pardessus, — le petit J, que Guillaume avait toujours vu traiter en enfant, ou en petit frère, ne sortait plus, ne jouait plus, ne buvait plus, depuis qu'il avait à s'occuper d'un petit garçon plus petit que lui.

— Pourquoi se donner la peine de faire des enfants soi-même, dit-il à Guillaume sur ce ton de constatation résignée qui était le sien, quand on peut les trouver tout faits ? Au moins on sait ce que l'on choisit. Ce gosse me plaisait, il est exactement celui que j'aurais voulu avoir, il est, ajouta-t-il pour être encore plus clair, exactement celui que j'aurais fait si j'avais fait ce que je voulais — alors ?

Lui aussi était irréfutable à sa manière, qui était meilleure toutefois que celle de Stéphane. Arnoult était cerné de logiciens. Il posa encore une ou deux questions à José sur son ménage, mais après avoir prononcé un mot qu'Arnoult entendit mal, car il blésait légèrement, José referma ses lèvres sèches, et prit sous son grand front bombé un air méditatif. Guillaume croyait imaginer ce qui s'était passé : José, perdu comme il était dans son grand pardessus, les mains enfoncées dans ses poches, le cheveu rare, assis devant cette table en péril au milieu de ce gigantesque aquarium avec son encrier et son buvard, José le faisait irrésistiblement penser à Van Gogh, c'est-à-dire à son évangélisme. On éprouvait auprès de lui, malgré tout ce qu'il y avait extérieurement de lamentable dans sa personne, quelque chose de réconfortant. La façon dont il se défendait contre les tentations de son ancienne vie touchait aussi énormément Guillaume. Celui-ci comprenait son refus d'aller s'asseoir dans un café — pourtant il avait imaginé entre leurs mains la boisson chaude, la petite salle un peu enfumée des bars où autrefois ils allaient ensemble. Mais ce José-là était mort. Madame Barsac, dans son nouvel appartement qui ressemblait si fort à l'ancien, pouvait bien croire que le passé se recrée, il commençait à comprendre que non, et la volonté du «petit J» lui-même opposait à ce genre de tentative un refus formel.

— Je n'éprouve plus du tout le besoin de ces choses-là, disait-il d'une voix sans éclat en regardant Arnoult à travers ses lunettes derrière lesquelles apparaissaient des yeux troubles, des prunelles distendues. Je ne crois pas utile de recommencer. J'ai une autre vie, c'est tout. Je ne sais pas si madame Barsac s'occupe encore de moi ; moi je ne m'occupe plus d'elle. Je ne la vois pas. Je vous dirai même que je n'en ai plus envie. Je suis un autre, quoi.

Non seulement il avait ce petit défaut de prononciation, mais il ne faisait pas les liaisons, ce qui lui donnait un air encore plus humble. Il disait : «J'sui un autre », et de cette façon la chose paraissait encore plus admissible, cela semblait tout simple de devenir un autre. Guillaume envia la sagesse de José. José avait toujours été un exemple pour les autres, il l'était encore. En cela du moins il n'avait pas changé.

Une porte s'ouvrit quelque part, un air glacial passa sur eux. Guillaume s'éclaircit la gorge.

— Et Irène ?... demanda-t-il.

— Irène ?... La prononciation de José se fit plus vague si possible, le mot ne parvint pas à sortir complètement de sa bouche. Eh bien non, Irène non plus, dit-il, le regard très fixe. Oh, je pourrais la voir ; il suffirait que je lui écrive, que je décroche le téléphone qui est là, sur ce coin de table. Mais pourquoi ?... Et vous ?...

— Moi, fit Guillaume...

Il lui sembla qu'il avouait une chose honteuse.

— Si j'étais sûr qu'elle n'habite pas au diable...

Il espérait que José comprendrait, qu'il viendrait à son secours. Mais rien ne bougea derrière le verre épais de ses lunettes. C'était sa vengeance, la seule vengeance qu'il lui fût possible d'exercer contre le bonheur de Guillaume avec Irène, ce bonheur toujours vivant pour lui sans doute comme il l'était pour Stéphane Cordier, pour tous ceux qui les avaient vus ensemble autrefois. De sorte que Guillaume se rendait compte qu'il ne pouvait plus nier l'importance d'Irène, qu'il ne lui était plus permis de continuer à vivre comme si elle n'avait pas existé. Il aurait beau refuser son souvenir, elle était encore vivante chez les autres, elle les animait encore contre lui. Ainsi José, qui faisait exprès de ne pas le deviner, qui voulait le forcer à aller jusqu'au bout dans cette honte.

— Écoutez, José, dit Guillaume, ça va vous paraître

bizarre, mais puisque nous parlons d'Irène... J'ai justement pensé que vous pourriez me dire où elle est.

José parut chercher sous son grand front, que la rareté de ses cheveux rendait encore plus vaste. Feignait-il, comme il avait feint aussi son indifférence ?

— Ça doit être dans le XVIIᵉ, dit-il... Un nom de pays... Attendez... Rue de Madrid, ou avenue de Milan... Plutôt quelque chose d'italien... À moins que ça n'ait été débaptisé... Attendez donc... C'est bien simple, elle avait un compte dans la maison, il n'y aurait qu'à consulter la fiche. Pouvez-vous attendre deux minutes ? Je vais aller vérifier.

Irène, un compte en banque ! Oui, le monde avait bien changé. Guillaume eut un instant de panique : il allait peut-être retrouver une grosse dame avec des pierreries, plus du tout la fine Irène qui se lavait nue devant la fenêtre et faisait deux fois le tour de sa taille avec les ceintures ordinaires.

— Je ne sais pas si c'est le quarante-trois ou le quarante-huit, dit José réapparaissant, tandis que la porte continuait à osciller derrière lui. C'est mal écrit. Il y avait le téléphone, mais il n'y est plus.

— Mais la rue ?... dit Guillaume.

— Je ne vous l'ai pas dit ?... Avenue de Sicile. Vous voyez, je m'étais trompé sur le nom, mais j'étais dans la note.

Sa voix n'était pas méprisante, ni narquoise, non, indifférente, sans effet, ou plutôt se refusant à l'effet, — objective. C'était la voix d'un homme beaucoup plus âgé que lui, qui ne comprenait pas qu'on puisse s'emballer pour quelque chose. Pourtant Guillaume l'avait vu s'enthousiasmer jadis pour tant de choses, mais toujours avec une réserve, en restant un peu à distance.

Il fut désolé, réellement, à l'idée de quitter José, de ne plus avoir de prétexte pour le voir.

— Franchement, vous ne voulez pas que je vous attende à la sortie, dit-il, et que nous allions prendre un verre ?

— Non. Il faut que je rentre chez moi, mon vieux.

C'était dit d'un ton neutre. On ne pouvait rien contre des choses affirmées sur ce ton. José avait un « chez-soi ». C'était définitif. La tête penchée sur son buvard, il écrivait machinalement, traçait des signes de la pointe d'un crayon.

— À propos, dit-il, ce Hersent ? C'est bien celui que vous avez connu ?

— Il paraît, dit Guillaume, qui pensait : Décidément, « ce Hersent », comme ils disent, n'a jamais eu autant la vedette.

— Quand le juge-t-on ?

— Le juger ? Il faudrait d'abord le prendre.

La pointe du crayon quitta le buvard.

— Comment ?... Vous ne savez pas ?...

— Eh bien, quoi ? dit Guillaume.

— Mais... il est arrêté !

— Arrêté ?... dit Guillaume. Depuis quand ?...

— Mais... depuis plusieurs mois !...

— Est-ce possible ?... dit Guillaume bêtement. Je n'ai rien su.

— C'est possible, dit José. C'est même certain...

Il continuait à parler sans passion, sans écarter les lèvres, tout à fait comme quand il avait parlé d'Irène... Guillaume savait qu'il n'affirmait pas à la légère. Il disait « c'est certain » sans changer de ton, à peine de regard, comme si c'était lui personnellement qui avait arrêté Hersent.

— On raconte même qu'il a téléphoné pour qu'on

vienne l'arrêter, ajouta José, impartial. Mais ça, c'est peut-être des histoires !

Guillaume comprit que s'il n'avait pas déjà parlé d'Irène, ce qu'il venait d'apprendre aurait suffi pour lui en ôter le courage.

— Est-ce qu'on sait quelque chose de plus ? demanda-t-il.

— Personnellement je ne sais rien de plus.

Guillaume eut besoin de se lever, de se mouvoir, de se retrouver dans la rue. Comme il faisait le tour de la table, il aperçut le buvard de José, et les mots que celui-ci y avait inscrits, peut-être par automatisme. « *Herr Sang…* » Rêvait-il ? Cela ne voulait rien dire. Maintenant il avait hâte de quitter José. Il avait besoin de respirer plus au large. Mais, boutonnant sur lui son épais pardessus, José tint à l'accompagner jusqu'à la porte.

— J'ai bien peur que ce ne soit mauvais pour lui, dit-il, toujours sur le ton de celui qui craint d'outrepasser les limites de la constatation.

— Vous voulez dire que… vous souhaiteriez ?…

— Je ne souhaite rien, dit José en lui serrant la main. Au revoir.

Cette fois Arnoult n'était plus maître de ne pas penser à Hersent. À la même heure où il questionnait le petit José sur la demeure d'Irène, Hersent respirait dans une prison. Même s'il fallait se dire que la chose était juste — et il apprenait combien il est difficile de penser contre tout un peuple, — il ne pouvait suffire qu'une chose fût juste pour qu'elle fût bonne. Guillaume était acculé à s'avouer, en présence de ce qu'il éprouvait maintenant, qu'il avait souhaité voir Hersent échapper à la justice. L'idée de sa fuite lui avait déplu ; elle lui avait fait un certain plaisir aussi, en lui donnant le droit de le mépriser. Maintenant qu'il le savait pris, et peut-être par sa volonté, la vie d'Hersent brusquement changeait de couleur, se resserrait jusqu'à la tragédie, et Guillaume éprouvait, en vrai, cette horreur du cinquième acte dont son ami avait tant aimé voir s'éveiller le reflet parmi les décors de toile peinte. Tandis qu'une crainte affreuse s'emparait de lui à la pensée de ce qui allait s'ensuivre, un fait, si José avait dit la vérité, se dégageait pour lui : Hersent n'avait pas fui. Il n'avait pas en vain évoqué si souvent dans ses livres la Chevalerie, saint Louis, Antigone, Jeanne d'Arc... Mais comptait-il vraiment sur la compréhension des juges?... Cette idée arrêta Guillaume au milieu de la rue assombrie, alors qu'il pataugeait dans une neige décomposée. Hersent n'avait-il pas fait en se livrant un geste d'enfant? Il marchait avec peine, discutait avec lui-même. À la voix qui disait : «Candeur!...» — une autre répondait : «Habileté!...» Il se trouvait dans la rue de Richelieu et se laissait bousculer sur ces trottoirs étroits, effervescents, où tout le monde ce soir était plus pressé que lui. Pourquoi était-il donc incapable de faire comme les autres, de se débarrasser d'Hersent avec un mot, de ne voir en lui que le « traître », ou de se livrer, comme José, à d'affreux calembours?... Il pensa tout à coup, bêtement, à Napoléon se remettant à la mansuétude des Anglais. Hersent était loin du compte. Il aurait bien dû savoir qu'entre compatriotes il n'y a pas de pardon. Mais en effet, qui aurait su cela, sinon lui, qui avait tant réclamé des gibets pour les gens dont il n'admettait pas la politique? La seconde voix ricanait. Qui avait commencé à parler de traîtres, sinon lui? La neige s'était remise à tomber. Guillaume, après avoir longtemps tourné, décida de rentrer vers son hôtel.

Il y avait décidément du nouveau pour lui. Car il connaissait maintenant l'adresse d'Irène, et il ne pouvait pas plus supprimer Irène qu'il ne pouvait supprimer Hersent, ou que celui-ci ne pouvait supprimer la défaite de l'Allemagne, qu'il ne pouvait supprimer la justice, la vengeance, besoin primordial. Non, Hersent ne supprimait pas plus Irène qu'Irène ne supprimait Hersent. Il fallait accepter en même temps ces êtres inconciliables. Eût-il été puissant, — et il n'était rien, — il ne pouvait rien pour Hersent. Il s'aperçut qu'il lui parlait, qu'il s'excusait : « Hersent, je ne peux rien pour toi... » Hersent était dans une prison très noire, et Irène dans un appartement très lumineux, — cette avenue de Sicile, ce que ça faisait lumineux ! — et Guillaume naviguait à travers des rues ténébreuses et la neige lui tombait sur le dos, et il allait d'Hersent à Irène, et d'Irène à Hersent, ne pouvant se décider à assurer la victoire de l'un sur l'autre. Cependant, il le sentit en touchant la poignée de sa porte, malgré la révélation capitale de cette soirée, — mais laquelle des deux était capitale ? — il tournait le dos à Hersent. Ce n'était pas pourtant que celui-ci n'eût remporté une dernière victoire, et qu'il n'eût d'abord englouti dans son ombre, devenue soudain fatale, tous ceux que Guillaume avait vus depuis son retour à Paris, José, Stéphane, Morel, madame Barsac, et tous les autres. Guillaume se rappela tout à coup le mot qu'avait prononcé devant lui, en 39, non sans emphase, un des deux ou trois éditeurs d'Hersent, qui venait de lancer avec soin son premier roman-fleuve. « Ce diable d'Hersent a tout pour lui, disait-il, le talent, la jeunesse, la chance ! Une chance, ah, prodigieuse !... Entre nous, mon cher ami, tout à fait entre nous, il lui manque une chose : d'avoir souffert. »

VI

Rien, dans les traits d'Irène, n'avait changé depuis six ans, et Guillaume avait peine à croire qu'elle avait son âge. Elle était toujours aussi jeune, elle avait toujours son air de propreté excessive, cette étroite cicatrice en travers du sourcil, cette petite tache brune sur le front, qui la lui eût fait reconnaître entre mille. Sa toilette n'avait changé qu'en ceci qu'elle était non plus soignée, chose impossible, mais plus luxueuse. Il ne se demandait pas, il lui demandait encore moins d'où venait ce luxe. Ce n'était plus le temps des questions. Son extérieur prouvait suffisamment qu'elle avait su édifier sa vie, pendant que tant d'autres s'étaient défaites. Il ne désirait pas en savoir plus. Il avait presque peur.

Il la regardait, tandis qu'ils prenaient le thé chez elle dans des tasses de fine porcelaine, comme il n'en existait plus peut-être que dans les musées, — et il enregistrait dans tous ses mouvements, dans son être, un surcroît de vivacité ; en même temps qu'une nuance d'anonymat s'était répandue sur son visage. Pourquoi interroger, chercher ? Cette vivacité l'enchantait. Le débit de sa parole s'était précipité aussi, semblait-il, et pas seulement de sa parole : il y avait en elle une abondance d'idées qu'il ne lui avait pas connue. Guillaume avait compté sur l'attrait qu'on éprouve à retrouver chez un être ce qu'il était : et elle lui faisait connaître l'attrait beaucoup plus vif, sinon un peu pervers, d'un être nouveau surgi sous l'ancien. Elle créait autour d'elle un univers léger, transparent, de mouvements rapides, de regards précis et froids, de mots décochés à toute allure, avec un faible rire retenu, comme si elle ne prenait même plus le temps de rire. Il n'y avait pas place auprès d'elle pour l'anxiété avec laquelle il était venu, et qui tenait à tant de circonstances. Les choses urgentes qu'il avait à lui dire, auxquelles il avait tant pensé pendant six ans, se dissipaient dans cet air. Était-elle devenue nerveuse? Elle semblait ne pas tenir en place, ouvrait des livres, soustrayait un disque d'un album, lui en faisait entendre une face, le retirait avant la fin. Guillaume, d'abord armé de froideur, se laissait gagner par l'atmosphère, rejoignait l'être insouciant qu'il avait été jadis, comme s'il avait laissé à la porte le personnage qu'il avait traîné ces derniers jours à travers Paris. La vue d'Irène l'avait nettoyé subitement, débarrassé d'un fardeau. L'émotion le rendait léger, désinvolte. Il était redevenu, en un quart d'heure, l'homme qui ne peut entendre un disque ni voir un film jusqu'au bout, que l'idée d'une explication à donner, d'un livre à couper comble d'ennui, à qui il est insupportable d'entendre lire plus de quelques lignes. Il sentait qu'une parole superflue, ou un peu grave, lui eût fait prendre la porte; il aurait fui sans retour. Ainsi se trouvèrent-ils accordés tacitement pour ne rien prononcer d'essentiel; mais rien non plus n'était indifférent. Et de là leur plaisir. Irène, c'était ce monde où tout avait une valeur. Cette valeur, cette couleur qui s'attachaient aux moindres propos, aux signes, aux gestes, aux silences, ce plaisir qu'ils y prenaient, c'était, jadis, ce qui la distinguait de toutes les autres. Il ne ressentait rien de ce qu'il s'était attendu à ressentir ; au lieu de ce choc un peu douloureux mais approfondissant qu'il craignait, il sentait s'épanouir en lui une âme adolescente, et il se demandait jusqu'où une pareille disposition risquait de l'entraîner. Il s'attendait à tout instant qu'une visite, une sonnerie de téléphone interrompît leurs propos aériens, rapides, peut-être inconsistants, si leur charme n'avait consisté justement en ceci, que cette rapidité leur donnait une saveur, la saveur des choses fuyantes, l'attrait d'un risque sous-entendu, le goût du sable.

— Vous n'avez pas envie de boire autre chose que du thé ? lui demanda-t-elle soudain. J'ai un excellent gin.

— Quoi ? Du gin ?

— Oui, j'en ai à peine bu. Tenez, il est là-bas, dans ce petit placard que vous apercevez au fond du couloir. Il me semble que c'est bien votre tour de vous lever…

Guillaume dut tâtonner pour trouver la porte du placard, qui ne se distinguait pas de la tapisserie. En un temps où la moitié des gens qu'il connaissait, dont lui-même, avaient perdu leurs biens, il s'amusait de voir, — incapable qu'il était devenu en quelques minutes de s'en scandaliser — qu'Irène avait amassé en verrerie une petite fortune. L'intérieur du placard était garni d'une cretonne aux dessins subtils, et à la hauteur convenable un rayon supportait toute une gamme de flacons et de verres du cristal le plus rare. Dans le fond du placard, une inscription en lettres d'or, due, paraît-il, à Pline l'Ancien, exaltait la fragilité du cristal, et la valeur d'un luxe que le moindre choc peut réduire en poudre. Il y avait une certaine insolence, lui semblait-il, dans le fait d'exhiber, en ces temps-là, une pareille inscription. Et cette insolence lui donnait une nouvelle définition d'Irène.

À présent, assise près de lui sur le divan, elle avait ouvert sur leurs genoux un album contenant des reproductions de tableaux, qu'elle feuilletait d'autorité, ne cessant presque pas de parler, et dont il n'entrevoyait les pages que par éclairs. Puis elle se laissa glisser sur les genoux, devant lui, dans une attitude d'humilité toute apparente, car il s'agissait surtout de lui démontrer sa souplesse, et elle se mit à regarder les gravures à l'envers, lisant avant lui les légendes, commentant, sans lui accorder le temps de l'impression la plus fugitive. Elle eût été irritante à souhait, si elle n'avait tellement eu l'air de jouer un rôle, et cela tout en restant extraordinairement vraie.

— Cela ne vous ennuie pas de regarder à l'envers? dit-il. Je puis tourner l'album...

— Mais non. La plastique reste la même, dit-elle avec une espèce de sourire à l'adresse du mot qu'elle employait, un bon tableau garde sa valeur dans tous les sens, c'est comme une page d'écriture, vous voyez, les rythmes existent aussi bien à l'envers, même on les perçoit mieux.

On eût dit qu'elle n'avait fait pendant toute la guerre que s'exercer à regarder de la peinture. Parfois elle se renversait en arrière, sur les deux bras, ou faisait une pirouette sur elle-même, comme pour prouver que tout cela n'était pas très sérieux; ou que le sérieux du moins n'était pas là. Ou bien elle levait les yeux sur lui, et Guillaume était étonné de les voir si froids et si pâles, accrochés en haut de sa mince figure, la dévorant, pareils à certaines turquoises un peu crues, un peu cruelles. Ces grands yeux vifs, perçants, dont on ne pouvait jamais tout à fait se souvenir, n'étaient pas déplacés parmi tous ces cristaux qui les entouraient de transparences vaines, d'éclats brisés. Le cran d'arrêt du pick-up n'ayant pas fonctionné ; le dernier disque continuait à tourner sous l'aiguille qui ne trouvait pas la rayure convenable. Guillaume dit en riant que cela faisait très « cinéma ».

— Du mauvais cinéma, alors, dit-elle.

— Oui, vous savez, quand il se passe quelque chose et que le disque continue à tourner...

— Ah oui, par exemple quand on trouve sur le plancher le cadavre de la victime ?...

Ils rirent tous les deux, elle se leva, échangea, au petit bonheur, Mozart contre Bartók — tiens ! tiens ! et, toujours assise par terre, se remit à feuilleter l'album. C'était un peu horripilant, cela devenait même indélicat, jugea Guillaume. Il essaya de penser : « On dirait une étudiante... » Mais ce jugement ne convenait pas. Il pouvait évoquer des chambres d'Irène, ornées de toutes sortes de gravures jetées sur les murs comme des confetti, et auxquelles lui-même en ce temps-là ajoutait sans cesse. Irène accroupie devant cet album — et il pressentit qu'elle en avait une pleine armoire — cela détonnait, se disait-il, — mais avec quoi ?... Il osa enfin l'arrêter, avec une hardiesse polie, alléguant qu'il ne se croyait pas en état d'éprouver pour le moment beaucoup d'intérêt pour des reproductions de tableaux, et peut-être après tout, pour les tableaux eux-mêmes.

— Même pour celui-ci ? dit-elle.

Et elle tourna une page. « C'est bête, semblait-elle dire, mais j'aurais voulu que vous le trouviez vous-même... »

Ils s'étaient connus autrefois parmi des paysages dont il aimait penser qu'ils avaient longtemps continué, de loin, à commander leurs vies séparées, et dont ils s'étaient plu, un temps, à chercher les échos chez certains maîtres. Sans doute, en peignant cette *Plage de Scheve-ningen*, Ruysdaël n'avait-il pas songé, à renouveler l'art de peindre ; mais ils avaient trouvé là, à un moment de leur vie — comme ils étaient jeunes ! — une nourriture pour leur imagination. Ils s'étaient donné ensuite un mal fou, se trouvant pour trois jours en Hollande, pour chercher partout ce tableau qui finalement, à leur retour en France, s'était révélé être à Londres et qui, par son obstination à leur échapper sous toutes ses formes, leur était devenu une énigme. Ils avaient aimé chez ce peintre son goût des arbres, ses façons de marier les rythmes de la terre et ceux du ciel, en un temps où, heureux d'eux-mêmes, ils ne demandaient autre chose à la peinture que d'exalter, ou même de maintenir sous leurs yeux, certains aspects privilégiés du monde. À Amsterdam, alors qu'ils questionnaient tant de gens sur *La Plage*, une «Vue de Haarlem», rencontrée au hasard d'une exposition étrangère — car ils voyaient toujours tout par hasard — avec sa plaine noyée sous un vaste ciel, les avait enchantés par un charme subtil, une merveilleuse tristesse, un sentiment juste et mesuré de l'abandon humain, et ils avaient longtemps défendu leurs impressions contre ceux de leurs amis qu'émou-vaient surtout les feux d'artifice de la nouveauté. Après avoir donc vainement cherché, au cours d'un voyage fait à l'improviste sur une inspiration d'Irène, cette *Plage*, d'autant plus précieuse à leurs yeux que Ruysdaël n'a pas souvent peint la mer, ils s'étaient rabattus sur toutes les échoppes de Paris consacrées à la vente des reproductions de tableaux, entre le boulevard Saint-Germain et la Seine, y compris les boutiques des quais, si propres, celles-là, si désertes, qui semblaient lavées par le flot, et où ils ne trouvaient jamais qu'un vieux bonhomme solitaire en tête à tête avec son téléphone et une pile de vieux livres inclassables. Ce petit coin, cette ligne de façades grises qui s'étire sur les quais entre le boulevard Saint-Michel et le Pont-Neuf avaient pris pour eux la couleur, l'odeur des grands départs, la transparence de la mer ; parfois même ils croyaient y reconnaître, au-dessus de l'eau, ces vastes ciels fuyants et bouleversés dont ils avaient constaté chez Ruysdaël au moins la singulière attirance. Quant au tableau cherché, ils avaient dû en faire leur deuil : il n'avait pas tenté même les simples photographes.

— Eh bien, c'est une vraie surprise, dit Guillaume.

Elle dit très vite :

— Ça valait bien la peine d'acheter l'album, non ?

Il étouffa un léger « ah », voulant cacher combien cette phrase lui faisait plaisir. La reproduction n'était pas des meilleures, et certains détails disparaissaient dans l'épaisseur du papier, mais il suffisait de la mettre à quelque distance de l'œil pour qu'elle révélât sa magie : une mince bande de plage prolongée par des dunes, un bateau à grandes voiles qui arrive sur la crête des vagues, tout cela à la merci d'un ciel dévorant, d'où une lumière secrète transpire sous un tumultueux mouvement de nuages. Paysage mouvant en effet, où une série de personnages debout sur la plage, à des distances inégales, permettaient de mieux mesurer l'étendue.

— Je ne sais pas si Ruysdaël était un grand peintre, dit Guillaume, tout en estimant que ça n'avait pas beaucoup d'importance pour lui à l'heure actuelle, mais certainement il pensait à ce qu'il faisait... Vous rappelez-vous ces petits bonshommes que nous regardions autrefois du haut des falaises, ces petits points noirs, anonymes, qui piquaient le sable ?...

— Oui, dit-elle. Je me rappelle même que vous disiez : les années, les siècles passent, et il y a toujours ces petits points noirs sur les plages, qui se remplacent les uns les autres, rigoureusement équivalents.

— C'est comme sur le tableau, dit-il.

— Est-ce que Ruysdaël a pensé à cela?

— N'importe, il nous y fait penser.

— Nous aurions dû aller à Scheveningen, dit-elle naïvement.

— Scheveningen!... dit-il. Vous vous rappelez cette dame, dans le train, la femme du Consul de Rotterdam, qui essayait de vous faire prononcer ce *sche* qui vous déchirait la gorge?

— Alors qu'il est si simple de dire «Chéveningue», comme tout le monde, dit-elle. Nous aurions bien dû y aller.

— Vous n'avez pas voulu y aller, souvenez-vous, quand nous avions Scheveningen à portée de la main.

— Nous n'avions pas le temps, souvenez-vous, dit-elle avec un grand rire dans les yeux; nous étions rongés de hâte.

— Avons-nous jamais voyagé autrement? Nous avons toujours été partout avant d'avoir eu le temps d'y penser... Ce n'était pas une façon de voyager très intelligente...

Elle eut un rapide sourire, comme pour dire : avions-nous besoin d'être intelligents?... Faisant tout par instinct, ils n'avaient jamais voulu être de ces voyageurs qui voyagent pour voir des tableaux, des monuments. Et Scheveningen n'était pas à Scheveningen, mais dans ces plages illimitées du Nord dont la proximité les attirait, où la lumière joue indéfiniment sur le même sable, où les dunes profondes, ajoutées les unes aux autres, offrent la nudité du désert. Les plages étaient presque toujours désertes, elles aussi, du moins aux époques qu'ils choisissaient pour y aller, avant tout le monde, et l'on pouvait s'y baigner nu, malgré le froid,

— mais Irène aimait le froid, — et s'étendre à deux, sur la dune, à midi, dans les creux ensoleillés du sable.

Irène, toujours mobile, — elle n'était plus à genoux sur le tapis, mais assise à sa droite, à sa gauche, agenouillée derrière lui sur le divan et tendant par-dessus ses épaules des bras tout minces, — car il faut peu de temps pour se vêtir, mais il en faut davantage pour échanger contre un peu d'abondance la minceur consécutive à une jeunesse difficile, — Irène avait repris l'album en mains, comme s'il avait été incapable de le regarder seul, ou comme s'il y avait eu encore quelque chose à regarder après *La Plage de Scheveningen.* Peut-être était-ce le signe d'un léger énervement, mais Guillaume ne protestait pas, car cela rentrait dans le charme de cette heure qui peu à peu se détachait des autres, se rangeait parmi les rares heures inaccessibles à la préméditation, et qui ont l'air de tomber sur nous d'en haut. De temps en temps, il pensait aux démarches qu'il avait faites dans la semaine, et l'idée que le temps lui était mesuré, — idée qui l'amusait encore une heure plus tôt, lorsqu'il avait monté l'escalier, — lui serrait un peu la gorge. Quelqu'un, la veille, dans un bureau, lui avait promis que son affectation ne tarderait plus, que c'était une question de jours, ajoutant toutefois que cela irait plus vite s'il se rendait sur place avec les papiers et les attestations qu'on allait lui donner le soir même, à condition qu'il voulût bien revenir. Il était revenu, avait donné des signatures, et maintenant il sentait ces papiers dans sa poche, qui le disputaient à Irène. Il était surpris de pouvoir, après des années si hasardeuses, vivre une heure comme celle-là. Et, paradoxalement, il était moins pressé, maintenant, de parler à Irène, de lui dire pourquoi, en vertu de quelle profonde exigence il était venu. Il regardait avec un peu moins d'incrédulité les natures

mortes qu'elle faisait défiler sous ses yeux, ces échafau-
dages improbables et toujours croulants de fruits et de
matières précieuses, aiguières d'argent, flûtes de cristal,
coupes de vermeil, dont la chute harmonieuse montre
les dessous ouvragés, tandis que resplendissent, dans un
coin du tableau, plus mystérieux d'être debout parmi
cet écroulement calculé, le hanap et la pyxide. Ces
tableaux, où les tons régnants donnaient toute leur
valeur à quelques reflets d'or ou d'argent, le ramenaient
aux cristaux d'Irène, à ses porcelaines, à ses citrons, des
citrons à demi coupés, élevés eux-mêmes, par la difficulté des temps, au rang d'objets précieux, couchés
devant lui sur le plateau de métal, lui offrant la calme
géométrie de leurs parois intérieures. Il lui parut qu'il y
avait, dans la nouvelle existence d'Irène, de singulières
réussites, des accords dont la force le touchait. S'étant
placée à son côté, un peu en arrière de lui, elle mani-
pulait d'une façon dangereuse un merveilleux flacon
qu'elle venait d'aller chercher dans son armoire,
appuyant, pour se retenir de tomber, un de ses bras sur
l'épaule de Guillaume. Il avait gardé une faiblesse à
cette épaule, depuis un certain coup qu'il avait reçu, —
ce qui était bien la moindre des choses, ainsi qu'il se
plaisait toujours à le dire poliment, — et comme Irène
repliait son coude, la douleur fut soudain si vive qu'il fut
obligé de se pencher, et elle de se retenir à lui. Ce fut un
moment singulier. Mais déjà Irène remettait ses cheveux
en ordre, avec un mouvement rapide et palpitant des
doigts, tirait sur son corsage, baissait les yeux, un peu
rose, l'éclat de sa peau animé par l'émotion, et ses cils
étaient d'un blond si pâle que Guillaume voyait seulement leur ombre sur sa joue. Il avait oublié de telles
finesses, et cette odeur de peau bien lavée qui lui faisait
penser qu'Irène, grâce aux stocks qu'elle en avait fait de

tout temps, n'avait jamais dû manquer de savon. Il avait oublié aussi ce jeu exquis des lèvres et des dents, redevenu si vif pour lui en si peu de temps qu'il s'étonna que la vue en fût permise. La parole désormais ne lui était plus nécessaire. Le plateau avait légèrement chaviré, les pages de l'album avaient tourné sur elles-mêmes, et le livre était resté ouvert à *La Plage de Scheveningen,* de sorte qu'il ne lui resta rien à deviner. En silence il aida Irène à ranger, et, très soudainement, lui proposa de sortir. Irène jeta sur sa montre de poignet un regard qui n'enregistrait aucune heure.

— Eh bien, savez-vous, dit-elle... Vous allez rire, mais puisque nous sortons... Il y a longtemps que je projetais une expédition dans une de ces boutiques à images que nous évoquions tout à l'heure...

— Il y a si longtemps que ça ? dit-il.

— Oui. Je voudrais que vous m'aidiez à trouver... vous savez, un autre tableau de Ruysdaël qui est un peu dans l'esprit de celui-ci, mais avec un pont et une rivière... Ce sont des choses qu'on n'a jamais le temps de faire !...

— Vous vous occupez de tableaux, à présent ? dit-il. Est-ce que vous préparez un concours ?

— Oh non, non, s'écria-t-elle en riant. Pas du tout... Mais si vous voulez... je voudrais que nous fassions quelque chose ensemble, aujourd'hui. Vous savez, j'ai toujours eu cette manie.

Oui, c'était sa manie de vouloir marquer les dates, les journées par des actes. Il n'imaginait plus une pareille tranquillité d'esprit.

— Il y a un grand échafaudage de nuées, expliquat-elle rapidement, et au-dessous une rivière et un pont à une arche, et peut-être...

— Je sais, dit-il. Une rivière qui traverse le tableau

en diagonale et dont on voit luire un coude sous un rayon... comment dire ? Appelons-le, éphémère...

— Éphémère ! dit-elle en riant. Comment savez-vous cela ?

— Je ne sais pas. Mais c'est l'impression que je garde. *Merveilleusement* éphémère...

— Vous vous rappelez ce que vous disait Dumoustier sur votre manie des adjectifs ?

— Ah, mais j'ai beaucoup changé.

— Assez pour mériter de m'accompagner dans la rue ?...

Il la regarda, et chercha aussitôt autre chose à regarder ; il reprenait trop de plaisir à Irène.

— Sérieusement, dit-il, où allez-vous ?

— Eh bien je vous l'ai dit. Rue des Saints-Pères. J'ai une course à y faire. Je voudrais que nous y allions ensemble.

— Vous voulez dire rue Bonaparte ?

— C'est vrai, avoua-t-elle, je confonds toujours.

— Ça ne doit plus exister, vous savez, la rue Bonaparte.

Il avait bien pensé tout à l'heure à ces petites rues voisines de la Seine, mais pas comme à quelque chose qui existait, que l'on pouvait voir, où l'on pouvait circuler : plutôt comme à un emblème du passé, ou comme à un tableau, exigeant aussi peu de rapport avec le sujet représenté, garantissant aussi peu leur existence, que la vue du Vésuve et de la Baie de Naples.

— Allons voir, dit-elle.

Il restait incrédule. Il ne croyait pas qu'il y eût encore, dans ce Paris où l'on s'était battu, quelque chose d'aussi vieux, d'aussi intemporel, d'aussi franchement inutile que la rue Bonaparte, ou la rue des Saints-Pères, — dont Irène en effet avait toujours confondu les noms.

Les années qui le séparaient de son existence à Paris avaient creusé un trou, un fossé infranchissable. Il ne croyait pas, à vrai dire, qu'il y eût encore un Paris.

Comme ils quittaient la pièce, il fit compliment à Irène de son intérieur.

— Merci. Mais ce n'est pas chez moi, dit-elle en riant. Je suis ici chez ma sœur... Vous vous rappelez,
— Laura ?...

Et elle le poussa dans l'escalier.

VII

Donc, il y avait encore des quais, de petites rues qui descendaient vers eux, et des boutiques aux vitrines ruisselantes d'images jaunies qui semblaient n'avoir pas été remuées depuis des siècles et dont l'emplacement restait, comme jadis, gravé dans la poussière. Et pourtant, la rue où ils entrèrent avait une allure chétive et étranglée qu'ils ne lui connaissaient pas ; elle était vraiment rejetée dans le monde des gravures, et leur paraissait niée tout autant par les nuages en mouvement à son extrémité, dans l'échancrure qui leur laissait voir un peu de ciel, que par la petite plaque de marbre et le bouquet fané qu'ils avaient aperçus à son débouché sur le quai. Du fait que des hommes très obscurs — car leur nom figurant en or sur la blancheur du marbre ne suffisait pas à les tirer de l'obscurité, et la plupart des hommes ont ceci de commun que rien, pas même la proclamation de leur nom, ne les peut arracher au plus strict anonymat, — du fait que des hommes avaient dû verser leur sang sur ces pierres, donner leur vie pour que rien ne fût dérangé dans ces vitrines poussiéreuses, et pour que le même petit vieillard qu'ils connaissaient depuis toujours, un peu plus vieux seulement, avec sa loupe sur son crâne chauve, pût rester assis derrière son comptoir et leur dire, ce jour-là comme les autres jours : «Vous pouvez regarder», la réalité de ce qu'ils regardaient en était non pas majorée, comme elle aurait pu l'être — cela viendrait peut-être plus tard — mais spontanément mise en doute, suspectée. Ou bien cela était-il simplement l'effet de l'âge, du temps, de l'habitude? En ces cinq ans, Guillaume était à peu près sûr — il lui suffisait de l'avoir vue — qu'Irène comme lui-même avait eu plusieurs fois l'occasion de renoncer à la vie, de penser à son existence comme achevée, comme à un passé formant bloc, arrêté par la mort. À vrai dire, peut-être n'avaient-ils pas connu l'un et l'autre la même sorte d'angoisse. Il ne savait même pas si Irène était ou non restée à Paris durant ces années-là, et c'était un signe des temps qu'il n'osait pas encore le lui demander. Il avait pu être soldat, prisonnier, s'évader, et le reste, — cela faisait de ces années un temps plus ou moins bourré d'événements au cours desquels il avait fait cent fois l'expérience de sa mort, il avait eu cent fois la sensation de couler à pic, en sentant que le monde, très injustement, continuerait à vivre, mais un monde décidément frappé de *suspicion* et d'invalidité, un monde où il ne serait plus. Et en dépit de tout cela, par l'effet d'un paradoxe qu'il s'expliquait mal, il lui suffisait de penser aux trois ou quatre années qui avaient précédé la guerre — les années d'Irène — pour les sentir toutes proches, comme si les cinq années de guerre intercalées n'existaient pas, comme si elles étaient, elles aussi, frappées de nullité. Il était probable que l'histoire en jugerait tout autrement, qu'elle jugerait autrement que par sa vie et par sa mort, et même autrement que par la mort de Miraud (Jean), sergent de ville, tombé à l'âge de vingt-quatre ans sous les balles de l'ennemi, en faisant le coup de feu à l'entrée de la rue Bonaparte, pour en défendre les vitrines fragiles et jamais essuyées. Et il se demandait, tout en inspectant nonchalamment avec Irène l'intérieur de ces cartons répugnants de vieillesse — mais était-ce encore lui qui était là ? — si Miraud (Jean) avait eu en tombant ce sentiment que lui-même avait eu tant de fois, et particulièrement le jour de sa blessure à l'épaule, qu'il emportait la vérité du monde avec lui, la réalité et le bien-fondé de ce monde, et n'en laissait derrière lui, à l'usage des autres, qu'une frêle contrefaçon, un reflet sans valeur, à peine utilisable pour des ombres. Ce Miraud n'avait-il pas eu le sentiment, tout à fait indépendant de son sacrifice, que c'était bien les autres, et avec eux ce monde qu'il abandonnait, qui devenaient ombres, et non pas lui, lui qui quittait ce monde en pleine lucidité et dans le feu de l'action ? Il y avait là un enchaînement de pensées difficile à suivre, et peut-être Guillaume ne désirait-il pas trop le suivre jusqu'au bout. Il se demandait ce que le visage d'Irène avait retenu de tout cela et, regardant ce visage, il croyait voir qu'il n'en avait rien retenu. Les Français étaient maintenant sur le point de poursuivre l'ennemi sur son territoire, ils étaient occupés à juger les traîtres, et l'un de ses amis avait été ce traître, et le visage d'Irène était aussi impassible, aussi fin, aussi lisse, que Guillaume l'avait toujours connu. Tous les moyens artificiels que les hommes avaient adoptés pour marquer les changements de millésimes ayant été suspendus pendant cinq ans, la longueur des jupes étant approximativement restée la même et les cheveux étant toujours aussi nus, et même un peu plus nus peut-être — le turban dans les cheveux d'Irène n'était pas une nouveauté, si elle en usait avec élégance — il aurait pu croire que rien n'avait eu lieu, n'était que l'air sentait encore un peu la poudre, que les femmes étaient de plus en plus impatientes de danser, et que la poussière du magasin où ils étaient entrés était un peu plus de la poussière. Au reste les pires produits, ainsi que les meilleurs, ayant disparu de cette boutique, ils n'y trouvaient plus rien qui ressemblât à ce qu'ils cherchaient, leur entêtement devenait anachronique, et ils partirent de rire soudain à l'idée qu'ils pourraient être pris pour des maniaques. Pourtant, après tout ce temps passé dans le magasin, il devenait gênant de s'en aller les mains vides. « Examinez, fouillez, vous pêcherez toujours quelque chose », leur avait dit le vieil homme quand Guillaume avait demandé le *Coup de Soleil.* Et depuis, il les surveillait sans desserrer les dents. Soudain Irène leva la tête. Elle avait « pêché quelque chose », quelque chose qu'elle tirait du fond d'un carton et levait silencieusement au bout du bras. Guillaume contempla avec elle cette image de paix. Les pâleurs de la dune, l'ourlet des vagues, le déroulement de cette plage, les mettaient en route pour un monde aux résonances profondes, où ils retrouvaient sans se le dire leur climat. Cela ressemblait sans aucun doute à *La Plage de Scheveningen*, et pourtant il y avait de subtiles différences : moins de personnages peut-être, moins d'envolée, plus d'application. Réplique, ou œuvre de disciple ?… C'était un problème d'une autre époque.

— Vous devriez l'emporter, dit Irène. C'est tout de même beau.

Il hésita. Mais non. Son existence était beaucoup trop incertaine, elle ne comportait plus d'instants pour ces choses. Il pensa que dans quelques jours il allait être rendu aux routes, aux convois, aux ruines, à l'incohérence. Il ne pouvait avoir envie de ce morceau de papier.

Il se rappela une phrase qu'elle avait prononcée

négligemment, sur ces boutiques où l'on veut toujours croire au miracle. Mais il ne quittait plus son visage. Le miracle n'était pas dans ces cartons. Il n'avait plus rien à faire, quant à lui, avec les images. Il aurait pu trouver bien des choses plus précieuses que *La Plage de Scheveningen*, il les eût laissées à leur poussière.

— Je vous comprends, dit-elle, quand ils furent dans la rue. Les images… Je sais ce que vous pensez. Vous avez l'air de vous demander pourquoi nous avons été perdre notre temps dans cette boutique.

— Je ne trouve pas que nous ayons perdu notre temps, dit-il.

— Guillaume, n'irons-nous jamais à Scheveningen ? dit-elle.

— Il y a peut-être des plages plus accessibles, dit-il. Et moins dangereuses. Celle-là est sûrement minée.

— Toutes les plages sont minées, dit-elle. Il n'y a plus de sable propre nulle part. Vous craignez tellement les dangers ?

Il réfléchit, se demandant un court moment ce que signifiait la question d'Irène ; puis, retrouvant leur promptitude d'autrefois à prendre au pied de la lettre et à réaliser sur-le-champ les projets qui paraissaient les plus extravagants, les plus « en l'air » :

— C'est sérieux ? C'est vrai ? Vous seriez libre ?…

Elle fit un signe de tête, pour dire oui.

— Et vous ?…

Il tira un papier de son portefeuille, le lui mit sous les yeux. Ce papier qui le brûlait depuis deux heures. Elle dut se demander, un instant, si elle avait bien lu, si elle n'avait pas complètement rêvé cette entrevue, cette promenade avec Guillaume. Il enregistra le changement, le sérieux de sa voix.

— Ah, dit-elle, vous partez?... C'est pour ça que vous avez cherché à me voir?...

— Voyez la date, dit-il. J'ai encore trois jours devant moi, et... Mais j'ai une idée... Si vraiment... Irène, lui dit-il très décidé, il faut que nous profitions de ces trois jours. La vie des hommes est devenue stupidement courte, mais heureusement il leur reste toujours le temps de faire quelque mémorable bêtise. Écoutez. Nous allons partir ensemble. S'il est vrai que vous aimez toujours le grand air...

Elle lui saisit le bras, d'un geste à la fois joyeux et apeuré.

— Ce serait possible?...

Il avait appris, en cinq ans, à juger du possible et de l'impossible.

— Je connais une voiture qui doit remonter par là, dit-il. C'est dans le Nord, ou plutôt non, dans le Pas-de-Calais. Ça doit se trouver à une trentaine de kilomètres au-dessous de Boulogne, sur la côte. Hardinghem... Herminghem... ou quelque chose comme ça. C'est un camarade qui m'a parlé de ce voyage, un des types que j'ai vus cette semaine, et que ça embête. Je pourrais me charger du travail.

— Et la voiture?

— Quelqu'un doit la ramener.

— Peut-être moi?... dit-elle.

Elle se découvrait peu à peu. De pareils propos se situaient alors au-delà de toute explication. Le pays avait suffisamment vécu dans l'invraisemblance.

— Nous verrons, dit-il. Mais je vous préviens, il y a des risques. Ce ne sera peut-être pas un week-end de tout repos.

Les yeux d'Irène pétillaient.

— Guillaume, dit-elle gaîment, Guillaume!...

Arrivés sur la place, il reconnut le café où, en septembre 39, traversant Paris en coup de vent, il avait surpris Hersent, déjà en uniforme, assis tout seul, à l'écart du monde pour une fois et perdu en lui-même, si loin de tout, qu'il n'aurait pas songé à l'interpeller si l'autre ne lui avait fait signe. Ce fut ce jour-là qu'en réponse à un mot de Guillaume, retrouvant vite ce ton de légèreté, cet entrain qui étaient les siens, Hersent lui dit : « Mais non, mais non, les Juifs, c'est une blague. Ce qui ne va pas, mais pas du tout, c'est ta démocratie, c'est votre foutue République !... » Guillaume se rappelait encore ce qu'il lui avait répliqué. « Cette foutue République, comme tu dis, est la dernière où l'on puisse encore vivre. » — « La dernière, tu l'as dit ! s'était écrié Hersent. Ça ne m'amuse pas beaucoup de vivre dans un pays de cinquième ordre !... »

Comme il voyait Irène s'enthousiasmer pour leur projet, Guillaume tint à lui rappeler que la guerre n'était pas finie, qu'il existait même, pure coïncidence, une offensive ennemie sur la Meuse, qui faisait que les Allemands pouvaient se retrouver à Anvers dans quelques jours.

— Je sais, dit-elle. On dit qu'il s'est passé des scènes affreuses dans les villages repris. Les gens s'étaient trop pressés de se venger. Maintenant les vengeurs redeviennent victimes.

— C'est le rythme de l'histoire, dit Guillaume.

Elle s'indigna.

— Je ne comprends pas qu'on puisse rester froid devant des choses pareilles, dit-elle.

— La vraie guerre est ailleurs, dit-il, dans les laboratoires américains. Dans quinze jours, nous aurons repris ces villages.

— Et il y aura encore des massacres.

— Il y a trop d'hommes, dit-il. Et les gens s'ennuient tellement dans la paix.

— Guillaume! dit-elle, criant presque cette fois, de colère.

— Vous ne croyez pas? dit-il sur un autre ton. Il faut trop de vertus pour la paix.

Le cri d'Irène, amorcé comme une protestation, — mais contre quoi? la première ou la seconde partie de la phrase? — se transforma en acquiescement, presque en reconnaissance. Une idée sembla la traverser.

— Je ne connais plus rien de vous, dit-elle. Je me demande si je ne suis pas avec un autre.

VIII

L'après-midi commençait à se ternir. Les dernières maisons d'un village apparurent à l'angle d'un bois, harmonieuses, un peu irréelles, avec leurs toits tombants, leurs silhouettes sans épaisseur. Le froid était vif, Irène voulut descendre de voiture et marcher pour se réchauffer. Cette voiture écrasée sous ses cylindres à gazogène manquait bien un peu d'élan, mais elle avait toutes ses roues, et elle roulait. Ils étaient encore dans le bois, et il leur fallut marcher dans des épaisseurs de feuilles imprégnées d'eau. Ils apercevaient, en avançant, toutes sortes d'objets bizarres, à moitié ensevelis sous les feuilles. Les feuilles ne se décomposaient pas, elles s'agglutinaient, faisant éponge, ou formaient des nappes éparses qui noircissaient. Les troncs étaient grêles, mais serrés, noirs aussi ; ils sortaient de fourrés impénétrables. À leur sommet les branches, très minces, assombrissaient le ciel par leur multitude. Ils avaient le temps de voir tout cela, et d'en être attristés, tout en marchant très vite, tandis qu'un vent humide les pénétrait et les empêchait à peu près d'ouvrir la bouche.

— Ce n'est pas ici que nous allons nous réchauffer, dit Guillaume.

— Non, il faudrait courir.

— On ne peut pas courir sur ces feuilles glissantes.

— Eh bien, dit-elle, il vaut mieux filer. C'est trop désert. Vous avez toujours eu le chic pour trouver des endroits déserts.

— Vous n'en étiez pas toujours mécontente, dit-il.

— Non. Mais il y avait d'autres choses, dit-elle, enjambant le marchepied de la voiture.

Guillaume avait laissé le contact ; la voiture partit sans trop de difficultés. C'était la première fois qu'Irène faisait allusion au passé. D'autres choses… Des choses dont elle était mécontente ?… Il aurait voulu lui demander lesquelles. Il n'avait jamais pu. Il n'était pas très facile d'accrocher une conversation de ce genre avec un volant entre les mains, et un moteur qui tapait tant qu'il pouvait. Et pourtant tout lui était redevenu présent en une minute, à cause de ce seul mot. Il comprenait qu'elle n'avait pas désarmé, et qu'il serait toujours aussi impossible qu'auparavant de savoir pourquoi elle avait pris les armes. Sa vie, alors, ne lui était pas toujours claire, c'est vrai. Il avait souvent pensé, depuis, qu'il avait dépendu de lui de la rendre claire, qu'elle ne désirait sans doute que cela, et qu'il l'avait déçue uniquement parce qu'il n'avait pas été assez décidé. Il avait eu peur de la brusquer, alors qu'elle désirait précisément être brusquée. Il avait eu peur des questions, alors qu'elle désirait les questions. Il avait craint, sans oser se le dire, d'avoir sa vie à charge. Il voulait avoir Irène sans sa vie, détachée de tout, — et peut-être détachée de lui-même. Il s'était jugé inférieur à ce qu'il était. Peut-être n'était-il pas encore assez fort, assez important, pour avoir une femme à lui seul ?… Mais non, ce n'était pas une question de force, il ne jugeait pas cela utile. C'était comme quand on a une maison où certains objets ne peuvent pas entrer, on les emprunte quand il faut, et le reste du temps ils font ce qu'ils peuvent. Il n'y avait jamais eu d'explication entre Irène et lui. Ni avant ni après qu'elle fût partie. Elle avait attendu, pour partir, de se savoir indispensable. Sa patience avait été grande : elle avait attendu pour cela trois ans. Mais jamais rien n'avait été expliqué. Dès le début, quand il l'avait trouvée, cela avait été ainsi. Et ensuite, était-ce à cause de tant d'événements incompréhensibles ? il avait été dévoré du désir de comprendre : c'était peut-être ce désir qui l'avait attaché le plus à Irène. Il y avait eu des sortes de charnières dans leur vie, des points de moindre résistance : il aurait voulu savoir pourquoi ils avaient cédé. Peut-être aurait-il fallu, pour cela, remonter à l'enfance d'Irène, à ses jeux, à ses chagrins ? Maintenant il avait progressé. Il désirait toujours savoir, mais il avait appris la patience, il savait que ce savoir est l'œuvre du temps, de la réflexion, de l'amour — d'un amour *différent*, sans rien de commun peut-être avec la passion effrénée d'autrefois. Il songeait à la vanité des explications trop formulées, trop précises, quand il faut des volumes pour rendre compte d'une plainte, d'un soupir. Il aurait fallu remonter à des tournants qui étaient toujours restés obscurs, comme à celui de ce chemin dans les dunes dont lui avait parlé Stéphane, comme à celui de cette nuit où, la main accrochée à la tenture, le bras nu contre les broderies, elle le suppliait, sans qu'il pût venir à son secours, parce qu'il ne reconnaissait même pas sa supplication.

Le chemin s'ouvrit devant eux, un pan de bois sombra, et ils se trouvèrent sur la plaine nue, où les poteaux télégraphiques se détachaient en noir. Mais était-ce des poteaux ou des arbres ?... Le bruit du moteur s'infléchit. Le poids d'humidité qu'ils ressentaient depuis leur entrée dans le bois se dissipa.

— C'est encore loin ? dit-elle.

— Je ne sais pas. Vous n'êtes pas bien ?

— Si. Très bien. Je crois que nous ne pourrions pas être mieux.

— Ce n'est pas très intime…

— Justement…

Leurs mains étaient gelées sous les gants. Le froid rentrait par les interstices du pare-brise ; sur un côté, une feuille de mica déchirée les séparait du vent. Guillaume ralentit un peu l'allure.

— Il y a peut-être dix ans, Irène, — c'était dans ce restaurant de la rue Mazarine, souvenez-vous, un entresol un peu triste, — vous avez commencé à me parler un peu de vous, du temps qui s'était écoulé avant moi. Nous n'avons jamais eu l'occasion d'aller jusqu'au bout de cette conversation. Ce que vous avez eu l'intention de me dire ce jour-là, ou de ne pas me dire… il est sûr que je ne le saurai jamais. Et d'ailleurs, (il fit un geste vague), cela est mort. Aujourd'hui vous êtes là, et je voudrais croire que tout ce que nous avons fait l'un et l'autre dans le passé n'a plus beaucoup d'importance. J'entends : depuis même que nous nous connaissons. (Et il ajoutait en lui-même : « Je sais que nous ne nous verrons jamais qu'en courant, entre deux portes, ou dans des autos, comme aujourd'hui, et encore pas souvent seuls. Je suis heureux, c'est certain, mais je suis lucide. Nous n'en avons probablement plus pour si longtemps à être ensemble… ») Avec vous, reprit-il à haute voix, et c'est peut-être ce que j'aimais, je me suis toujours senti à la veille de quelque chose. La vie est ainsi faite de veilles. Il n'y a jamais de jours entiers, jamais de lendemains. Il y a mieux que les journées, ce sont les matins. Et il y a mieux que les matins, Irène, ce sont les veilles.

Il ne quittait pas des yeux la route, que longeait toujours la procession des poteaux électriques.

— Irène, dit-il, je sais à présent que si nous nous voyons, ce sera toujours la veille, jamais le lendemain, jamais le jour entier.

Elle se laissa aller légèrement contre lui.

— N'est-ce pas mieux comme ça?

— Oui, nous sommes tellement libres vis-à-vis l'un de l'autre... Écoutez... J'ai compris qu'une des grandes choses de ce monde était d'apprendre à vivre sans trouble. Je m'y efforce... (Peut-on croire, se demandait-il, qu'il y a beaucoup de fautes impunies?... Ou même de maladresses? Ou qu'il y a des gens qui paient plus que leur part?... Comment disait Dumoustier? Sa distinction entre le drame et la tragédie... « Le drame, c'est le domaine de la justice immanente, il y a drame quand il y a un équilibre entre les actions des gens et les conséquences qu'elles entraînent. La tragédie... ») J'ai beaucoup réfléchi sur nous, poursuivit-il, et j'ai longtemps pensé que j'avais été... imprudent, — disons même coupable, pour être clair. Pas tellement envers vous, comme vous l'avez imaginé trop facilement, mais *envers nous*. Je le crois encore, peut-être dans une certaine mesure (et il se demandait quelle mesure) ; mais je crois que ce n'était là qu'une apparence. Somme toute, je me juge aujourd'hui... plus humblement.

— Et votre humilité consiste à ne plus croire que vous étiez coupable?

— Il faudrait justement que vous m'expliquiez cela, dit-il. Oh, pas maintenant, bien sûr, mais...

Il eut sous les yeux cette route très blanche où, dans le poudroiement du soleil, à des années de distance, s'avançait une forme qu'il ne reconnaissait pas, qu'il ne voyait peut-être pas, — Irène dont il était séparé. Elle n'était plus avec lui, elle était donc contre lui. Toute cette liberté qu'ils avaient eue et qui permettait à Irène, ce jour entre les jours, de se trouver loin de lui sur une route, venant sans le savoir à sa rencontre, se heurtait en lui à une interrogation épouvantable : à ces moments-là il n'était pas loin de considérer l'abandon comme un mystère. Quelque chose de pire que la mort. (Mais qu'appelais-je abandon ? Quel lien se trouvait rompu ? Considérais-je par exemple que cette améthyste achetée un soir de voyage, dans une petite bijouterie de village, tout à fait par hasard, fût une marque suffisante de nos intentions ? Et pourquoi, pour qui marquer nos intentions ? Nous nous voulions éperdument libres. Y avait-il quelque part dans le monde des êtres plus libres que nous ? Nous refusions toute ressemblance. Nos rites nous étaient personnels. Et dans ces conditions, il était tout de même curieux que dès que j'entreprenais de me justifier, je ne me trouvais plus que des torts… Non, Irène ne m'avait pas abandonné. Simplement, un jour était venu où je m'étais retrouvé seul.) Il y avait donc eu cette route, et cette heure de soleil, qui n'aurait jamais dû briller, où, apercevant Irène, encore très loin, il avait éprouvé soudain une appréhension maladive, un sentiment affreux, — le sentiment qu'il n'avait *pas le droit* d'être là, que sa présence allait lui être reprochée. Pas le droit, au fond, d'être lui-même. Comme un objet qu'on a pris en dégoût, et auquel on reproche — quoi ? Autre chose que ses actes, ses pensées, qui tous possèdent une explication, ou une excuse : son existence. Ainsi, enfant, il lui était arrivé d'être surpris dans des endroits où il ne devait pas être, par exemple visitant, pendant les heures d'étude au collège, un grenier où il n'avait rien à faire, ou explorant un jardin du voisinage. « Qu'est-ce que vous faites ici ?… » Ce qui devient, à peine un instant plus lard : «Pourquoi êtes-vous *vous*?...» Le criminel surpris dans le moment qu'il médite son crime n'éprouve pas de sursaut plus total. Guillaume, quand il commença à reconnaître Irène, comprit quel malentendu se préparait, dont il ne pourrait jamais se disculper. Il était *là*, et il était *lui*. Il y a des sentiments qui ne parviennent jamais à une parfaite conscience d'eux-mêmes, et c'était le cas pour celui-ci. Il lui resta cependant une seconde pour entrevoir la prodigieuse haine dont il était l'objet (et dont la mesure pourrait être difficilement mieux donnée que par ce reproche adressé à un être sur son essence, reproche si monstrueux qu'il resterait toujours inexprimé, — et à son tour un pareil reproche peut-il jamais être racheté?...) quand il vit Irène, enfin alertée par sa vue, hésiter soudain, et s'arrêter.

— Je voudrais arriver à être clair avec vous, dit-il. Mais je l'avoue, il ne m'a jamais été très facile de trouver ma pensée avec un volant entre les doigts. Et je ne sais pas si cette voiture est bien ou mal suspendue, mais ça cogne. Ce que je voulais vous dire — il tira un étui de sa poche : «Une cigarette?» — c'est qu'il me semble que nous avons aujourd'hui une journée comme nous en avions autrefois, — avec pourtant quelque chose en plus, — une journée comme une journée d'autrefois où nous aurions su quelque chose de plus, ces journées où nous ne posions pas de questions, où nous n'allions au bout de rien, par ignorance, je crois, maintenant par conscience ou savoir-faire, où nous acceptions la vie telle qu'elle était, (il commençait à crier) — ou, si vous préférez, telle que nous la faisions...

— Telle que nous ne la faisions pas, cria Irène.

Il sembla soudain à Guillaume que la voiture n'avançait plus. Il était sur cette route un homme comme les autres, debout sur ses jambes et marchant, et n'attendant personne. Il ne l'avait pas vue depuis trois mois; comment aurait-il pu croire que justement ce jour-là elle sortirait?... Après avoir regardé stupidement cette jeune femme qui s'avançait, il l'avait reconnue dans un éclair, et sa beauté lui avait fait un horrible mal. (Mal, blessure, il n'y a pas d'autre mot. Peut-être que nous sommes nés pour de pareils instants?... Mais la chose la plus étrange est que c'était elle qui se voulait blessée. C'est un récit qu'il ne pourra jamais faire, ne serait-ce qu'à lui-même. Quand il repense à cela, à cet épisode de jadis, c'est une image de foudre qu'il a sous les yeux. Il ne se représente pas, il ne pourrait *exprimer* autrement cette déchirure. La foudre qui vous traverse et vous pétrifie...) Pour rien au monde, à ce moment du temps, il ne se fût exposé au danger de rencontrer Irène par hasard. Pendant six ans ensuite il avait revu cette silhouette émergeant d'un pli de terrain et s'avançant, comme si les conditions de la vie étaient changées. Tout de suite, dès qu'il l'avait aperçue, quelque chose l'avait averti, il avait confusément senti le danger. Où fuir? La route était dominée par une pente d'herbe, très haute. Il s'était mis à grimper sur cette pente, espérant un arbre, un buisson, un trou où disparaître. À mesure qu'Irène se rapprochait, oui, c'était bête à dire, son cœur battait plus fort. Il essayait de se faire petit entre les herbes, de se rendre invisible : il ne voulait encourir aucun reproche. Le vent se levait, soufflant là-bas sur des nappes d'écume et couvrant la plage de flocons. Il se savait innocent de cette rencontre, et pourtant il sentait que dans l'esprit d'Irène rien ne pourrait effacer l'offense : jamais il ne pourrait faire que cela n'ait pas été, et le visage dans l'herbe, le menton couvert de terre, il se sentait accablé par ce qu'il y a d'incompréhensible dans un événement : une chose qui arrive, qui surgit; et jamais rien ne l'effacera. *Soignée comme elle ne l'avait jamais été, une mise d'une décence, d'une fraîcheur extraordinaire — elle venait d'être malade tout un mois, — elle sortait de son lit comme d'un berceau. Et tout aurait été merveilleux dans la marche du monde si par hasard il ne s'était pas trouvé là, sur son passage. Aplati dans l'herbe, sur cette terre couverte de sable, le soleil le brûlait entre les épaules, mais plus que lui le cri qu'il lui fallait retenir. Cela s'était passé comme dans les rêves où l'on veut crier et le cri ne sort pas et l'on reste la bouche ouverte et la gorge tendue pour un silence sans compensation.*

— Par exemple, en ce qui concerne le temps d'avant, — l'auto dévalait maintenant une légère pente, — quand je vous ai rencontrée, il était fait, et il n'y avait plus pour moi qu'à l'accepter comme un bloc... Comme nous accepterions aujourd'hui notre passé, — et nos fautes mutuelles, j'imagine, ajouta-t-il en hésitant, si nous avions à recommencer. Et pourtant, est-ce que je pensais mal ? Ces choses que vous aviez commencé à me raconter dans un petit restaurant de Grenelle...

— Non, vous confondez tout. C'était sur le boulevard de Port-Royal, souvenez-vous...

— Pardonnez-moi, ce devait être Grenelle ou Clichy, car il y avait un pont de métro, et un grand tintamarre au-dessus de nos têtes ; mais ce qui importe, si vous voulez que je vous apprenne quelque chose, c'est que chaque fois qu'il vous venait à l'idée de me parler, c'était toujours dans un moment où je ne pouvais pas vous écouter, ou vous entendre — justement sous un pont de métro, ou au bord de la mer, sur une jetée, dans le fracas des vagues — ou bien dans un moment où vous saviez que nous serions interrompus, ou plus souvent à la veille de nos séparations, quand j'avais à faire de longs voyages...

— Je voulais être claire pour vous, dit Irène,

reprenant presque les mots qu'il avait prononcés un peu plus tôt.

— Cela ressemblait à tout autre chose que de la clarté, dit-il. Vous vous mettiez à me parler chaque fois que j'allais partir. J'avais l'impression de recevoir un coup dans le dos.

— Je croyais bien faire, dit Irène.

— Ah, la franchise, n'est-ce pas? Je suppose même qu'il vous aurait été impossible de garder ce poids sur vous une seconde de plus, précisément parce que j'allais partir, car c'était toujours à cette minute que vous prenait ce besoin de confession, et en ce sens vous n'étiez pas comme tant d'autres. Franchise, oui!… Mais je ne suis pas sûr que les mots qui nous servent à qualifier nos mouvements intérieurs ne désignent pas aussi bien tout le contraire de ce qu'ils ont l'air de désigner. Il y a eu un jour où je me suis aperçu de la méthode…

— Comme si c'était une méthode! lança-t-elle.

Ils roulaient à une assez bonne allure. La voiture sauta sur un obstacle, et ils furent jetés l'un contre l'autre. Irène arrangea ses cheveux. Il se dit qu'il était en train de dépasser sa propre pensée, comme si l'auto, la vitesse lui tenaient lieu d'alcool. Le moteur gronda dans une côte, puis l'auto rebondit du fond d'un trou.

— C'est de ce jour-là que j'ai commencé à être cynique avec vous, dit Guillaume.

— C'est cela qui m'a rendue guerrière, dit Irène. C'est de ce jour-là que je me suis moquée du monde.

La route devenait de plus en plus mauvaise. Une tige de fer tordue vint gifler le mica du pare-brise.

— Et maintenant le monde se moque de nous, dit-il.

Le soir tombait rapidement. Les poteaux, les arbres le long de la route prenaient des formes singulières.

— Il serait peut-être prudent d'allumer vos phares, dit-elle.

— Je ne suis pas sûr que ce serait prudent, dit-il.

Il ne faisait pas tout à fait nuit ; on voyait encore à une certaine distance, mais il y avait peu de lumière au niveau du sol, et les accidents de terrain pouvaient échapper à la vue. Guillaume souhaitait seulement de ne rien rencontrer de plus dangereux que des fondrières ou des branches d'arbres. Pendant quelque temps l'attention les empêcha de parler. Puis, sans qu'Irène se fût rapprochée de lui, il sentit qu'elle glissait la main sur son épaule. On voyait de moins en moins clair. À cette route se superposait une autre route où il aurait tant voulu échapper à la vue d'Irène. Échapper à sa vue, et pourtant la voir. *Mais elle se rapprochait impitoyablement, merveilleusement, se rapprochait, vêtue comme elle ne l'avait jamais été, la tête droite, sous un nuage de cheveux, et ces grands yeux clairs sous leurs arcades, et cette façon de se tenir, et cette démarche... Ce n'était pas des mauvaises pensées qui me faisaient souffrir ; c'était tout cela, je souffrais de sa beauté, et de cette chose inintelligible qui consistait à me dire : nous ne pensons plus ensemble.* La voiture fit un nouveau bond, comme si elle était passée sur un caniveau. On n'y voyait presque plus. Guillaume se pencha pour relever la couverture qui était tombée des genoux d'Irène.

— Vous n'avez pas froid ?

— Non. Mais cette voiture est pire qu'un cheval sauvage.

— Vous êtes inquiète ?

— Non, mais vous ?

— Je crois que vous me connaissez mal, dit-il en riant. Et il ajouta : j'aime beaucoup les chevaux sauvages !... Mais vous êtes-vous jamais beaucoup souciée de me connaître? Et d'ailleurs, ai-je jamais eu le temps de vous raconter quelque chose de moi, encore moins de vous parler?... Savez-vous, Irène, que vous m'avez jugé tout de suite très mal...

— Non. Pas tout de suite.

Cette fois l'embardée que fit la voiture justifia pleinement l'estimation d'Irène. Guillaume crut que la carcasse allait s'écrouler sur eux, ou se séparer en deux morceaux. Il n'en aurait pas été absolument désolé. Le moteur se mit à gronder. Il y avait aussi quelque chose, à l'avant, qui tapait, et le capot mal fixé faisait un grand bruit de tôles.

— À propos, dit-elle soudain, il me semble que vous connaissiez Hersent?...

— On me l'a assez rappelé tous ces jours-ci.

— Ça vous est désagréable? s'étonna Irène.

— Non. Mais c'est curieux comme les gens éprouvent du plaisir à se figurer qu'ils vous mettent dans votre tort... À quel propos me parlez-vous d'Hersent?

— Je crois qu'il a enfourché le mauvais cheval, dit-elle.

— C'est probable, dit-il. Jusque-là il avait eu de la chance tout le temps.

La route arrivait sur un palier. On recommençait à pouvoir s'entendre.

— Vous lui avez toujours connu les idées qu'il avait affichées depuis la défaite, n'est-ce pas?

— Oui. Cela tenait d'ailleurs à son milieu. Il avait été élevé comme ça. Ce sont des garçons, qui toute leur vie se souviennent de leur éducation. Je lui ai toujours connu la haine la plus vive de ce qu'il appelait la canaille. Et l'amour de la force, depuis toujours.

— C'est un mal? demanda Irène.

— Il y a des choses qu'on peut faire passer avant.

— L'amour de la justice est un amour difficile, dit-elle.

— Toutes les belles amours sont difficiles.

Maintenant il comprenait pourquoi il avait tant de mal à reconnaître les arbres. C'est qu'ils étaient déchiquetés et paraissaient s'émietter dans le crépuscule. Quelques voitures gisaient sur le dos, les roues en l'air, la carrosserie écrasée. C'était pourtant afin d'éviter cela qu'il avait pris soin d'adopter une route secondaire. Chose imprudente, car il y avait des moments où sa mécanique s'embrouillait, et l'obscurité grandissante, semée d'obstacles, l'obligeait maintenant à ralentir. Le froid était moins vif, mais le ciel était à la pluie.

— Je suis heureuse qu'il ait échappé, dit Irène tout à coup.

Guillaume allait la détromper, mais il ne sut ce qui le retint. Il était surpris de l'intérêt qu'Irène manifestait pour Hersent. Cela était assez nouveau. Il prit plus vivement conscience, à cet instant, de l'idée qui l'avait déjà effleuré : Hersent arrêté reprenait le beau rôle. C'était presque gênant pour les autres.

— Vous n'êtes pas de mon avis ? dit-elle.

— C'est un avis ? dit-il. J'aurais plutôt cru que c'était un sentiment.

— Eh bien soit. Cela ne vous arrive jamais d'éprouver des sentiments ?

— Il y a des domaines où ils n'ont que faire, fit-il, se raidissant. Il est trop facile d'être ému.

— N'est-ce pas une garantie que la pensée répond à quelque chose ?

— Il y a des gens qui sont notre négation, dit-il. C'est eux ou nous.

Un camion arrivait sur eux, en zigzaguant. « C'est l'effet que nous devons produire » pensa-t-il. Il essaya d'allumer ses phares, mais un seul marchait sur les deux. À vrai dire, c'était aussi bien comme cela.

— On m'a dit qu'il était en Amérique du Sud, dit-elle.

— Rien que ça!... dit-il. Il y a peu de chance, vous savez.

— Pourquoi?

— Il n'y a même aucune chance.

— Qu'en savez-vous?

— Il paraît qu'il est arrêté, annonça-t-il.

Ils traversèrent un village détruit, pans de murs ajourés, maisons éventrées, squelettes de lits-cages torturés, et, devinée dans l'ombre, toute une clameur de vie soudainement suspendue. Les rues semblaient avoir été nettoyées récemment, et le sol aplani. La soif d'horreur était apaisée depuis longtemps en Guillaume, et il se contentait fort bien de cette demi-horreur, de cette relative propreté. Et pourtant, à bien y réfléchir, c'était encore moins supportable.

— Ne trouvez-vous pas? dit-il. On ne supporterait peut-être pas longtemps cette demi-horreur; mais l'horreur complète (comme la souffrance complète, pensa-t-il) nous rend obtus et nous mène rapidement à l'hébétude.

— C'est pour cela que les guerres sont possibles, dit Irène.

Il y eut aussi une petite ville où, à côté des constructions récentes, subsistaient encore des ruines de la dernière guerre. « Le pays de quand j'étais gosse », se dit Guillaume. Il avait quitté cette ville encore enfant, mais au début de la guerre il avait eu à s'y rendre et avait passé vingt-quatre heures chez un oncle, dans une maison donnant sur un terrain vague, où l'on voyait côte à côte les carrelages distincts d'une cuisine et d'une

« vérandah » détruites. Il se rappelait avec netteté le carrelage rouge et noir de la cuisine, les carreaux noirs et gris de la vérandah, avec de l'herbe dans les interstices, et les murs extérieurs restés debout, formant autour de ce damier une mystérieuse clôture. La vue de ce carrelage avait obsédé son oncle à tel point que celui-ci avait fui son domicile aux premiers jours de l'invasion, et s'en était allé en voiture, avec sa femme, à la rencontre d'un obus qui les avait mis en pièces, au sortir de la ville.

L'humidité de l'air devenait pénétrante, et Guillaume avait le sentiment, passant d'un faubourg à l'autre de cette ville deux fois défigurée, de traverser son enfance sans la reconnaître. Dans une obscurité piquée de maigres lueurs, apparut une place toute noire où il avait joué autrefois, ce qu'on appelait le « rond-point », dont ils contournèrent le terre-plein central, entièrement couvert de scories, ni plus ni moins gai qu'autrefois dans son décor de ruines éternelles, car cet endroit avait toujours été la désolation même, et s'associait pour lui à l'image de Sodome enfouie sous ses propres cendres. On lui avait raconté comment, vers la fin de l'année trente-neuf, les petites baraques de nougat de la « ducasse » et le tir forain avaient été remplacés, d'un jour à l'autre, par des jeeps et des petits tanks anglais, polis comme des joujoux, qui semblaient avoir été oubliés par la foire et qui, à l'approche des Allemands, avaient sauté sans avoir eu le temps de tirer un seul coup.

Toutes ces choses l'éloignaient d'Irène. Elles lui parlaient d'une vie dont elle n'avait pas été. Pourtant elle était là à son côté, silencieuse ; peut-être avait-elle fermé les yeux. Assise toute droite sur le siège inconfortable, les mains jointes sur les genoux, ballottée, secouée, mais le visage étonnamment calme, il lui semblait l'apercevoir au loin, à l'extrémité d'une longue route, — et qu'il lui fallait faire tout ce qu'il pouvait pour n'être pas reconnu.

IX

On m'avait assez dit, avant, que nous ne vivions pas pour quelques minutes exceptionnelles : mes rapports toujours incomplets, toujours fulgurants, avec les êtres, m'avaient persuadé du contraire, et je savais qu'il faut édifier sa vie sur des éclairs. On m'avait dit que les êtres changent, qu'une année, que dix années les changent, les marquent, les creusent, qu'on ne retrouve jamais ceux qu'on a quittés, — mais j'avais retrouvé Stéphane enfoncé dans ses habitudes et ses cache-nez, José dans son éternel pardessus, et Irène non pas avancée dans l'épaisse matière des années, mais reculée, rajeunie, libérée ; et j'avais eu tout à coup l'impression, en la conduisant à travers ce bois, vers la grande bâtisse qu'on m'avait signalée à la lisière, de vivre les premières minutes d'une rencontre. Malgré mon grand désir de l'embrasser, je savais que cela eût été aussi sot, ou aussi dangereux, que d'embrasser une femme avec qui l'on vient de faire un trajet en autobus. Pour le moment, rien ne me paraissait plus important, plus urgent, que de faire entendre à Irène le son de ma voix, le son de certaines pensées qu'elle n'avait jamais soupçonnées en moi, qu'elle n'avait jamais soupçonnées peut-être. Ce moment était mon premier sursis, non depuis la guerre, qui avait changé peu de chose à ma vie, mais depuis six ans, et il fallait profiter de ce sursis, qui serait unique, pour me faire entendre. Étais-je sincère *quand je déclarais que les explications étaient vaines ? Je n'avais pu me persuader complètement, en six ans, de la vanité de toute explication. La vue, le contact d'Irène ravivaient une douleur : celle de n'avoir pas été compris, d'avoir été jugé à faux. Les coupables ont peur d'être jugés ; pour moi je pouvais me rendre compte que, depuis six ans, je n'avais, consciemment ou non, aspiré qu'à une chose, être mis en présence de mon juge, affronter ou subir son regard, — et je n'avais eu d'autre malheur que de savoir que mon juge me fuyait. J'avais pu, moyennant certaines drogues — et en particulier cette action dont on parle tant — oublier ce besoin central sans quoi je n'étais plus rien qu'un cerveau et un paquet de membres. Maintenant, la vue d'Irène, en me rendant l'enchantement, me rendait la torture ; mon être était restitué à lui-même. Je ne pouvais pas tolérer qu'Irène gardât, comme elle semblait le faire, certaines pensées qu'elle avait eues de moi. Il me semblait que le monde ne pouvait pas continuer ainsi. Ces six ans ne m'avaient pas déshabitué du besoin de la justice. Je voulais qu'on m'entende. J'avais besoin de clamer ; et si ce bois à la lisière duquel nous étions avait été forêt, il n'aurait pas encore suffi à mon cri.*

En bas, la radio menait grand bruit. Toujours les airs, les mots qu'on ne voudrait pas entendre. Il pouvait se rappeler des nuits d'autrefois, où l'agitation provoquée en lui par ce tumulte inutile la faisait rire. C'était pourtant un peu pour échapper à cet inconvénient qu'ils étaient remontés si vite en emportant la fin du repas et les boissons, mais aussi pour fuir le vacarme produit par un groupe de soldats américains qui avaient envahi la salle en se tenant par le bras, et dont la gaîté ne leur paraissait pas de très bon augure. Le patron de l'hôtel — une espèce de caravansérail qui avait dû connaître des heures de gloire — leur avait bien affirmé qu'ils pourraient à certains égards, dormir tranquilles, l'hôtel n'abritant pour le moment que des membres de sa famille. Malheureusement ces paroles encourageantes ne s'appliquaient pas à la T.S.F. qui faisait rage. L'homme avait d'abord éprouvé quelque étonnement à l'arrivée de ces deux clients insolites, — Guillaume avait nettement l'allure d'un touriste, — mais pas plus que Guillaume n'en avait éprouvé à la vue du comptoir de zinc, éclatant de lumières, cerné par une bande hurlante de jeunes gens en kaki qu'une serveuse aux cheveux ondoyants pourvoyait généreusement en bière. Guillaume avait échangé avec Irène un regard légèrement inquiet, mais ils n'avaient pas le choix et toute retraite était impossible. Peut-être que les choses s'arrangeraient? Il regarda autour de lui. Dans un coin de la même salle, un petit groupe était réuni autour d'un phono désuet, sans se préoccuper apparemment de la radio qui résonnait autour d'eux. «Vous pourrez choisir votre chambre, avait enfin prononcé l'homme quand il s'était jugé rassuré par la mine de ses nouveaux clients, ou peut-être par la connaissance que Guillaume paraissait avoir du pays. La place ne manque pas, surtout à l'étage. Mais vous venez dans un mauvais moment. Nous sommes empoisonnés par le passage des avions.» «Quels avions?» — «Est-ce que je sais!…» — «Ce sont des amis», dit Guillaume. — «Oui, mais quand ils laissent tomber un paquet, comme c'est arrivé la semaine dernière… Je ne vous demande pas… commença-t-il. Mais vous voyez… C'est à vos risques et périls!…» La phrase s'était perdue dans un vrombissement. Guillaume, trop heureux qu'aucune autre difficulté ne se fût élevée, pensait surtout qu'il était là à peu de distance de l'endroit où il avait à se rendre officiellement, — une vingtaine de kilomètres au plus, — et qu'il lui serait donc facile de le faire quand il voudrait. Mais après tout il était en avance sur l'horaire. Et la circonstance n'eût-elle pas été merveilleuse pour «disparaître»?

Dans la chambre régnait par bonheur une surprenante propreté. Deux petits lits de cuivre, miraculeusement préservés, — ou «récupérés»? — appuyaient sagement leurs têtes contre le mur. Irène, qui n'avait pas hésité sur le seuil de la maison, maintenant ne savait plus comment s'y prendre. Guillaume se retrouvait à dix ans en arrière, lorsque ayant gravi l'escalier derrière l'hôtelière, il avait vu Irène s'arrêter à la porte de la chambre. «Je n'ai qu'une chambre, disait l'hôtelière, mais peut-être que cela pourra faire...» Elle leur avait montré, d'un geste vague, les deux petits lits propres, coquets, immobiles comme seuls des lits peuvent l'être au bord d'une éternité. Puis elle était allée vers la fenêtre. «Voyez... Vous ne pouvez pas être mieux...» Ils s'étaient approchés : en bas, le fleuve miroitait secrètement, sous une dernière lueur. Ils avaient fait un pas sur le balcon. Ce pas qu'ils se rappelleraient toujours. La femme n'avait pas eu besoin d'autre réponse.

— Eh bien, dit Irène, ne croyez-vous pas que ce bruit nous empêchera de dormir?

— Quel bruit?...

Mais en même temps qu'il posait la question, il entendit, venant d'en bas, traversant insidieusement le plafond parmi la rumeur assourdie des voix, une voix de femme, acide, un peu canaille, qui chantait : *À Paris dans chaque faubourg...*

— De dormir, non, dit-il. Ce bruit-là ou un autre. Mais il nous empêchera peut-être de nous entendre... Irène, dit-il, j'ai un si grand besoin de vous parler...

— Les circonstances n'ont vraiment pas l'air favorables, dit-elle.

— Vous ne croyez pas que ça peut cesser?

Je ne me réfugiais pas dans la bonne ni dans la mauvaise conscience que je pouvais avoir de moi-même, j'aurais voulu forcer Irène à ouvrir les yeux sur moi, obtenir d'elle l'instant d'un face-à-face. Depuis que je l'avais revue, d'abord chez elle, puis dans la voiture, puis dans ce bois clairsemé où les arbres à tout instant nous séparaient, nous avions vécu côte à côte, c'était beaucoup, mais je voulais obtenir davantage. Ces six ans avaient fait de moi un fanatique de la vérité : j'aurais juré maintenant que j'avais vécu pour cette minute. Je ne lui reprochais pas d'être partie, mais de s'être donné de mauvais motifs, des motifs qui impliquaient un jugement sur moi qui m'altérait. Secrètement je l'avais suppliée de ne pas se tromper sur moi, car c'était cela qui à mes yeux était la plus grande faute. Et alors fleurissait en moi ce souhait qui nous unit si fort à notre juge : «Fais que tes pensées soient telles que je les puisse épouser, que je les adopte, que je me condamne moi-même, et ainsi que je renaisse à une nouvelle vie. » Mais jamais elle ne m'avait éclairé, jamais elle n'avait voulu faire pour cela le moindre effort; et j'en concluais, contre elle, qu'elle n'était peut-être pas trop éclairée elle-même sur ses griefs. Ses silences d'abord, c'était cela : l'incapacité d'élucider, de saisir, de dire. Et ses paroles, sa vivacité, son léger bavardage de maintenant, je craignais que ce ne fût cela encore. Je lui en voulais de m'avoir refusé la clarté, de m'avoir condamné sans dire pourquoi. Pendant tant d'années, à cause d'elle, j'avais envisagé comme la splendeur même de la vie l'image de l'accusé devant ses juges, tout seul au milieu d'une salle attentive, et dont la moindre parole est entendue, consignée, appréciée. Tout le monde se tourne vers cet homme en noir, tout le monde le regarde, — et que peut-il se passer de plus, qu'une fêlure n'apparaisse sous les pieds de cet homme et de ceux qui l'écoutent, une fêlure où la terre va s'engloutir. — «Regrettez-vous votre geste ?... » — «Je n'ai pas pu faire autrement », dit-il. Un mot de plus, l'air va se déchirer, tant le silence qui entoure ces paroles est arrivé à son point fixe, tant l'œuvre de la justice est grave, et plus tard quelqu'un se réveille au milieu de la nuit et pense : «Est-il vrai qu'à sa place j'aurais fait la même chose ?... » Oui. Il y avait de la gloire à être jugé ainsi. Mais je n'avais jamais pu m'expliquer, je n'avais jamais été appelé à venir m'exposer ainsi, dans la lumière. Une trappe s'était ouverte, j'étais tombé, et cela avait marqué la fin de ma vie avec Irène.

— Irène, reprit-il, je crois que je pourrais vous parler pendant une journée entière.

— Vous ne songez qu'à vous, dit-elle en un reproche affectueux. Est-ce que vous ne pensez pas que moi aussi je peux avoir des choses à vous dire ?...

«Je n'ai pas pu faire autrement... » En fait ce n'était pas moi qui me disculpais de cette façon. Ces mots étaient à peu près ceux d'une lettre que j'avais lue un soir, vers le minuit, en rentrant chez moi. Il m'avait fallu longtemps pour comprendre le sens de ces mots rigoureux. La prétendue victime se disculpe. *Mais alors, où est l'accusé ? J'avais déjà compris, ce soir-là, comme je tenais entre mes mains cette feuille grise et filigranée, comme je lisais ces petits mots doux, dépouillés même de colère, à la lueur d'une ampoule crue, aveuglante, — l'abat-jour s'était déchiré dans la matinée, — j'avais compris qu'il existe au monde deux rôles interchangeables : celui de l'accusateur et celui de l'accusé, celui de la victime et celui du bourreau. Mais aujourd'hui ce n'étaient ni les sentiments ni les actes qui intervenaient dans ces changements de rôle : quelques années suffisaient, un peu de mois. Un ou deux tournants de l'histoire, pas plus moraux que les autres. Toute ma vie je m'étais construit contre l'histoire, et pendant ces six ans je n'avais fait qu'essayer de faire rebrousser chemin au temps. Je n'étais pas, ni ne me voulais, un héros du temps. Toute ma vie, j'avais fait, d'instinct, marcher le temps en arrière. C'est un travail dont on meurt. Mais je connaissais ces moments*

d'une réussite magique : comme cette minute où, plus jeunes que jamais, ayant laissé derrière nous la voiture exténuée, avec le sentiment très net que nous lui avions fait faire sa dernière et sa plus glorieuse sortie, je parvenais à la lisière de ce bois de pins avec Irène. Le sable crissait sous nos pieds. L'air froid crissait. Le village mourait derrière nous, avec ses villas blanches et roses. Je croyais reconnaître ces choses vieilles de plusieurs vies, ces parterres abandonnés, ces jardins si proches de ceux où, enfant, j'avais aimé des petites filles ; ce monde qu'aucune pensée ne défigurait, à la surface duquel j'avais vécu, et dont la connaissance m'était alors dispensée sans effort. On nous avait indiqué, de ce côté du bois, cette vaste baraque délabrée, ancien hôtel hâtivement remis sur pied, disait-on, où nous pourrions passer tout le temps que nous voudrions, et je remerciais en moi-même ces pins de ressembler, malgré leurs déchiquetures, à tous les pins du monde. Au cœur du petit bois, ils avaient été préservés, et leurs troncs élevés, tendant leurs branches hautes vers une lueur diffuse embusquée derrière les nuages, créaient une sensation de délivrance, faisaient résonner un appel vers la vie heureuse. La neige des jours précédents s'était amassée au pied des troncs, et nous éclairait le chemin. Partout ailleurs elle avait fondu ou avait été entraînée par la pluie.

Qu'à présent Irène déclarât qu'elle pouvait avoir des choses à lui dire, cela assurément était nouveau. Il se sentait comme autrefois au bord d'une nuit illimitée, et il éprouvait une impression d'allégement, comme lorsqu'il va se mettre à pleuvoir.

— Eh bien, dit-il, Irène, n'avons-nous pas eu raison de venir jusqu'ici ? Nous aurons peut-être un peu froid, mais écoutez : si nous ouvrons la fenêtre, nous pouvons entendre la mer…

Il se souvenait trop bien du mutisme d'Irène, de cette incapacité ou de ce refus de s'exprimer, dont il s'irritait constamment. Si bien que le jour où elle avait évoqué devant lui la possibilité d'avoir un enfant, — et il revoyait le jour, et la chambre bizarrement disposée, allongée en forme de couloir où, comme dans tant d'autres chambres, ils ne se trouvaient qu'en passant, et où ils étaient obligés de s'interpeller d'une extrémité à l'autre, par-dessus une grande table noire, vernie comme un dessus de piano, et ornée par Irène d'un grand bouquet de tulipes rouges — au lieu de manifester son émotion ou sa joie, qui étaient grandes, il n'avait eu que ce mot un peu vengeur : «Au moins ce sera une occasion de parler.» Alors — mais était-ce bien en cette circonstance-là? — alors s'était passée une chose qu'il n'avait pas du tout prévue, et qui lui avait fait comprendre, mais trop tard, qu'il n'avait pas été prudent, et que sa réflexion arrivait dans une atmosphère déjà chargée en électricité. Irène, qui était en train d'ajuster son bracelet-montre, l'avait jeté rageusement sur le parquet où le verre du cadran s'était brisé. Ce n'avait été qu'un instant, et aucun mot n'avait été échangé. Guillaume était resté muet à l'autre bout de la pièce, incapable de proférer un son, de faire un pas pour se rapprocher d'Irène, qu'il avait tellement envie de prendre dans ses bras et de consoler de sa colère, de l'effet qu'il savait que sa colère devait faire sur elle-même. Car ce n'était pas là un geste d'Irène, elle toujours si discrète, si sûre de ses gestes — et il avait eu une grande pitié. Et il s'était senti coupable de cette pitié, et encore plus de la réflexion qu'il avait faite, qui n'exprimait rien de ce qu'il pensait, alors que pour elle, parler de cet enfant, qui n'était peut-être qu'un songe, c'était probablement lui livrer ce qu'elle avait de plus précieux. Mais qu'avait-il voulu dire? Et pourquoi cette colère d'Irène? «Précisément, avait-il pensé, parce que les mots sont impuissants — ou parce qu'elle n'a pas de pouvoir sur eux. » L'inexprimable indignation qui la soulevait ne pouvait se manifester que par un geste démesuré, — ou par le mutisme. Et, d'ailleurs, aussitôt après, elle était retombée, et encore plus qu'auparavant, dans son mutisme. Elle s'était trompée, bien entendu, sur ce qu'il avait voulu dire. Et plutôt que d'éclaircir la chose avec lui, elle s'était enfermée en elle-même avec cette erreur. Elle n'avait pas su parler, et c'est pourquoi elle n'avait trouvé que ce bracelet-montre à jeter par terre.

— Parler, dit-il encore, je me demande si ce n'est pas une des meilleures façons d'être ensemble...

— Ne pas parler... commença-t-elle.

— Mais le silence n'existe que par les mots qui sont autour, Irène. Tout est comme ça dans la vie... À n'importe quel moment de notre vie il y a toujours en nous une force qui a besoin de s'échapper, continua-t-il vivement. N'importe quel besoin peut, s'il est contrarié, s'élever à une intensité absurde.

— Je sais, dit-elle. Le besoin de boire de l'eau, de marcher sur une route, de se mettre nu...

Il y eut un grand bruit de cymbales, suivi d'un court silence. Un grondement, d'une force, d'un élan invincibles, occupa le ciel, pendant plusieurs minutes, faisant résonner leurs poitrines. Des objets tremblèrent sur la cheminée. La terre fut secouée au loin. Il y eut alors une minute vraiment curieuse, que s'empressa de marquer une trompette bouchée, en s'éternisant sur une note lente, qui se dissipa en éclats; après quoi une voix d'homme se mit à chanter très fort *I cry for love.*

— Ça doit être le phono, cette fois, non? proposa Guillaume.

— Peu importe, dit-elle avec une légère excitation.

Je pense qu'autrefois le bruit d'une radio dans un hôtel vous faisait fuir.

— Oui. Nous voulions que rien ne nous dérange, que rien n'intervienne entre nous... Nous ne supportions pas de dépendre d'autrui. Vous vous rappelez?...

— C'est vrai. Sans doute qu'il ne peut plus en être ainsi, dit-elle. Si nous attendons que le monde soit net et silencieux autour de nous pour nous mettre à vivre...

Elle se leva avec décision, quoique sans brusquerie, ouvrit un petit sac de toile, en tira un pyjama froissé et commença à déboutonner sa blouse. Assis sur un coin du lit, Guillaume ne bougeait plus. Il ne semblait plus du tout avoir envie de parler.

— Eh bien, dit-il en tremblant un peu. Je vous en prie...

X

Éveillé dans le noir, à voix basse Guillaume demanda l'heure. Il ne savait pas très bien pourquoi il désirait savoir l'heure. Il eût été plus important pour le moment de connaître le jour. Irène lui annonça d'ailleurs que sa montre ne marchait plus. C'est ce qui s'était toujours passé quand il avait demandé l'heure à Irène. *Quand j'avais été seul dans la pièce, après son départ, toutes portes claquées (elle qui ne claquait jamais les portes), j'avais ramassé les éclats de verre du cadran, j'avais regardé avec tristesse les aiguilles tordues, l'émail sauté, me rappelant avec précision les circonstances où nous avions acheté cette montre, et toute la joie qui était en nous.*

— Heureusement, dit-elle, la radio marche encore.

Le bruit recommençait en effet à se faire entendre, par vagues.

— Vous croyez que ça marche quelquefois plus tard que minuit?

— Oh! je n'en sais rien. J'espère tout de même qu'ils auront à cœur de ne pas nous empoisonner jusqu'à cette heure-là…

— Ils attendent peut-être les dernières nouvelles, dit-il.

— Oui ce sont des gens avides de s'instruire. Ils ont

besoin de savoir ce qui s'est passé de plus récent dans le monde. C'est pour ça qu'ils restent éveillés si tard, hein ?

— Mais non pas nous, dit-il. (Nous, nous n'avions pas besoin de connaître les dernières nouvelles du monde. Les premières, à choisir, nous eussent inté-ressés davantage. Nous nous moquions un peu du monde, nous autres.) Nous restons éveillés pour tout autre chose, n'est-ce pas ? dit-il.

— Et vous savez pourquoi ?

— Mais… Ne m'aviez-vous pas promis de me parler ?

— Est-ce que je ne vous parle pas ?

Elle avait essayé. Mais elle n'avait guère réussi qu'à parler de ses amies, de ses amis, de gens qu'elle avait plus ou moins connus, de Françoise qu'elle avait retrouvée à Brive.

— C'est vrai. Vous avez commencé à me parler de Françoise, dit-il. Que faisiez-vous à Brive ?

— Je crois que nous avons épargné un certain nombre d'ennuis à des jeunes gens qui se trouvaient momenta-nément sans domicile…

— Ah !… fit-il très intéressé. Et vous-mêmes n'avez pas eu d'ennuis ?

— Je suppose que nous avons filé à temps.

Le battant de la fenêtre s'écarta sous un coup de vent, et soudain l'odeur de la mer, un souffle d'air chargé de sel, passa sur eux. Il eût été bon de s'endormir.

— C'est drôle, dit-il, je ne vous imagine pas ayant peur…

— Pourquoi me dites-vous cela ?…

— Tout à l'heure, quand il y a eu ce tintamarre, vous n'avez pas bougé…

— Quelle sottise ! J'ai peur comme tout le monde. Nos plus anciens souvenirs sont peut-être des souvenirs de peur. Je crois qu'au début de tout il y a la peur. Nous nous construisons tous contre elle.

— À quel âge remontent donc vos plus anciens souvenirs?

— Mon Dieu! Vous y tenez?... Un jour où je me trouvais dans un grenier avec ma mère... Vous connaissez ces sièges de bois où l'on fait asseoir les tout jeunes enfants, avec une barre pour les retenir? Le long d'une tringle, il y a toutes sortes de billes de couleur qu'on peut déplacer... Mais si nous dormions? dit-elle.

— Vraiment? Vous avez réellement sommeil?

— Je ne sais pas. C'était pour vous, dit-elle en riant. Nous avons beaucoup roulé, vous savez...

— Autrefois, dit-il, il suffisait que vous fassiez couler de l'eau sur vos épaules...

— C'est justement ce que je n'ai pas fait ce soir. Je crois bien que je me suis couchée sans me laver...

— Oh, vous avez pu?... dit-il moqueur. Mais voyons, vous parliez d'une tringle avec des billes de couleur.

— Il le faut?

— Pourquoi non?

— Ma mère me disait que j'avais une mémoire effrayante pour certaines choses, dit-elle. Elle ajoutait d'ailleurs : « Particulièrement pour les choses inutiles... »

— Mais c'est cela qui est bien, dit Guillaume.

— Merci. Toujours est-il que ce jour-là nous étions parties toutes les deux dans une expédition à travers le grenier, lorsque j'aperçus, derrière un amoncellement de vieux cadres, le petit siège de bois surélevé, et la fameuse tringle aux billes de couleur... À combien d'années en arrière, à quel stupide épisode de ma vie je fus rejetée!... Était-ce ma vie, déjà ma vie? Ou faut-il dire que ma vie d'aujourd'hui est *encore* ma vie, est encore la vie de cette gosse que j'ai été... Je pourrais ne m'être jamais rappelé cet épisode. Ne serait-ce pas alors comme si cette gosse — d'ailleurs insignifiante par la place qu'elle tient, si facile à supprimer en somme — était morte depuis toujours, frappée de terreur derrière sa tringle et ses billes, dans le *Qui va là ?* des plus affreux cauchemars — vous savez, quand on sent que l'assassin est là, avec son couteau prêt à trancher ?...

Guillaume ne se rappelait pas qu'Irène lui eût jamais parlé aussi longtemps d'elle-même. La guerre l'avait-elle à ce point changée, enhardie, ou la fatigue de cette journée avait-elle assoupi en elle les contrôles qui d'habitude fonctionnaient si bien qu'elle préférait toujours parler d'histoires arrivées à autrui plutôt qu'à elle-même ?... La mémoire de Guillaume se perdait dans l'auréole douteuse des mauvais souvenirs. Il lui sembla qu'ils étaient en train de parler tous deux de choses absurdes, — dangereuses. Et pourtant, par une horrible curiosité, il avait envie qu'elle aille jusqu'au bout. N'avaient-ils pas toute la nuit devant eux ?... Rien que la nuit, pensa-t-il soudain avec une sorte de désespoir.

— Je suppose que tout le monde pourrait raconter des tas d'histoires semblables, dit-elle.

— Mais vous ne m'avez rien raconté !

— Ce n'est pas très intéressant, vous savez... Mais si vous voulez, eh bien, imaginez la chambre. Il faudrait dire comment était cette chambre. Ici une fenêtre ; tout de suite à droite un grand lit. En face du lit, une armoire, probablement une armoire à glace. Rien que de banal... Ma mère devait être malade, ou bien moi ; elle s'était endormie. Elle dormait en respirant fort. Cela devait être un début d'après-midi, mais les volets étaient fermés, et je ne pouvais à peu près rien voir. Et voilà qu'un bruit, un bruit de pas traînant sur le plancher, une ombre, un reflet dans la glace... Je n'entendais plus le souffle de ma mère. J'étais retirée d'elle, retirée de moi, de mon propre souffle, retirée de cette vie qui était comme ficelée, paralysée, puisque j'étais prisonnière de cette espèce de machine infernale où l'on m'avait mise, et j'avais si peur que je ne pouvais plus ni me mouvoir, ni émettre le moindre son. Je me rappelle les craquements du plancher, c'était horrible... Oh, les craquements de plancher, la nuit, quand on est seul dans une chambre, dans une maison avec beaucoup de chambres, combien de fois ensuite, étant bien plus grande, ai-je pu avoir de ces peurs idiotes qui vous clouent sur place !...

— Oui. Et comme on en rit après, dit Guillaume, presque soulagé.

— Bien sûr, autant qu'on a séché de peur. Vous savez, quand on s'imagine qu'il y a quelqu'un de caché dans la maison, et qu'on profère à tout hasard d'une voix blanche : «Allons sortez, monsieur, on vous a vu !...» En faisant des vœux naturellement pour qu'il reste bien caché dans son coin !...

— Avez-vous su finalement, dit Guillaume, à qui appartenait ce pas ?

— Jamais. Naturellement j'ai oublié cette frayeur, ou j'ai cru l'oublier. Mais peut-on dire que cela s'oublie ?...

— Non, je pense que nos peurs, c'est toujours la même peur. Comme nos chagrins, n'est-ce pas ?... Il n'y a qu'une peur, qu'un chagrin...

— Peut-être. Je crois en effet que c'est la même peur qui est revenue quand on m'a parlé du Diable, de la mort, et bien avant, quand on m'a parlé — ne riez pas — de l'Homme Noir qui habitait une vieille tour couverte de lierre et de toiles d'araignées au bout du jardin du pensionnat. Voilà ce qu'on fait avec les mauvaises filles, me disait la Directrice, une femme maigre et rigide qui me tirait par le bras après m'avoir fait sortir des rangs, et tout le monde me regardait, et même les grandes qui jouaient encore dans le jardin s'étaient arrêtées de jouer et regardaient ce spectacle ignoble : une gosse sans défense, ouverte, comme les autres, à toutes les sensations pénibles de l'existence, et à qui l'on proposait noblement cet épouvantail : un Homme Noir, un Père fouettard, un tortionnaire sans corps ni visage, mais avec des mains, des verges, des griffes, et qui vivait dans cette espèce de tour enténébrée, derrière laquelle passait, circonstance aggravante, l'égout de la ville, un ruisseau visqueux et infesté de rats !...

— Et qui se nourrissait du sang des petits enfants qu'on lui apportait, dit Guillaume. Oh je vois cela ! Vous aviez cinq ans, non, quatre, moins peut-être, vous alliez à l'école enfantine, vous étiez partie le matin avec vos cahiers aux couleurs gaies, et voilà qu'un événement épouvantable s'abattait sur vous, et cette femme, cette mégère, vous traînait sur l'allée de graviers, entre la pelouse et les massifs de troènes... Oui quelle noble invention cet Homme Noir...

— Il y a des hommes qui ont imaginé l'Enfer, dit-elle. Croyez-vous que ce soit beaucoup mieux ?

— C'est vrai. Les hommes s'ennuient tellement de leur vie qu'ils se sont inventé un lieu de tortures dans l'autre monde pour s'y assurer une occupation, et se faire souffrir en attendant... Et naturellement, ajouta-t-il, il faisait ce jour-là un temps merveilleux ?

— Oui, et je traînais les pieds tant que je pouvais sur les graviers, et je me faisais lourde tant que je pouvais, et je hurlais, hurlais, folle de mon innocence, ne sachant même pas, vous pensez bien, quelle faute je payais ainsi !… Imbécile, qui ne savais pas qu'il n'y avait qu'à me laisser conduire jusqu'à cette fameuse tour, et que là mon supplice prendrait fin, pour la raison qu'il n'y avait pas d'Homme Noir, que l'Homme Noir n'existait que dans l'imagination de ce piètre bourreau : madame la Directrice du Pensionnat Blanche de Castille !

Irritée, guerrière, animée d'une juste révolte, il avait plaisir à la retrouver ainsi, dressée contre tout et contre elle-même : Irène.

— Je suppose que l'histoire se termine là ? dit-il.

— Ce n'est pas assez ?

— Au contraire. C'est une histoire très complète. Car vous étiez toute enfant, et vous appreniez qu'il pouvait y avoir, pour les autres, une journée d'été qui brillait de tout son éclat, et que tout d'un coup, sans que vous l'ayez voulu ni prévu, à un signe des forces invisibles, une catastrophe pouvait se déclencher sur vous et vous séparer impitoyablement de tout bonheur, de tout espoir. Est-ce bien cela ?

— C'est cela, dit-elle. N'est-ce pas hideux ? N'est-ce pas la chose… impardonnable ?

— Oui. La peine que les hommes se donnent pour augmenter le mal qui résulte naturellement du fait de leur simple existence… Mais, Irène, ne croyez-vous pas qu'il suffit, pour se sentir retranché du monde, de beaucoup moins que cela, — par exemple qu'un refus vous soit opposé sur une chose capitale ?… Ou de moins que cela encore : qu'un être à qui l'on tient se trompe sur vous ?…

— Que voulez-vous dire ?

— Que par exemple on attende de quelqu'un un mot, une parole, oui, une seule parole, — et qu'éternellement il se taise ?… Comme s'il n'y avait pas de réponse possible…

120

Elle gardait le silence. Il avait l'impression que, volontairement, elle ne l'écoutait plus.

— Qu'un être refuse de nous donner cette sanction, cet accord, dont nous faisons dépendre, à tort ou à raison, notre salut... À côté de ça, une peur, Irène, au fond, je crois que ce n'est rien. Cela nous concerne seul. On peut espérer agir sur sa peur... Ce qui est atroce, et, semble-t-il, sans remède, c'est le jugement d'un être sur un autre.

— Je ne sais pas, dit-elle d'une voix subitement effarée. Je ne sais pas... Est-ce que l'opinion des gens a une telle importance ?

— L'opinion des gens, dit-il... Vous souvenez-vous de ce qu'il y avait dans la dernière lettre que vous m'avez adressée ?

Cette fois, elle ne le laissa pas poursuivre, et lui fit avec beaucoup de calme, la réponse qu'il redoutait le plus, et qui cependant lui parut automatique, comme d'ailleurs sa propre obstination à revenir sur une situation jugée devait paraître automatique à Irène :

— Vous pensez trop à vous, Guillaume... Il y a des choses auxquelles il faut savoir renoncer... qu'il faut laisser recouvrir par l'oubli.

— Je crois au contraire qu'il n'y a en nous rien à oublier, dit-il. Il faut *comprendre.* Il faut pouvoir supporter la clarté entière...

Il n'osait pas ajouter : «C'est ce qui m'a fait vous rechercher, Irène, c'est pour cela que vous êtes ici. »

— Guillaume... murmura-t-elle d'une voix presque suppliante. Et elle ajouta : N'avez-vous pas envie que nous dormions un peu ?

Elle ne disait plus : N'avez-vous pas envie de dormir... Sa question les unissait dans le sommeil. Elle daignait ne plus rester seule. Il attendit, dans un demi-silence, qu'elle prononçât un autre mot, épiant à travers l'obscurité la faible lueur de son visage. Mais elle s'était enfoncée sous ses couvertures, sans qu'il pût deviner si c'était sommeil ou défection.

Au bout d'un long moment, dans le noir, il l'entendit qui murmurait :

— Donnez-moi votre main, Guillaume, voulez-vous ?...

Un étroit espace, un vide presque amical séparait les deux lits.

Ma main rencontra son bras nu.

XI

Ils étaient loin. Ils avaient hardiment rejeté leur vie quotidienne. La radio s'estompait, passait des «blues» qui fournissaient à leur sommeil un peu feint un fond d'exotisme familier, de mélancolie supportable. La maison reposait dans un léger bouillonnement de vent, de brindilles secouées, et Guillaume pensait à la route qui en faisait le tour, et qui, d'après ce qu'on lui avait dit, se jetait dans une autre route qui s'en allait vers la mer, vers cette plage d'Herminghem si proche de celles qu'il avait connues enfant, et qu'il imaginait si pareille. Il était heureux de humer l'air froid, et cette odeur salée que, depuis, il n'avait retrouvée sur aucune côte de France. La plage devait être maintenant un désert montagneux, couvert de tumulus éclatés et encombrés de ferrailles, d'obus intacts, de barbelés et de têtes de mort peintes au pochoir, signalant l'emplacement des terrains minés. En dépit des interdictions et des menaces de mort, des gosses venaient, sans doute, de tous les villages environnants, y faire moisson de souvenirs : fragments de miroirs, de projecteurs, instruments d'optique, périscopes de cuivre, pancartes de bois, douilles de balles, et quantité d'objets ne ressemblant à rien, mais d'autant plus passionnants par leur énigme — et

Guillaume songeait à ses humbles et pacifiques moissons d'autrefois : bouchons de liège, petites planchettes d'où il extirpait des clous rongés de sel.

Il plongeait un instant dans le sommeil, se précipitait dans sa vie du lendemain, reprenait une interminable discussion avec un capitaine soupçonneux, traversait des villes éventrées, pénétrait dans une salle d'école délabrée, où il y avait une table, des chaises, et deux sommiers, un pour Françoise et un pour Irène. Les vitres de la pièce avaient été remplacées en plusieurs endroits par du carton, et la table était une table d'écolier toute noire, avec son trou pour l'encrier et ses encoches, dont la vue lui inspirait une vraie tristesse. Il se rendait compte qu'il avait eu jusque-là l'esprit absent de ce qu'il faisait, et encore maintenant il était absent, comme si cette table d'écolier avait suffi à absorber son attention, et comme si par ce trou vide tout son esprit s'évadait. Une phrase était écrite au tableau noir, qu'il lisait et relisait avec un émerveillement inlassable :

Nous sommes loin. Nous avons hardiment rejeté notre vie quotidienne.

Il regardait la table, le tableau, fermait les yeux, et toute la ville montait vers lui par cette fenêtre borgne, avec ses rues inextricables sous ses amoncellements de ruines. Il avait dit à Irène de venir le rejoindre à mi-chemin, mais au lieu d'Irène c'était José qui était là, tel qu'il l'avait connu jadis. Accroupis tous deux sous une table de cuisine dans la maison déserte, ils guettaient les mouvements d'une poule qu'ils avaient attirée jusque-là pour l'égorger. Agissant tantôt par la ruse, tantôt par la violence, ils ne faisaient que la stupéfier, pas assez cependant pour l'empêcher de pousser des cris perçants, propres à attirer l'attention de tout le voisinage.

Un grand bruit lui fit ouvrir les yeux, il eut besoin de se lever, de courir jusqu'à la fenêtre. Il l'ouvrit toute grande, se pencha. L'air était moins glacé qu'il n'avait cru. Le ciel paraissait dégagé, mais il ne vit que du noir. La lune ne se montrerait sans doute que plus tard. L'obscurité était pure, mais épaisse, et il n'y avait place dans tout le ciel que pour quelques étoiles frileusement disséminées, des étoiles pauvres probablement, des étoiles en ruines. Cette vue le rejeta vers Irène. Dormait-elle?... Comme il revenait vers le fond de la chambre, et qu'il hésitait devant son lit, il entendit, à travers le plancher, le brouhaha de la salle que les crépitements de la radio traversaient comme des éclairs. Il regardait Irène, qui dormait, le visage à découvert, apparemment paisible, au-dessus de ce vacarme auquel la musique donnait confusément un air de fête, et soudain il se fit en lui un grand recueillement. Il avait reconnu, au centre de tout ce bruit, porté par une voix grave, un de ces «chants noirs», une de ces étranges complaintes que ses camarades et lui colportaient déjà avant la guerre, durant leurs années d'études, et qui lui restitua aussitôt tout un paysage.

Have you ever heard about Miss Thelma Lee ?...

Il pouvait difficilement distinguer les paroles, mais elles revenaient à lui fidèlement, dans une échappée vertigineuse, et cette mélopée lui parut soudain vieille de plusieurs siècles. Combien fallait-il qu'il y eût de force en elle, pour qu'elle eût surnagé à tant de créations périssables, aux airs d'une saison, aux robes des femmes, à tout ce qui avait marqué pour eux un temps, qui était celui de leur jeunesse ?...

Have you ever heard about Miss Thelma Lee ?...
The poor gal is gone but she sure was good to me... [1]

Non, Guillaume n'avait pas connu miss Thelma Lee,
— mais sa mémoire s'ouvrit sur cette gare où, avec
Hersent et quelques autres, ils attendaient un train qui
devait les conduire à Provins, sous la conduite de leur
excellent maître Gaston Weiler, spécialiste de la langue
romane, dont ils étaient les élèves un peu désinvoltes, et
qui avait eu pour eux cette glorieuse idée de compléter
l'étude d'un texte du XIIIᵉ siècle par un « transport sur le
site ». Arrivés à la gare de l'Est avec une avance calculée,
ils s'étaient donné la liberté d'aller boire, en attendant
de pouvoir s'abreuver plus doctement aux sources de
l'histoire nationale. Aucun d'entre eux ne se sentait
bien méchant, et l'on ne se souciait guère alors de
réfuter Hersent, déjà lancé sur un de ses terrains favoris :
« Voulez-vous une bonne grammaire française ? Cahen.
Une histoire de France ? Cahen et Bloch. Un traité de
sociologie ? Bloch et Cahen, — appelons-les Oscar et
Désiré pour les distinguer des précédents... Un Directeur de Bibliothèque, de Museum ? Re-Cahen !... Re-
Bloch !... Vous avez beau dire, moi ça me chatouille !
J'ai l'impression que nous sommes colonisés !... » —
« Que veux-tu, répondait quelqu'un, ce sont des gens
qui savent !... » — « Qui savent nager, oui !... » Ils étaient
tous de bien trop bonne humeur pour se fâcher, et
même pour prendre la discussion très au sérieux. Aucun
de ceux qui écoutaient Hersent ce jour-là ne songeait
que cette conversation pût jamais avoir des suites dans
la pratique, ni pour les uns ni pour les autres. Comme

1. Avez-vous entendu parler de Miss Thelma Lee ?...
La pauvre fille n'est plus, mais ce qu'elle était gentille pour moi...

beaucoup de propos, de théories qui retentissaient à cette époque, cela leur semblait compter pour du beurre. Il n'y avait que le petit Grenier, le garçon fou de jazz, qui voyait Hersent d'un mauvais œil, parce qu'il était anti-jazz. Hersent était probablement plus lucide que les autres, ou plus curieux, ou plus averti, et la lucidité ne manque jamais de réclamer ses droits. Il était vrai que les autres, pour la plupart, n'avaient pas alors les yeux fixés sur ce qui se passait à l'étranger, et connaissaient déjà fort mal leur propre histoire. Ils ne faisaient pas de distinction, en somme, entre l'excellent M. Weiler et l'excellent M. Dumoustier. Ils ne songeaient pas à s'étonner que l'excellent M. Weiler (Gaston) eût à ce point vécu dans la familiarité de Turold, de saint Louis et de Joinville, qu'il parlât leur langue plus naturellement que le français d'aujourd'hui. Comment auraient-ils pu lui en vouloir ? Ils savaient même qu'il ne manquerait pas, ce jour-là, au dessert, — car tout avait été prévu — de tirer un papier de sa poche et de leur lire un discours dans le meilleur style du XIIIᵉ siècle ; et ils se divertissaient d'avance à le pasticher innocemment. Ils étaient plutôt attendris, même s'il leur arrivait de s'en moquer, par ces innocentes manies du bon maître qu'ils sentaient si heureux de sa science, et ils se seraient tous dressés, bien sûr, à l'idée que l'un d'entre eux pût avoir envie de l'offenser, par exemple de tirer sa barbe, ou de prononcer des mots qui, à plus ou moins brève échéance, pussent lui causer du souci, encore moins — chose impensable — abréger ses jours. À vrai dire, cette idée ne les effleurait pas tandis que, dans le petit café avoisinant la gare, ils regardaient Hersent chevaucher brillamment son dada, trouvant à cela à peu près le même pittoresque inoffensif qu'ils en trouvaient aux disques apportés par leur petit camarade épris de musique noire et sans doute désireux de les convertir.

You mistreat a brave man baby when you mistreat me... [1]

Tout cela était très amusant et n'engageait personne. Sans doute ce Weiler était-il tant soit peu barbu, et son nez incurvé dans le mauvais sens, — au contraire de M. Dumoustier, qui avait une figure honnête, ronde, sanguine, et le bout du nez relevé à la Balzac. Chose plus grave, il était parfois ennuyeux ; il avait tant absorbé de cette vieille littérature, qu'il la restituait sans répit, avec un peu trop de facilité, de complaisance, disons même un brin d'indiscrétion. Les citations, en vers ou en prose, coulaient naturellement de cette barbe impénitente, faisant décidément un écho singulier aux refrains qui passionnaient tant ses élèves, et commençaient à traverser l'époque de leurs rythmes lancinants :

Lord Lord Lord Lord Lord Lord O Lord!
Lord Lord Lord Lord
That dirty no good man treats me just like a mud dog[2].

Mais tout cela, ou la forme un peu déplaisante de son nez, méritait-il un traitement rigoureux, la voiture et les deux hommes qui viendraient le chercher dans son lit, un matin, les barbelés derrière lesquels on le laisserait mourir ?... Or voici ce qui s'était passé ce jour-là, l'incident à vrai dire insignifiant mais préfiguratif dont ce M. Weil, ou Weiler, Guillaume ne se rappelait plus bien,

1. C'est un brave type que tu maltraites, petite, en me maltraitant...
2. Seigneur Seigneur Seigneur Seigneur Seigneur Ô Seigneur !
Ce propre à rien ne me traite pas mieux qu'un sale chien.

avait été victime en cette occasion, sans que ce fût la faute de personne. Le repas terminé, les discours entendus et applaudis, un camion était venu chercher fort correctement à l'«Hostellerie» où ils avaient banqueté les joyeux membres de la petite expédition, pour les conduire à Saint-Loup-de-Naud, où le programme comportait la visite de l'église. Il s'agissait d'un gros camion de maraîcher à bâche verte, et la bâche — il s'était mis à pleuvoir doucement — dissimulait à la petite troupe estudiantine le chauffeur auprès de qui M. Weil-Weiler devait prendre place, si bien que personne n'ayant surveillé l'embarquement et le chauffeur n'étant pas dans le secret, on était parti en oubliant le maître. Celui-ci avait quelque peu pesté, au retour (*non sanz droict*), mais les jeunes gens avaient protesté de leur bonne foi. Le soir, quand ils s'étaient retrouvés près de la gare, dans ce même café où le petit camarade avait eu vite fait de remettre ses disques, à l'applaudissement général — à part celui d'Hersent, qui affectait de se défendre de ces charmes importés — il ne leur semblait pas que la moindre pensée les divisât et même, tellement on est ingrat à cet âge, personne apparemment ne pensait déjà plus à la mésaventure de M. Weiler-Weil. Il leur suffisait de savoir que le lendemain, ou le jour d'après, ils le retrouveraient en place, lui et sa barbe blanche, devant le tableau noir, aussi fidèle au français de Joinville que leur camarade l'était au jazz nègre. Son existence, sa régularité, sa durée ne faisaient l'objet d'aucun doute, ne posaient aucun problème. Ils étaient sûrs de lui comme on est sûr de voir apparaître le dimanche au bout de la semaine. C'était même pourquoi ils pensaient si peu à lui. Et tandis qu'ils trinquaient ensemble, en se remémorant les joyeuses péripéties de la journée, ils pouvaient rencontrer sans la moindre gêne les yeux d'Hersent, ces yeux bruns et vifs, cerclés d'écaille sombre, tandis que l'un d'eux, encouragé par le vin blanc, réclamait du feu pour sa cigarette avec le cri de guerre du comte d'Anjou ordonnant d'incendier la flotte des Infidèles : « *Alume, alume!...* » N'avaient-ils pas le cœur pur, un rien de sottise ne pouvant qu'ajouter à la pureté même ? Répétant ce mot, ou se gargarisant de miss Thelma Lee, qui valait bien le refrain alors à la mode : « *Amusez-vous, Faites les fous, La vie passera comme un rêve*», ils ne croyaient pas — c'était leur seule faute — que la haine fût possible. Ils ne songeaient pas davantage qu'ils vivaient dans l'histoire. Ils étaient peu portés à s'en appliquer les exemples. On leur avait toujours enseigné, telle était la doctrine, à se méfier de tout rapprochement, et que l'histoire n'a pas valeur d'exemple. Ils avaient eu des maîtres « objectifs » ; et ainsi ne pouvaient-ils pas imaginer que, dans peu d'années, les chevaux de l'ennemi viendraient boire, sous les remparts gris et roses de Provins, à cette fontaine où ils avaient bu. Arnoult ne savait pas qu'un jour il écrirait des livres sur le papier des industries de guerre allemandes, ramassé par lui au bord des routes derrière de misérables colonnes de fuyards : « *Datum... Genehmigt... Art der Arbeit... Name der Arbeiter...* » Ils ne songeaient pas, tandis qu'ils descendaient ensemble le boulevard de Strasbourg, dans une fine vibration de lumière, qu'aucun d'eux pût avoir l'idée, quelque jour, de réclamer du sang, et pût parler d'envoyer des lycéens, leurs frères, dans les camps d'un pays ennemi. S'ils avaient pu penser cela, ils se seraient détournés de celui-là avec mépris, et leur attitude l'eût jugé, exécuté plus sûrement que les balles d'un peloton de soldats.

> *... You mistreat a brave man, baby!*
> *You mistreat a brave man when you mistreat me...*

Et maintenant la nuit était là, et il fallait qu'elle effaçât nos actions pour quelques heures, ou qu'elle augmentât leur venin. Car je pouvais bien me rappeler des circonstances où Irène m'avait paru avoir tort à mon égard, le temps les avait fait tourner comme tant d'autres à mon désavantage, de sorte que loin de pouvoir la juger, c'était moi qui me trouvais toujours en passe de l'être. Or je savais qu'à la faveur de la nuit les actes les plus ténus de notre vie sont en danger de resurgir; mais je savais aussi que la nuit pouvait estomper les plus graves, les faire rouler dans le torrent des choses révolues. La nuit était là pour longtemps, pour si peu de temps, jusqu'au matin, et nous n'avions plus qu'à nous en laisser revêtir. Pourquoi ne pouvais-je m'imaginer que la présence d'Irène était l'absolution désirée? Je n'avais plus lieu de revivre ce qui était vécu, car cela même, Irène étant là, changeait de sens. Il fallait le trouble du sommeil, de la demi-conscience, pour m'imposer encore les paysages exécrés. Mais pourquoi pourquoi nous endormir si vite? Ma veille et mon sommeil avaient pris tout à coup des significations contradictoires. L'une était ma sécurité, et l'autre mon angoisse, ma trahison. Dans l'une Irène et moi étions allongés côte à côte, la main dans la main; dans l'autre Irène s'avançait en ennemie sur une route ensoleillée, et, de dune en dune, je tentais de ne pas trop jeter les yeux sur elle, tout en ne désirant rien plus profondément que de la voir. Les étés se recouvraient les uns les autres, sable sur sable, sang sur sang, légers squelettes d'oiseaux enfouis. Des feuilles d'azur inutile dormaient là, dans l'attente d'une fraîcheur, d'une neige impossible. Ce petit sifflement à la surface, ce bruit de brindilles.... La tache s'étendait, et le vent me recouvrait de flocons. Au-dessus de la route se gonflait la prairie, débordante de fleurs, avec çà et là quelques arbres, puis, assez haut, la masse sombre d'un bois. Tout cela m'était connu, trop connu!... Le même désespoir possédait la terre et moi-même. La route s'en allait droite et blanche dans le soleil. Soudain cette silhouette au loin. Je me trouvais là par hasard. *Je ne pouvais pas savoir qu'elle sortirait ce jour-là, convalescente, accompagnée d'une infirmière toute en blanc, qui tenait une ombrelle au-dessus de sa précieuse petite tête, d'où les cheveux tombaient en lumineuses cataractes. Je ne l'avais pas vue depuis trois mois, six mois (ah, ces dates!)... Je la savais couchée dans un hôtel, et il n'était absolument pas question que je pénètre dans cet hôtel où tout m'était ennemi. Étais-je coupable d'être sorti, selon mon habitude, à cette heure aveuglante ? J'étais plus sûr ainsi, me disais-je, de ne pas la voir. J'étais passé devant l'*Hôtel des Vagues, *puis devant celui des* Dunes, *puis devant le petit magasin de nouveautés, et je poursuivais mon chemin sans rien imaginer. Je me mis à trembler en l'apercevant. Je pressentais subitement ma folie, —* ma faute. *Je fis un mouvement vers le talus qui me séparait de la prairie, et je me mis à grimper désespérément vers le bois. Au bout d'un moment, quand je me retournai, je ne les vis plus, elles devaient avoir disparu dans un pli de la route. J'étais troublé, je redescendis vers la route, la repris dans l'autre sens, je me débattais là comme un aveugle, comme un moucheron qui cherche la sortie. Pour rien au monde, grand Dieu, je n'aurais voulu troubler l'allure paisible, royale, de cette promenade sur une route qui dominait la mer. Je revins machinalement vers le magasin de nouveautés, ce petit magasin où une fois nous avions acheté ensemble quelque chose pour elle, peut-être ce bracelet-montre, et où maintenant une vendeuse à jamais désœuvrée, une frange de cheveux sur le front, balayait nonchalamment son seuil. Le magasin s'était pétrifié, comme tout le reste. Le règne du minéral s'étendait partout. J'étais devenu sourd à la rumeur des croissances. Je ne savais pas qu'un jour les plages d'Europe, avec leurs blockhaus éclatés, ajouteraient leur poids de malheur à celui que je ressentais ce jour-là, et que ce spectacle de subversion, à peine plus terrible*

*pour moi, viendrait se superposer au précédent, comme une
explication donnée après coup. (À présent dans une conscience
plus nette, je m'efforçais de revivre les faits, dans l'espoir de
leur trouver une signification plus accessible.) Or, comme je
parvenais à la hauteur du petit magasin, soudain le cœur
m'avait manqué. La vendeuse au balai en masquait une
autre qui prenait congé d'une jeune femme, que doublait une
sorte d'ombre blanche. Irène ne pouvait pas ne pas me voir.
Elle détourna la tête. Je passai, comme si je n'avais rien vu
moi-même de ce qu'il était décidé que je ne devais pas voir,
puis je me mis à courir. Aux balcons des hôtels, tout le long de
la route, sous les stores enflammés, veillaient des regards. On
devait considérer avec surprise cette chose sans exemple : cet
homme courant sur la route, entre la dune et la mer, à l'heure
du grand soleil. Je courais, je ne savais plus rien. J'avais
vu l'Archange, armé de son épée de feu, armé surtout de la
question terrible entre toutes : «Pourquoi êtes-vous ici ?» J'attendais un malheur. Il se produisit le lendemain, sous la forme
d'une brève et impérieuse missive, où Irène m'accusait de
l'avoir traquée, ajoutant que je la forcerais à ne plus sortir de
sa chambre si je ne quittais pas la région. En vain avais-je cru
être plus fort que Loth et Orphée ensemble, cette lettre était
là, cette erreur, ce jugement qui me condamnait. À quoi bon
revivre ces choses ? Cette scène ne serait jamais épuisée.*

Il n'y avait plus aucun moyen de savoir l'heure,
comme c'était bien ! Et pourtant, croyant sentir déjà le
creux, le profond de la nuit, Guillaume s'alarmait. De
sorte qu'il fut presque heureux soudain d'entendre,
dans l'espèce de silence qui s'était fait au-dessous d'eux,
les craquements familiers de la radio, que jamais il
n'avait trouvés si humains. Tiré brusquement de ce
carrefour intérieur où il se consumait, il se dressa sur le
lit, tandis que se produisait une cascade de rumeurs

confuses. De ce chaos émergea enfin, comme par miracle, une voix de femme extraordinairement distincte, et tandis qu'à sa gauche Irène, ayant fait la lumière, ouvrait décidément les yeux, cet avertissement leur parvint à travers le plancher de la chambre :

— *Et maintenant, voici quelques informations...*

— Dire que nous avons fait tant de chemin, protesta Irène, et que nous ne pouvons même pas échapper à ça !...

— Sommes-nous venus ici pour échapper à ça ? dit-il.

Elle le regarda étonnée, ne comprenant visiblement pas ce qu'il voulait dire.

— Franchement, dit-elle, ne pourrons-nous pas passer une heure sans entendre ce poste ! Tenez, allez leur dire... Dites-leur n'importe quoi, que nous sommes des nerveux, que nous sommes en voyage de noces...

— *... De Rome... De New York... De Londres...*

Les nouvelles — des dépêches d'agence — se succédaient, rapides, concernant l'activité intérieure des gouvernements, des déplacements de ministres, des préparatifs de conférences. Nouvelles insignifiantes, en un temps où la décision était militaire, et où le monde attendait d'un jour à l'autre l'événement qui allait mettre fin à la guerre.

— *De Paris...*

C'était une voix d'homme cette fois, une voix grasse, pleine d'autorité, contente d'elle-même. La voix de la femme, innocente et fluide, alternait avec elle, donnait les titres, citait les noms propres, comme si l'autre n'avait pu y toucher sans danger. Irène, se résignant à cela comme on se résigne aux intempéries, avait allumé une cigarette et fumait, assise sur son lit, tapotant ses draps. Pourquoi Guillaume se souvint-il, à cet instant, d'une lettre qu'il avait reçue avant de partir, du mari d'Hélène, qui lui disait qu'il avait regretté d'avoir manqué sa visite, et qu'il se doutait que sa femme ne lui avait pas tout dit, car si leur ami avait sans doute compris qu'elle ne pouvait se remettre de la disparition de sa mère, il ignorait probablement qu'une maladie grave s'était déclarée chez elle, et qu'elle était en train d'en mourir. Guillaume avait dû lire la lettre rapidement, entre deux courses, et craignant de ne pas en avoir saisi tous les détails, se demandait soudain où il avait pu laisser ce papier. Dans une poche de veste?... Mais la voix de la femme augmenta tout à coup d'intensité.

— Ça recommence, dit Irène, qui fit mine de se lever. Est-ce que vous trouvez vraiment nécessaire d'écouter cela religieusement?...

Les temps étaient changés, c'était elle aujourd'hui qui s'impatientait, qui ne pouvait plus supporter le bruit. Par un sentiment absurde, paradoxal, tandis qu'il songeait à se mettre en quête de cette lettre, tout en regrettant de ne pouvoir attraper sa veste sans sortir du lit, — il lui sembla que cette femme était pour quelque chose dans la torture endurée par Hélène. Mais sans doute les fils de sa pensée étaient-ils encore embrouillés par le sommeil, car songeant d'une part au mari d'Hélène et croyant reconnaître cette voix, se disant même qu'il avait dû rencontrer cette femme, il n'arrivait plus à concevoir soudain ce que signifiaient les rapports entre les êtres, ni comment ils peuvent naître ni de quoi ils étaient faits, et il se demandait si ce n'était pas déjà prendre une part de responsabilité, si ce n'était pas déjà un abus que d'adresser la parole à quelqu'un — à plus forte raison au public comme le faisait cette dame.

— Mais enfin, dit Irène, qui se rongeait les doigts d'un air accusateur et qui ne cessait d'éteindre et de rallumer sa lampe, allez-vous nous laisser toute la nuit à la merci de ces gens ?…

Le ton était si net dans le reproche que Guillaume se dit que cette phrase ne pouvait être celle qu'elle avait eu l'intention de prononcer. Il n'était pourtant pas fâché, pour une fois, de voir Irène, sous l'effet de la nervosité, sortir de son irritante perfection. Peut-être cependant y aurait-il eu quelque chose de mieux à faire que de s'en réjouir ? L'idée qui lui était venue concernant Hélène était stupide, incommunicable, elle l'aurait fait taxer de folie par tout être raisonnable, — et à certains égards, à cet égard-là justement, Irène, il le craignait, était un être raisonnable, — mais cette malheureuse idée continuait à le tarauder. De nouveau Irène avait rallumé sa lampe, mais l'abat-jour, en pâte de verre rose et veiné, d'un goût affreux, — objet de luxe vers 1920, en harmonie avec la tapisserie bariolée, — absorbait à peu près toute la lumière, et Guillaume cherchait des yeux d'autres lampes, d'autres ampoules, pour faire plus de lumière s'il se pouvait.

— «Et voici quelques nouvelles de la journée», annonça la femme.

Cette fois, Irène se leva, révoltée, déclarant inopinément qu'elle gelait dans son lit et sans demander l'avis de son compagnon, se mit, en manière de protestation, à arpenter le plancher et même à ébaucher à travers la chambre quelques mouvements de danse ou de gymnastique. De sorte que, gagné par la contagion du mouvement, Guillaume se leva à son tour, pour aboutir bientôt sur le bras d'un fauteuil dont le reps aux dessins compliqués datait, lui aussi, des temps héroïques.

— Je crains que vous ne preniez froid, dit-il. Vous devriez au moins vous couvrir…

Elle vint s'asseoir sur l'autre bras du fauteuil.

— Cela vous gêne que je me mette là?...

— Voyons...

— Vous tenez tellement à écouter ces nouvelles?

— Mais je n'écoute pas les nouvelles!... Cela me dérange au moins autant que vous!... Et je ne fais même pas semblant de dormir...

Il eut son regard en plein visage. Il aurait voulu être sûr de pouvoir préserver en lui, contre tout ce qui pourrait survenir, ce regard-là. Soudain elle se laissa couler contre son épaule. Il n'osait plus faire un mouvement. Il murmura :

— Irène... Est-ce que vous n'êtes pas bien avec moi?...

Sous le plancher, les voix continuaient à vibrer, alternant avec une sorte de brutalité croissante, comme si elles s'étaient fixé un objectif à la fois éloigné et brûlant.

— Oui, dit-elle au bout d'un instant en se laissant fondre un peu plus contre lui. C'est vrai que nous sommes bien... Guillaume, — n'y a-t-il pas moyen d'être mieux?

Il n'eut pas le temps de répondre. La voix de l'homme et celle de la femme s'élevèrent en un bref et impitoyable crescendo. Le son tranchant et net de leurs voix à l'articulation métallique montait, en même temps que se précipitait leur débit, évoquant la fatalité d'un mécanisme qui va vers son déclenchement. La voix de l'homme se haussa encore une fois, éclata, plus forte, plus noire, — aveuglante.

— «Cour de Justice. La Cour, réunie cette après-midi, a rendu son verdict dans le procès du journaliste-propagandiste-proboche, André Hersent, accusé d'intelligence avec l'ennemi. Hersent a été condamné à mort.»

— «Un collaborateur de moins!» enchaîna la femme.

C'était « enlevé ». Il y eut un coup de gong, puis un tintement de cymbales. Après quoi l'émission fut coupée, et le silence s'établit dans la maison.

Irène était restée figée contre Guillaume. Elle était blanche…

— Vous avez froid, dit-il.

— Je ne sais pas si c'est le froid. Je…

Elle passa un doigt sur sa joue.

— Ils sont ignobles !…

XII

Ils?... Les juges?... Les rédacteurs des informations? Les speakers qui brodaient peut-être sur les textes? Les auditeurs qui écoutaient cela au coin de leur feu, en embrassant leurs femmes? Les journalistes qui vendaient leur patrie, ou qui croyaient la sauver en la livrant?... Le monde était ignoble, oui, et c'était le monde où nous étions, et il était impossible de continuer à respirer dans ce monde-là, impossible de rester là, chaleur contre chaleur, tandis qu'un homme, dans sa prison, se retrouvait seul devant sa mort.

Guillaume avait eu maintes fois l'occasion de s'entendre dire que nous n'avions pas le droit de « comprendre » nos adversaires : il découvrait cette nuit-là qu'il n'avait jamais aimé Hersent, qu'il ne l'aimait que depuis une heure. Les yeux ouverts dans la chambre éteinte, il se laissait surprendre par un afflux désordonné d'images dont beaucoup n'offraient qu'un lointain rapport avec Hersent, telle l'image de cette fille qu'il avait aperçue un jour à la sortie d'une gare, dans l'attitude du garde-à-vous, criant d'une voix de cuivre, les veines du cou gonflées, le titre d'un journal qu'elle tenait déployé sur sa poitrine, à la manière d'une cuirasse, le visage rouge et tendu : « Demandez tous le nouveau journal catholique : *Dieu-le-veut !* Catholiques, défendez-vous ! Défendez vos intérêts ! Demandez *Dieu-le-veut !* »... Qu'est-ce que cela avait à faire avec Hersent ?... Ils avaient éteint dans la chambre, comme s'ils espéraient dormir, mais la lune s'était levée, et jetait en travers de leurs lits un pont de lumière que coupait un précipice d'ombre. Il ne s'endormait pas et, son esprit restant livré aux images, il imaginait la fille, la tête tendue, le cou coupé, criant toujours le titre de son journal, *Dieu-le-veut !*...

C'était absurde peut-être, mais fort ; on pouvait condamner un pareil sentiment, on ne pouvait aller contre. Guillaume redécouvrait à propos d'Hersent ce qui l'avait tant choqué, révolté dans l'histoire de ses rapports avec Irène, cette chose qu'il n'avait jamais pu comprendre — que notre vie se compose de moments successifs. De moments qui ne se pénètrent pas, impossibles à faire rentrer l'un dans l'autre. Ainsi il avait vu Hersent lycéen, étudiant, il l'avait rencontré dans les théâtres, et il ne comprenait pas comment ces images très précises pouvaient s'accorder avec celle d'Hersent prisonnier, d'Hersent condamné à mort. Il songeait à deux ou trois lettres qu'Hersent lui avait écrites, à l'une d'elles particulièrement, à certaines pages, certaines phrases de ses livres sur l'amitié, sur l'amour, et il se demandait ce que ces pages avaient pu devenir dans sa mémoire ; ce que, en ce moment même où il pensait à lui, elles pouvaient encore signifier, — ce qu'elles allaient devenir sans lui. Peut-être qu'Hersent n'y pensait pas, qu'il n'y avait jamais plus pensé, depuis le moment où il les avait écrites. Mais à quel moment y avait-il pensé, et combien de temps dure une pensée ?... Peut-être que ces pages étaient tombées de lui pour toujours, en même temps que les petits mots louches prononcés par le Président du Tribunal. Et Guillaume se demandait de quel ton un Président de Tribunal peut arriver à prononcer ces mots-là, avec l'homme en face de lui, qui le regarde... On aurait pu lui assurer que c'était un cas tout à fait simple, tout à fait prévu, que d'autres hommes avaient su dire les choses profondes de leur vie, exprimer comment ils aimaient, ou n'importe quoi d'autre, qu'ils étaient morts, et qu'il n'y a aucun ridicule à cela, ni hélas, aucune impossibilité. Mais que ces deux choses, avoir écrit ces pages, et entendre ces mots tomber de la bouche d'un Président, que ces deux choses aient pu arriver à un même homme, c'est ce que, positivement, il ne comprenait pas. Que ces deux choses puissent nous arriver, aimer et mourir, il avait du mal à le comprendre. Mais ce qu'il n'arrivait pas du tout à comprendre, c'était que l'on puisse placer un homme en pleine santé devant sa mort, l'abandonner seul avec cette unique attente, puis l'amener un matin, avec ou sans cérémonie, dans un lieu choisi, toujours sordide, pour lui trouer le corps minutieusement.

Mais de même qu'il ne réussissait pas à accorder cette image d'Hersent écrivain, ou celle d'Hersent amoureux, avec celle d'Hersent condamné à mort, pas davantage il ne les pouvait accorder avec celle d'Hersent antisémite, entraîné par une logique abusive, par un rationalisme monstrueux. Non, il lui était impossible de rapporter ces images à un même homme. Ce qu'il aurait fallu, se disait-il, c'était supprimer le mauvais Hersent, et garder le bon, comme il aurait fallu garder la bonne Allemagne et supprimer la mauvaise, — chose difficile après tout quand on sait que les bons Allemands et les mauvais sont souvent les mêmes. Pourtant l'imperfection des châtiments ne venait-elle pas de cette difficulté même de supprimer un être tout en le laissant vivre ? C'est un fait que le trait d'union entre les deux Hersent, s'il en existait un, lui échappait désespérément cette nuit-là. L'idée des conséquences imprévues et choquantes d'une dialectique meurtrière ne pouvait lui suffire quand l'impossibilité de vivre des événements aussi différents, de revêtir des visages aussi exclusifs les uns des autres, créait en lui une paralysante obsession. Ce qui l'atteignait comme une angoisse qu'il ne voulait à aucun prix accepter de réduire à des explications faciles ou conventionnelles, alors même qu'il aurait pu suivre la démarche inverse, c'était l'impossibilité de faire tenir ensemble les morceaux d'une même expérience, comme si chacun de nous avait de temps en temps à subir dans sa vie les interventions d'un étranger. Ainsi voyait-il Irène reposant près de lui avec confiance, car après une courte débâcle elle s'était recouchée, le visage redevenu tout lisse ; et l'avait-il vue le traiter en ennemi et refusant de le croire lorsqu'il lui affirmait que jamais il n'avait eu l'idée de se « poster » comme elle disait au bord de cette route pour la surprendre, que jamais il n'avait voulu la tourmenter, la poursuivre. À présent, si elle semblait admettre qu'il était bien quelqu'un en qui l'on peut croire, elle prétendait qu'il était « redevenu comme avant », ou au contraire qu'il avait bien « changé » ; mais tout son être protestait contre de pareils termes, car il avait bien conscience de n'être ni devenu ni redevenu, et il ne voulait qu'être reconnu pour ce qu'il était. Et ainsi la même absence de continuité qui l'étonnait tant à l'intérieur des êtres ne le choquait pas moins d'un être à l'autre, quand ces êtres se trouvaient unis comme il l'avait été à Irène. Lorsque Irène revendiquait pour elle le fanatisme de la vérité, il en avait un autre à lui opposer, qu'il croyait meilleur, car ce fanatisme ne lui avait pas permis jusqu'ici de reconnaître la vérité en ce qui le concernait. C'est pourquoi il ne lui suffisait pas qu'ils fussent là tous les deux, reposant dans leurs lits parallèles, sous le même rayon de lune, immuable depuis des éternités, il fallait réussir à rétablir entre eux la communication interrompue, et à la rétablir là même où elle avait été rompue, sinon tout resterait faussé. Tout le mal venait, il le sentait, de cette distance entre les esprits et, à l'intérieur des esprits, de cet écart *entre nous et nous*, de cet abîme entre nous et les autres, qui crée le désaveu, et permet la condamnation. Sur le plan des choses explicables, en même temps qu'il voyait le mécanisme de cette condamnation, — choc bien peu mystérieux, au fond, d'une passion contre une autre, — il voyait que cela même prive la condamnation de tout sens. Quel mauvais prétexte que les faits ! Irène avait pu le détester, désirer son anéantissement, pour une chose à laquelle elle ne penserait plus trois ans plus tard. Combien il est donc inutile de se demander, quand il se présente à son banc, si l'accusé est coupable ou non, s'il reconnaît ou non les faits : il suffit de regarder de l'autre côté de la table, là où s'alignent les jurés, avec leur visage de craie. L'accusé est sans importance ; tout est dit. Sans parler des erreurs possibles, mon honneur est pour toi félonie, et ce que tu appelles trahison, je l'appelle constance, logique. Ce qui te paraît mon obstination dans le mal fut mon espoir... Quand on en est à ce point de désaccord, il ne reste plus, en toute sincérité, qu'à supprimer celui qui pense mal. *Et il est vrai que devant l'entêtement d'Irène, j'avais parfois désiré, de mon côté, la suppression de cette pensée ennemie de la mienne, de même que par sa négation de moi, par son oubli, elle avait tenté de me supprimer. Car cette lettre reçue après notre rencontre sur la route : «Je vous avais cru un gentilhomme», ces mots, venant d'elle, m'exécu-*

taient, et en retour, il est sûr qu'on ne désire pas la mort des gens pour autre chose. Mais la mort ne faisait pas l'affaire. Quel stupide dénouement! Ce qu'il voulait alors, ce n'était pas la mort d'Irène, c'était lui faire comprendre, la persuader. Le désir d'infliger la mort ne peut nous venir qu'en cas de refus, au cas où le sujet se montre tout à fait inapte à comprendre, fait preuve de volonté mauvaise. Car ce qu'il faut supprimer, ce n'est pas l'homme, c'est le mal. Toute souillure est dans la pensée, et tout crime. On s'étonnait, depuis quelque temps, que la peine de mort fût appliquée aux fautes contre l'esprit. Mais y en a-t-il d'autres? Que sont les crimes contre les corps? Aurait-on pu confondre sous la même peine le chiffonnier qui s'était enrichi en vendant à l'ennemi du métal ramassé dans les poubelles, et l'esprit qui avait décidé que la victoire serait allemande? Dans l'un des cas, un acte sordide, relevant de la cupidité la plus basse; de l'autre un jugement qui, comme tel, modifie la couleur d'un être et celle du monde, que l'on décide, après délibéré, d'entraîner dans le bien ou dans le mal. Il ne s'agissait donc pas seulement de punir, d'appliquer des peines, il fallait aussi ne pas souiller les peines, et ne pas faire servir la même hache pour l'aventurier du portefeuille et pour le félon selon l'esprit. Hélas, il n'y a qu'une mort, et elle est prostitution. Le même instrument à trancher les vies servait pour tous. Les fusils étaient toujours aussi neufs — aussi menteurs. Il fallait condamner la mort.

XIII

Toutes ces idées se heurtaient dans sa tête, et il cessait de se sentir maître de sa pensée — car un moment après, il trouvait soudain les idées fragiles, et excessive la facilité d'en changer. Les juges, eux, étaient des têtes claires, ils savaient ce qu'ils voulaient, ils avaient maîtrisé leur pensée jusqu'au bout. Aussi bien, en vertu de la division du travail, n'était-ce pas eux qui faisaient la besogne, — et nous savons à quel point nos semblables manquent d'imagination pour nos souffrances. « Vous avez encore une heure !... » Ainsi résonnait tout à coup, au creux de ma poitrine, au plus profond, la voix du Maître. « Maître », — encore un mot litigieux !... Celui-ci se levait soudain, — las d'attendre, plus que désireux de nous renseigner, — et, soulagé à mesure que nous étions plus angoissés, du fait que ce qui était pour nous une incertitude anxieuse était pour lui délivrance : « Vous avez encore une heure !... » Il se levait, faisait quelques pas vagues et trébuchants autour de son pupitre, — sa chaire, pour parler dignement, — remontait son pantalon, fixait l'élastique de ses bretelles, puis reprenait place sur son estrade, non sans avaler subrepticement une miette de biscuit ramassée au fond de sa poche. « Encore une demi-heure !... » Nous étions intrigués par ces miettes de biscuit toujours renaissantes, inépuisables. Il ne devait pas oser exhiber le biscuit entier. Seconde faiblesse, — la première étant le biscuit. Ainsi, nous avisant qu'ils n'étaient nullement des hommes faits autrement que les autres, comme nous nous étions très anciennement plu à le croire, prenions-nous nos « maîtres » en défaut. Il y avait dans leur science, dans leurs attitudes envers nous, dans leur goût de la domination — si vif chez celui-là notamment, malgré le biscuit, — une part d'imposture que le temps, que la vie allaient nous dévoiler pour notre plus grande amertume. « Encore dix minutes !... » Il aurait bien fallu, pour nous aider à supporter cela, que nos maîtres fussent effectivement des hommes faits autrement que les autres, disons situés un peu au-dessus. Les juges aussi, peut-être. « Encore cinq minutes !... Trois minutes !... Deux minutes !... » C'était l'instant où chacun de nous, où les meilleurs peut-être trouvaient enfin leur pensée. Les plumes couraient au bas de la page, ils suppliaient pour obtenir une autre de ces feuilles roses qu'on leur comptait si avarement, par un calcul où entraient des éléments qui sans doute leur échappaient encore, — au moins un. « Allons, messieurs, sacrifiez !... Vous allez encore une fois faire trop long !... » Les minutes, les secondes retentissaient en nous. Notre gardien, notre juge se déplaçait d'une jambe sur l'autre, lourdement, d'une marche plus précipitée toutefois, plus fébrile ; sa main se mouvait de plus en plus vite entre la poche de sa veste et la moustache grise et tombante sous laquelle disparaissaient les morceaux de biscuit. Il descendait de son estrade, y remontait, frappant d'un talon décisif cette caisse de bois, qui sonnait creux. « Je serai impitoyable !... » s'écriait tout à coup celui qu'il faut décidément appeler le Maître, descendant enfin à grand fracas de son piédestal, sous une auréole de poussière. Nous arrachant nos copies inachevées, il nous arrachait la vie. Je regardais autour de moi, horrifié. Je n'avais encore rien connu sur terre qui durât trop longtemps. Non loin de moi, Hersent souriait, — renversé contre son dossier, les bras en croix, très à l'aise. Il avait toujours fini à temps, un peu avant le temps, en vertu de cette facilité éblouissante, dont les méchants disaient qu'elle faisait disparaître le sujet sous d'agréables scintillements de surface. «Encore une minute, UNE!...» On entend un pas lourd sur le plancher, un pas fracassant, définitif, un bruit de clefs. Chacun pense : «C'est pour moi...» Guillaume se réveille en sursaut, le front moite, étend la main, pour se rassurer, vers la couche d'Irène qui vient de se réveiller en même temps que lui, du même sursaut. Drôle de nuit... L'hiver scintillait maintenant à toutes les fenêtres, le gel chantait, un cri de corneille au loin leur apportait la pulsation des profondeurs et le noir des bois. *Il neige, disais-tu. Il neige, répondais-je.* Malgré une hésitation à se l'avouer, il n'avait pas compté passer seul une nuit aussi froide et, comme Irène, il grelottait.

— Pourquoi vous êtes-vous réveillée ? lui demanda-t-il.

— Vous avez sauté, j'ai eu peur. Vous est-il arrivé quelque chose ?

— Ce n'était rien.

Rien, à part qu'il n'arrivait pas à comprendre. Ces lettres d'Hersent, ces pages de ses livres de jeunesse où battaient l'amour de la vie, le goût des plantes et celui des corps, il aurait voulu pouvoir les montrer aux juges. Bien. Ce qu'il n'arrivait pas à comprendre, c'était comment celui qui avait écrit cela, qui avait senti ces choses-là, qui avait eu ces traits heureux, ce bonheur d'expression, comme on dit, et celui qui maintenant allait mourir, et le savait, pouvaient faire un seul et même homme. Cela, décidément, dépassait pour lui tout ce que l'esprit peut assimiler. Si c'est *eux* qui avaient raison, eux qui comprenaient cela si facilement, il fallait admettre que lui Guillaume était un imbécile. Eux et lui ne participaient pas à la même raison, à la même lumière. À mesure que la nuit s'avançait, il se sentait de plus en plus étranger à ce monde où l'on juge, où l'on tranche, où les gens se prennent et s'abandonnent, où le livre vieux de six mois ne se lit plus. Et Hersent?... Songeant à lui, il craignait, à tout moment de cette nuit, que quelque chose en lui ne se brisât à cette double connaissance de lui-même. Mais n'était-ce pas seulement que le passé nous est fermé, échappe à notre compétence? Ou fallait-il croire qu'il était le seul, lui Guillaume, à qui les choses apparaissaient ainsi?... Il avait envie de rallumer, de secouer Irène, de la questionner. «Encore une minute!...» Une minute encore, et j'aurai lâché la feuille : je serai l'homme qui a écrit cela. Tout retour me sera interdit. Le passé tombe de moi : ce passé que vous oublierez ou que vous invoquerez suivant vos besoins. J'ai écrit cela, — je n'ai fait que l'écrire, — et parce que j'ai écrit cela il y a deux ans, il y a un an, il y a une minute, à présent vous voulez ma mort. Et si je ne vous avais pas montré ma feuille? Si je n'avais pas remis ma copie? Quel horrible malentendu! Alors qu'il est si évident que mon passé m'échappe, qu'il n'est pas moi, que si je suis quelque part, c'est dans l'avenir. Vous prenez ma vie à tel moment comme si elle était là tout entière, vous la placez sous votre loupe, froidement, vous déclarez : «Bon» ou «Mauvais», et tout est dit. Mais cela n'est-il pas absurde?... Allez-vous vous priver d'un homme qui n'a qu'une passion au monde, être utile?... Alors qu'il est si évident que vous et moi voulions le bien de la Patrie ! « Quelle patrie ? » Le Président ne comprend pas, il répond : « L'utilité, comme vous dites, n'était pas où vous la croyiez. La patrie non plus. » Ou bien : « Soyez sûr que j'apprécie ces anticipations, ces glissements dans le temps, ces exercices de vocabulaire ; mais dites-moi, Hersent : étiez-vous ou non, avec l'Ambassadeur, dans ce train qui roulait vers l'Allemagne ?... Vous êtes-vous rendu ou non à ce fameux Congrès ?... » C'est à désespérer, le Président refuse de comprendre, il ose poser cette question grossière, il reste à côté de la vraie question, être utile. En vérité, le Maître répondait mieux : « Vraiment, monsieur, vous croyez que le monde vous attend. Eh bien, allez !... » Avec un ton, un sourire qui détruisaient toute foi, qui appelaient le suicide. Mais le Président, lui, ne répond pas cela. Il n'a pas posé la bonne question. Il se croit utile, le Président. Nous sommes bien du même bord, au fond. Et je voudrais lui dire, au Président, que c'est un gâchis !... S'il vous plaît, monsieur, ne gâchons plus !... S'il vous plaît, ne tenez pas compte de cette mauvaise feuille ! Je ne suis pas la feuille, je pourrai écrire beaucoup d'autres pages, bien meilleures, vous verrez, et rédigées tout autrement, ce n'est qu'une question de temps... Et même, y a-t-il grand-chose à changer ? Il suffirait d'attendre... Encore deux minutes, une minute. Le lieu, naturellement, est sordide. Il n'en saurait être autrement. Et tout, alentour, est sordide, les hommes aussi, juges, témoins, employés de première et de seconde classe, justiciers, terrassiers, employés en uniforme noir et en casquette, tous ignobles, bourreaux et victimes... Impossible de se laver les mains. Le premier qui a remué cette boue nous en a tous couverts. Aussitôt après, quel massacre. Il suffit de tourner deux ou trois pages, de ces pages qui contiennent des siècles. *Exode* : « Ils s'emparèrent de la ville et passèrent tout au fil de l'épée, hommes, femmes, enfants, animaux. » Voilà donc un peuple logique où les bêtes subissent le sort de tout le monde. Plutarque, *Vie d'Alexandre* : « Cherchant dans la guerre une distraction à sa douleur, il partit comme pour une chasse d'hommes, et ayant subjugué la nation des Cosséens, il les égorgea tous dès l'âge le plus tendre. » Un tel homme a besoin de distractions, qu'on lui pardonne. « Il fit courber avec effort l'un vers l'autre des arbres très droits ; on attacha à chacun des arbres un membre de son corps, de sorte que les arbres, se redressant avec violence, etc. » Le sourire du peuple grec. L'ironie socratique, hein ? Hélas, nous retombons dans la ciguë. Il n'y a plus sur terre, depuis la première goutte de sang, un endroit sec. « Vous n'avez pas, me reprochait-on, le tour d'esprit historique. » Non, pas très. Je commençais seulement. Voici même que je raisonnais à la manière des historiens. C'est ainsi, je suppose, que doivent raisonner les juges. Les juges, mais il est évident qu'ils ne sont jamais des contemporains ! Du fait qu'ils jugent, à l'instant qu'ils jugent, ils prennent sur vous un recul qui les avantage, qui fait de vous des gens d'une autre époque, condamnables... À mesure que la nuit s'avance, la pensée se fond, les images se croisent, se télescopent. Soudain la main d'Irène posée sur sa bouche le réveilla. Elle avait le corps à moitié hors du lit, et sur le moment il ne trouva pas à lui parler d'autre chose que de cette méchante pièce où on l'avait parqué et de la table d'écolier avec son trou noir, bien qu'il lui fût impossible de savoir d'où ces images lui étaient tombées.

— Ce qu'il y a de bon dans les guerres, lui dit-il, c'est qu'elles créent des associations insolites... La présence de cette table d'écolier dans cette chambre de palace à demi écroulée... ce n'était pas seulement quelque chose d'absurde, — mais... mais d'effrayant...

— Mais de quoi parlez-vous? dit-elle. Est-ce cela qui vous faisait crier?

— Non, dit-il. Ce n'est pas cela. Je crois qu'il... Attendez... Il y avait une histoire de poule volée, et... Me permettez-vous d'allumer?...

Elle devança son geste. Sans doute était-elle restée éveillée et avait-elle hâte de faire un peu de lumière. Il vit la chambre s'éclairer et les objets réapparaître comme à regret, car le trop bel abat-jour « nouveau style » retenait une bonne partie de la lumière. Cela était suffisant toutefois pour lui permettre d'apercevoir le paravent, autre objet d'art, et une cheminée aux chenets de cuivre, à laquelle il n'avait pas encore prêté attention.

Les poules de la voisine avaient coutume de s'aventurer dans ce jardinet un peu mesquin où elles passaient des heures à picorer entre les cailloux. La présence des humains ne les dérangeait nullement, et pendant que la famille prenait ses repas, elles montaient volontiers les trois petites marches qui permettaient d'accéder à la maison. Pourquoi avaient-ils eu tant de mal à les convaincre ce jour-là où, profitant d'une absence de la famille, ils avaient longtemps regardé, avec des intentions mauvaises, leur groupe criard croiser fièrement devant la petite porte du jardin, sans consentir à se détourner?... Enfin l'une d'elles s'était introduite, mais à peine dans le jardin cette bête pourtant obtuse s'était mise à donner des signes d'inquiétude. Immobiles au centre d'une étouffante chaleur, Guillaume et son jeune frère s'appliquaient à ne faire aucun bruit, mais plus ils étaient immobiles, plus la bête s'énervait, comme si elle s'était doutée de quelque chose. Elle ne cessait de regarder les deux garçons de son œil brillant et rond, où l'arrogance disparaissait peu à peu sous la peur : car ils avaient réussi, par un prodige, à fermer derrière elle la porte du jardinet, et elle était maintenant sur ses gardes. Guillaume ne rêvait plus : il revivait avec lucidité ce forfait perpétré dans son adolescence. Était-ce lui ou son frère qui avait eu l'idée ?... Lui sans doute, car son frère n'avait pas tardé à se lasser et, étant resté seul à faire le guet, Guillaume avait poussé la science du mal jusqu'à s'asseoir, un livre entre les mains, dans le fauteuil de peluche, près de la porte restée ouverte, à la place même où s'asseyait sa mère ; de sorte que cette scène, cette tranquillité à laquelle il s'efforçait, ce regard fixe et anxieux de la poule, tout cela n'avait pas tardé à devenir intolérable...

— Je suppose que vous en êtes resté là ? dit Irène.

— Je crois qu'il y a dans la cruauté une espèce de fascination... Tous ceux qui ont été cruels avec quelqu'un, même par nécessité, ont pu éprouver cela... Ne croyez-vous pas ?

— Alors... Il y a une suite ?...

— La suite fut ce que vous pouvez imaginer. Ce sont les détails, bien entendu, qui rendent cela horrible. J'avais eu soin, c'est affreux à dire, de répandre une traînée de mie de pain qui dessinait un itinéraire naturel depuis le petit perron jusqu'à la pièce écartée où je me proposais d'attirer l'imprudente, afin qu'on ne pût entendre ses cris du dehors. Je n'étais que voleur, mais j'avais pris des précautions d'assassin... La bête se trouvait enfin sur les marches. Elle s'était décidée, comme les poules savent se décider, faisant trois pas en arrière pour un pas en avant. La tête rentrée dans les épaules, elle s'était arrêtée sur une patte, et m'observait.

Je pris le parti de disparaître. Tant de précautions sont abominables, n'est-ce pas?... Par un trou de serrure, je vis enfin ma victime faire son entrée dans la pièce, réticente, comment dire? suprêmement méfiante, interrogative. Je regardais, derrière elle, la porte grande ouverte, par laquelle entrait le soleil... Est-ce que vous comprenez?...

— Hum... fit Irène.

— Or je parvins à faire le tour de la maison et à m'enfermer avec elle. Prisonnière!... Ma vue lui fit un effet foudroyant : il y a des choses que l'animal le plus sot comprend. La poule s'était mise à tourner en rond, en poussant une série de gloussements plaintifs, coupés de cris aigus qui, dans la pièce entièrement close, me déchiraient le tympan. Vous me voyez, enfermé dans une maison respectable avec cette bête affolée, inapprochable, qui battait l'air à grands coups d'ailes au moindre mouvement que je tentais! Il me semblait que tout le quartier devait être sur mes traces. J'avais bien pris soin, dans ma ruse, de fermer les volets, — vous savez, pour mieux faire «absent» — mais grand Dieu! quel son devaient rendre les cris de cette poule en détresse derrière ces volets clos!...

— Ce n'était peut-être pas une très bonne manœuvre, dit Irène. Et alors?...

— Alors, fatigué de tourner dans cette pièce trop vaste où elle et moi risquions toujours de casser quelque chose, je l'attirai, par de nouvelles manigances, dans la cuisine où il me semblait que la besogne serait plus facile.

— Je vois d'ici vos manigances, dit Irène.

— Je m'étais mis à lui offrir du pain, du grain, redoublant de supplications affectueuses; cela devait être répugnant à voir. La poule continuait à tourner, ne sachant plus par moments si elle était là pour manger ou pour être mangée, et entre deux coups d'œil apeurés, pointait encore de temps à autre le bec vers le carrelage pour attraper quelque chose... Geste sordide qui me faisait m'estimer un peu moins coupable.

— Tellement vous aviez hâte de vous relever dans l'estime de vous-même ! dit Irène. Voyons la fin ?...

— La fin, ça ne se raconte pas. Car, dès qu'elle m'avait vu, le couteau en main, ç'avait été des cris épouvantables. Je crois que seule la colère me donna la force d'aller jusqu'au bout. La bête s'était réfugiée sous la table. Sous cette table étaient rangées un certain nombre de bûches, et elle était perchée sur une de ces bûches, somptueuse dans son plumage noir et violet, véritable robe de sacrifice, somptueuse et figée, sauf de brusques mouvements de tête à droite et à gauche. Immobiles tous les deux, car je m'étais accroupi pour la saisir, nous nous regardions fixement. J'avais beau être sauvagement déterminé, cet œil rond, ces regards de hautaine angoisse, accompagnés maintenant de cris plus rentrés mais ininterrompus, me faisaient perdre toute assurance. Je me jetai sur elle sans méthode, ce fut horrible. Il me fallut laver la cuisine durant un grand quart d'heure.

— Ce sont bien des histoires pour une poule au pot, dit Irène, d'une voix un peu fausse. Il y a des ménagères qui font ça tous les jours.

— Je sais. On fait la guerre aussi tous les jours. Et des choses pires que la guerre. Aujourd'hui, délicieuse Irène, on abuse de tout !... Moi aussi, aujourd'hui, je « fais ça » tous les jours. Mais cette fois-là, c'était la première fois...

Idées sur idées, images sur images, mots sur mots. l'esprit fonctionne comme un moulin, où repasse sans être reconnu le grain déjà broyé. Il faudrait inventer un style, se disait-il. Car que restera-t-il de tout ceci au réveil ? Une poussière ; peut-être rien ; l'impression de n'avoir pas dormi. Et s'il m'en reste quelque chose... Un homme éveillé n'avoue pas. Telle est la vertu de l'éducation. L'éducation, c'est cela même, sortir de sa nature, la quitter. La mort n'est pas un sujet de discours. Elle est une *éducation*, elle aussi. Mon cher, quelques-uns croient à des différences entre les hommes ; mais voyez la fin !... Pensée ignoble. Demain matin, je pourrai sourire à Irène. Mais y aura-t-il un matin ? Demain, j'ordonnerai mes idées avec la gravité qui convient. Je prendrai la plume. Je m'imposerai de former mes lettres avec calme, comme ces spécialistes du stylo de qui la page coule nette, sans bavures, prête pour l'éternité de la typographie. Comme elle coulait du stylo d'Hersent, ou du stylo de notre maître. « Maître ?... » Si cet homme avait été un maître, il eût empêché cela. Professeur ! De quoi, je me le demande ? Il conjuguait très bien les déponents, il est vrai ; presque aussi bien les défectifs, il avait tout prévu pour les défectifs, mais pour les défections, rien : cela l'eût obligé à vivre. Notre maître donc nous disait : « Monsieur... » ou bien : « Vous, là-bas... » (car il ne savait jamais le nom de personne) ; il disait donc : « Monsieur, la manie de vouloir tout dire vous perdra. » Excellent conseil, et pas seulement littéraire. Là gisait sa maîtrise. Ci-gît un maître. Il continuait Boileau avec éclat. Excellent conseil, évidemment, et qu'il aurait bien dû adresser à Hersent qui, au lieu d'écouter, restait des minutes, parfois tout un quart d'heure, couché sur le dos, les yeux au plafond, rêvassant, une chouette d'or brodée sur son blouson, à l'endroit du cœur... J'ouvre les yeux, les referme aussitôt, pour ne pas voir... Je voudrais lui arracher cette chouette qui lui dévore le cœur. Notre bon maître n'aurait-il pas dû le mettre en garde aussi contre le goût des insignes ? De quels insignes Hersent n'avait-il pas dû rêver, durant ces années malheureuses, par exemple quand il roulait dans ce train, en compagnie de messieurs très chamarrés ?... Il paraissait triste, le Président, bien triste, c'est d'un air accablé qu'il a demandé cette fois : « Croyez-vous, Hersent (il savait son nom, lui), croyez-vous que c'était bien le moment pour vous, pour un Français, de vous promener dans ces trains, de vous offrir un petit voyage en pays ennemi, quand tant de vos compatriotes... » À ce moment-là, dans la salle silencieuse, quelqu'un, assis tout au fond, sur une banquette de bois, a senti passer la mort. Cette petite fille que tu avais rejetée en riant, sans prendre le temps de te dire qu'elle avait une âme, maintenant, la tête dans les mains, elle prie pour toi, tellement le Président avait l'air triste et convaincu en te posant cette question. Cette question, nous nous la posons maintenant, Irène et moi. Et, — cela n'a aucune importance pour la suite des débats, mais je me demande : Est-ce que par hasard le goût des honneurs ?... J'entrevoyais que je n'avais peut-être pas connu Hersent. Je ne sais pas si Hersent avait tout dit. Mais sûrement il avait dit ce qu'il ne fallait pas. Mais faut-il être puni pour avoir *dit* ?... Une secousse. Je sursaute. Le train. Toujours le train... *Voudrais être encore dans ce train, ce long train, dans ce beau sleeping avec Irène, où j'avais glissé de ma couchette dans la sienne et où nous roulions si merveilleusement enlacés à travers la nuit, et où le merveilleux battement de nos artères se confondait avec le merveilleux battement des roues le long des rails. Tac-à-tac, touc-ou-touc, wou-ou-wouh... À travers la nuit, à travers l'obscurité striée de lueurs qui passaient sur nous, se levaient des sémaphores amicaux, dans une douceur de gestes que rien ne nous rendrait.* Que faire ?... Réveiller

Irène ?... Mon Dieu, j'aurais honte... Mais suis-je responsable, moi qui dors ? Et d'ailleurs, ai-je jamais fini de
dormir ? Ne dormais-je pas un peu, le jour où je lui avais
dit cette chose à propos des enfants, qui l'avait indignée
si fort ?... Je vous parlais avec cette partie de moi-même
qui n'a jamais pu tout à fait vaincre le sommeil. Mais
moi, Irène vous le savez, j'étais ailleurs, dans une région
inaccessible à vos reproches, à votre indignation, cette
région où je suis encore, où je reste éternellement digne
de vous. — Ah, c'est commode ! Il ne fallait pas vous
endormir, mon petit. Il ne faut pas dormir. Il faut
veiller !... Veiller. Justement, voici le grincement d'une
radio lointaine qui prélude, qui cherche. Mais non, ce
sont des poignées de petits cailloux qu'on jette contre la
vitre. Une alerte ? Rapidement, j'éteins la lampe que je
venais de rallumer de mon côté, une minuscule ampoule
dont la lumière reste ensevelie au fond d'une énorme
coupe d'albâtre, — on a dû voler cela dans quelque
château abandonné, tous les Français se sont faits voleurs
en peu d'années. J'ai sursauté à cette volée de cailloux,
précipité hors d'un rêve d'innocence, désormais impossible. Les pas qui se marquent sur le sable dans l'extrême matin. Où était-ce ?... Revenant de cet hôtel où
j'avais été voir un ami... Qui ?... Les noms ont si peu
d'importance. Appelons-le X (aussi bien ne savait-il pas
les noms). « Monsieur X., cette fois je vous ai mis premier,
vieusstroum !... » Mauvais souvenir. Je le revois à la fenêtre
de cet immeuble, sous le store. Près de lui, invisible, une
femme en noir, Mathilde. Cet X... aurait pu mieux s'y
prendre. Arrêté au coin de cette rue, au plein soleil, je
devais avoir l'air d'attendre. Sans doute que Mathilde
allait sortir, elle avait déjà son chapeau, elle a dû
lui demander : « Regarde s'il est encore là, si je peux
descendre... » C'est bien. Adieu, X..., tu seras premier

partout, mais je te rattraperai : demain tu me trouveras plus haut que toi, tu ne continueras à exister que si je le veux. Demain ?... Ce n'est pas X... que je voulais avoir. C'était cette femme. Ou paraître l'avoir. Les femmes de cette nature, on les a en les éblouissant. Il faudra qu'elle trouve mon nom partout, dans tous les journaux qui lui tomberont sous la main. « Revue de la presse »... Même ici, ces façons de penser sont vulgaires. Ce n'est pas moi qui pense ainsi, ce n'est pas moi. Dieu ! Mon nom dans le journal, elle le lira, — demain, ces deux petites lignes, en caractères infimes, au bas de la page... Irène se dresse près de moi, s'habille, révoltée (s'habille, tiens, il doit se passer quelque chose d'anormal) : « Mon pauvre ami, (c'est la première fois qu'elle m'appelle ainsi ; même aux plus mauvais moments elle m'a épargné les épithètes douteuses), je dois vous dire qu'il y a eu dans cette guerre des condamnée à mort tout de même plus inté- ressants... » Encore que, dans le bref instant où il s'est endormi, il ait rêvé cette attitude dramatique d'Irène, le raisonnement par lequel il lui répond se prolonge dans la veille. Plus intéressant. Quoi de plus intéressant que la trahison, que la conversion de l'or en plomb, et que celle de l'agresseur en victime ?... Mais voici Irène bien éveillée, les cheveux à peine un peu brouillés sur son front net, et qui lui adresse une question réelle :

— Vous étiez resté en bons termes, n'est-ce pas, avec Hersent ?...

Certaines questions ont la propriété de faire le vide en nous, et à la question toute simple d'Irène, Guillaume ne trouvait rien à répliquer. Il éluda, peut-être pour se donner le temps de réfléchir.

— Il ne m'est pas facile de vous répondre, dit-il. Avons-nous jamais été ce qu'on appelle en « bons termes»?... Si je cherche dans mes souvenirs, je les trouve tout à coup insignifiants, éparpillés. Je ne pourrais vous donner d'Hersent que des vues partielles, fragmentaires, et encore... Nous étions très jeunes, vous savez... Ce que je me rappelle le plus volontiers de lui : des marches dans Paris, des pièces de théâtre vues ensemble, un peu par hasard le plus souvent... Quoi encore? Une sortie à Versailles; une autre, plus tard, en province, aux environs de Biarritz... Les points saillants d'une vie ne sont pas toujours ceux qu'on suppose. Même l'entourage intime est-il toujours bien renseigné?... Le plus mal renseigné parfois. Il y a des lignes idéalement simples, ce sont celles de l'évolution politique. Il est à peine nécessaire d'en parler. Ce n'est pas là, ce n'est pas à ce niveau, vous vous en doutez, que se fait le véritable travail. Il y a des modes en politique comme en littérature. Appelons-les même nécessités si vous voulez. C'est un fait que nous voyons certaines jeunesses évoluer d'un seul bloc. Beaucoup d'esprits ne résistent pas aux influences. Ils sont toujours au régiment; vous savez, les «exercices de défilé» : «Tête... droite !... Tête... gauche !... » Ceci n'est guère intéressant. Il serait facile à n'importe qui de reconstituer, par ce que nous savons de l'histoire politique de ces dernières années, une biographie plausible d'Hersent : elle serait jalonnée par les dates qui ont jalonné la vie de tous les hommes de son âge. Cette biographie, sans beaucoup d'imagination, vous pourriez la trouver vous-même d'après ces dates : 6 février, Munich, l'invasion de la Pologne... Cela n'est pas très difficile à imaginer, dès lors que l'on connaît les dominantes intellectuelles d'un esprit. Quand on envisage, d'où nous sommes, la ligne de ce destin, elle nous semble préfigurée : dès 1933, on aurait pu la prédire, en fonction même de sa continuité, de sa fidélité à elle-même, jointe à une certaine hardiesse, à ce besoin perpétuel d'aller de l'avant, de risquer la mise, de faire feu des quatre pieds comme il disait. D'autres ont louvoyé, sont allés d'un extrême à l'autre, pour revenir à leur point de départ. Lui, au contraire, avec une sorte d'ingénuité, il a foncé. Et cela peut-être est plus grave... Non, j'aimerais mieux vous raconter des choses d'un autre ordre, je veux dire un peu fortuites... Ce qui nous ramènera d'ailleurs à votre question. Vous allez pouvoir juger précisément des « termes » où nous étions...

— Il y a longtemps que vous l'avez vu pour la dernière fois ?...

— Justement. Cela remonte à 1938. Au printemps très exactement. Hersent était allé à Biarritz pour je ne sais quel congrès à la frontière du journalisme et de la mondanité ; c'était aux environs de Pâques. Il y avait là des écrivains, des journalistes, des courriéristes politiques, littéraires, de toutes nuances. Nous nous y étions rencontrés — du côté pas mondain — et salués avec le plaisir de la surprise au milieu de cette foule de gens très bigarrés. Hersent, se trouvant avoir une après-midi à perdre, m'avait emmené faire un tour en voiture, — oh pas du tout dans les endroits convenus, il avait horreur du chiqué, il vomissait les snobs et avait de certains milieux une horreur parfaitement saine. Nous avions donc été faire un tour dans un lieu où personne n'aurait pu avoir l'idée de venir nous chercher, loin de tous les congrès, et encore plus loin des gens du monde...

Comme les enfants qui s'endorment en racontant une histoire, Guillaume avait peu à peu l'impression de tomber dans un trou. Il lui sembla, ayant dit ces mots, que commençait un très long silence, et peut-être un

160

très long sommeil, car il cessa de voir le creux d'ombre entre les deux lits, et le grand bras mutilé que la lune étendait sur eux.

À Irène qui l'écoutait sa voix parut surgir de l'autre côté d'une rivière.

XIV

Tout de suite après la traversée de Bayonne, la route grimpait, longeait les arbres de la Citadelle, et courait sur un plateau.

— Ça doit être par ici, annonça Hersent. Tu vas voir.

Il arrêta la voiture, et ils quittèrent la route, à pied, pour s'engager sur les pentes d'un ravin. Il fallut piétiner quelque temps pour chercher un chemin parmi les broussailles. Les arbres étaient encore dépouillés mais bourgeonnants ; sur cette pente abritée du vent le soleil tombait d'aplomb, et la chaleur formait une espèce de cage immobile et torride. Ils passèrent à côté d'un groupe de chênes dont les branches retombaient avec mansuétude. Plus loin un orme plus élevé s'épanouissait tout seul, montant comme une gerbe.

— Quels arbres, hein ! dit Hersent. Comme on comprend que saint Louis rendît la justice sous un arbre !

— Je voudrais croire qu'un arbre peut suffire à nous inspirer le goût de la justice en effet ! dit Guillaume.

— Il n'y a de vérité qu'au grand air, affirma Hersent. C'est là que les gens se montrent le mieux. Il y a des pays qui ont compris cela. Des pays où pour parler aux hommes on les rassemble dans des clairières.

— Je me méfie de tous les rassemblements, dit Arnoult. Même en plein air, et accompagnés de kermesses. Les gens dont tu parles prennent leur bain de nature comme on prend un bain d'animalité.

— Ça ne nous ferait peut-être pas tort, de ce côté-ci de la frontière !

— De ce côté-ci et de l'autre, dit Arnoult, c'est le même printemps !

Et au moment même où il le disait, il voyait le contraire. Il lui semblait n'avoir parlé que pour provoquer son compagnon.

— Ne crois pas cela, dit en effet Hersent. Et d'ailleurs nous avons le devoir de cultiver nos différences. Nous n'avons pas pour mission de réduire les oppositions...

— C'est pourtant ce que tu veux faire !...

— Ah, mais dans un certain cadre !...

Arnoult regarda les arbres — il n'avait pas vu d'arbres comme ceux-là depuis au moins un an — et se dit qu'ils entamaient une discussion stérile. Il pensa à Irène, avec qui les moindres propos voulaient dire quelque chose, avaient leur poids de chair, leur auréole. Depuis Irène, il n'avait plus eu de conversation avec personne.

Ils s'engagèrent plus avant à l'intérieur du bois. Hersent avait l'air de chercher quelque chose, un signe, un écriteau, dont l'existence paraissait bien improbable parmi ces broussailles. Le soleil leur cuisait le dos. Ce fut en remontant, après qu'ils se furent perdus plusieurs fois, qu'Hersent reconnut l'écriteau, une plaque de fer tordue et rouillée, fixée à un arbre, et portant l'inscription : « *To the Third Guards Cemetery*. 1814. »

— Il y a des morts qui n'ont pas de chance, hein ? dit

Hersent. Quand on peut mourir à Rocroy, à Waterloo, à Verdun...

Arnoult songeait aux cimetières anglais qu'il avait vus autrefois en si grand nombre sur le sol des Flandres, et cette promenade rejoignait curieusement celles de son enfance, quand on lui montrait ces cimetières si propres, si décents, où les croix blanches s'alignaient en bon ordre, avec des plantations de pois de senteur à l'entrée, le long des enclos.

Les branches nues, bourgeonnantes, se croisaient au-dessus de leurs têtes, mais elles étaient trop grêles pour faire de l'ombre. Arnoult, qui connaissait l'amour d'Hersent pour les forêts (c'était même agaçant dans ses livres, où le mot forêt évoquait toujours des sonneries militaires), se demanda tout à coup si son goût pour certains aspects du système nazi ne procédait pas de quelque horrible malentendu romantique. Était-il vrai que ce garçon qui, dans ses articles, lacérait si bien l'adversaire, eût gardé une pareille fraîcheur de sentiments, et pût confondre le vague à l'âme avec la direction de conscience?...

À mi-pente du ravin, à peu près au centre du petit bois, leur apparut un enclos grillagé, renfermant quatre ou cinq grandes tombes. La pierre était grise, couverte de mousse, et les inscriptions se lisaient mal. La porte s'ouvrit toute seule, familièrement, malgré les tourniquets pointus dont se hérissait le haut des grilles. Les branches formaient un lacis d'ombres délicates sur la pierre où la rouille avait coulé, et qui s'était cuivrée par places; des fleurs sourdaient de tous les interstices. Aucune pancarte, aucun monument pour attirer l'œil. C'était l'atmosphère des lieux secrets. C'était le plus petit cimetière qu'Arnoult eût jamais vu. Un lieu d'une paix merveilleuse,

Ils approchèrent d'une stèle basse, écartèrent une gerbe de ronces qui dissimulait une inscription en anglais. Quelques mots disparaissaient à demi sous la mousse : « Les officiers du 3ᵉ Gardes, après avoir courageusement combattu... Blessés au cours d'une sortie de la Citadelle... Captain Hopburn, vingt-cinq ans. Lieutenant..., trente-deux ans... 14 avril 1814. »

— Une image d'Épinal, hein ? dit Hersent. « Les vaillants défenseurs... » *Gallant*... Avec la Citadelle qui se profile un peu plus loin, pour authentifier l'histoire...

— Avril... dit Guillaume. Il faisait un peu le temps d'aujourd'hui, les bois sentaient bon. Ce petit capitaine de vingt-cinq ans, à quoi a-t-il pensé en se voyant mourir ?

Hersent eut un mouvement d'épaules.

— À rien, dit-il. Les soldats ne pensent à rien. Ils n'ont pas à penser. C'est même le privilège du métier. On ne pense à rien quand on meurt à la guerre.

Arnoult le regarda. Il ne pouvait rien lire sur son visage.

— À combien de jours de navigation l'Angleterre était-elle d'ici, à cette époque ? dit-il. C'est presque comme si nous allions mourir en Amérique...

— Les hommes sont faits pour mourir loin de chez eux, dit Hersent.

— Écoute, dit Arnoult en souriant, ne continue pas, on dirait que tu te livres à une charge.

— De qui ? dit Hersent.

Arnoult ne voulut pas répondre : « De toi-même. » Il demanda :

— Est-ce que tu peux lire ce qui est inscrit au-dessous ?

— « Morts des suites de leurs blessures... »

— Tu vois, reprit Arnoult, ils ont eu le temps de réfléchir…

— Bon, dit Hersent. Mais la mort est un fait comme un autre.

Arnoult n'avait pas vu Hersent depuis assez longtemps. Il était surpris par ce ton.

— Tu parles comme un officier d'état civil.

— Je parle comme on parle dans l'histoire.

— Mais n'est-ce pas que l'optique de l'histoire est fausse ? Pour celui qui meurt, c'est toute sa vie. Ce Capitaine Hopburn… Il y a un fait qui résume notre débat, dit-il. Trafalgar est aujourd'hui un mot qui fait rire.

— Bon, dit Hersent. Mais de plus en plus je crois que c'est l'optique de l'histoire qui est la bonne. Et puis, quoi, les capitaines sont faits pour être tués.

— Tu y tiens, dit Arnoult. Il est vrai que nous ne sommes pas capitaines. Mais je suppose que ni toi ni moi n'avons aucune envie de mourir.

— Aucune envie mais beaucoup de raisons, dit Hersent. Je ne plains pas les morts.

Il était horriblement sérieux. Pourtant Arnoult voulut sauter l'obstacle.

— Si tu avais été anglais en 1814, aurais-tu été content de mourir à cause de Napoléon ?

— Nous mourrons peut-être à cause d'Hitler, dit Hersent, si vous continuez votre sale politique.

— Pourquoi penses-tu que notre politique soit plus sale que la tienne ?

— Très bien. Ce qu'il faut, vois-tu, c'est vouloir passionnément quelque chose les uns contre les autres, c'est jouer le jeu. D'ailleurs, si tu veux le savoir, continua Hersent, sans qu'Arnoult pût deviner s'il sautait les idées intermédiaires ou revenait à un sujet de réflexions antérieur, la mort ne me paraît pas du tout ce qu'il y a de plus redoutable au monde.

— Peut-être, dit Arnoult. Quoi alors?...

— L'imbécillité. Le gâchis. La trahison...

Ils avaient fini, après avoir tourné un certain temps, par s'asseoir en dehors de l'enclos, devant les tombes, sur une pente d'herbe rayée de soleil.

— Ne crois-tu pas, dit Arnoult, que ces mots désignent des choses assez différentes?

— Les imbéciles trahissent toujours, dit Hersent, qu'ils le veuillent ou non.

Arnoult eut un sourire; Hersent se projetait tout entier dans ces formules.

— Tandis que les intelligents?... risqua-t-il.

— Ce qu'il faut opposer à l'imbécillité n'est pas l'intelligence, c'est la force! Aujourd'hui, la question est là. Sois fort, l'esprit viendra. Bon Dieu, nous mourons en France d'avoir trop d'esprit, et de ne pas en connaître l'emploi. D'ailleurs, avec ou sans esprit... La question est plus vaste. Aujourd'hui... Nous entrons, comme dit l'autre, dans les temps modernes.

— Je croyais plutôt que nous en sortions, dit Arnoult.

— Ne jouons pas sur les mots. À la rigueur, ces petits Anglais auraient pu rester chez eux. Nous autres... Celui qui ne tue pas sera tué.

Arnoult se demandait toujours, lorsqu'il lisait les articles d'Hersent, s'il ne s'était pas forgé un personnage, c'est-à-dire si la vivacité du ton qui s'y donnait cours, le goût des doctrines impitoyables, le style à la cravache, les arguments-matraques, enfin le sombre appétit de destruction qu'il croyait sentir sous les phrases, dans les catastrophes qu'il appelait volontiers sur la France — effet d'un amour déçu ou incompris — si tout cela n'était pas de la fausse violence. Il s'était même parfois demandé, les jours de mauvaise humeur, si le cerveau d'Hersent avait été bouleversé davantage par le journalisme ou par la politique. Mais non. La force de sa présence en ce lieu, ces sortes de slogans qui jaillissaient de lui spontanément, tout prêts pour l'impression, semblaient bien résoudre le problème. Il découvrait le véritable Hersent. Au fond, ces formules lui venaient de plus loin qu'il ne pensait. Elles faisaient partie de son inconscient, elles étaient sa réaction première, elles exprimaient un besoin d'agir, une impatience (peut-être noble, se disait-il), un terrible désir de lucidité, de nettoyage. Et malgré tout cela, Hersent ne lui paraissait pas un personnage tragique. Il repoussait la tragédie par tout son corps ; il y avait trop de vie, trop de joie en lui, de débordement. Depuis quelques années, il s'était laissé grossir, sa silhouette s'était empâtée, et Arnoult n'était pas peu surpris (faut-il dire amusé) par le contraste entre cette rondeur, cette corpulence et ce hérissement, cette dureté. Peut-être était-ce là la seule chose qui lui paraissait vraiment tragique dans le cas d'Hersent. À part cela, il lui semblait qu'il y avait dans toute sa personne quelque chose d'un peu trop généreux pour faire un candidat sérieux à la mort. Le geste était véhément, la voix riche de résonance, la lèvre colorée d'un sang vif. Hersent était l'image d'un homme entraîné par son impétuosité. Tout cela éminemment contagieux. Cependant, tandis qu'Hersent était lancé dans un développement, devenu classique, sur l'Anglais ennemi héréditaire (« nous avons toujours les yeux fixés sur l'Allemagne, mais l'ennemi héréditaire, disait-il en pointant son index vers les tombes, le voilà !... »), Arnoult revenait à ses pensées, et s'abandonnait à un sentiment de culpabilité un peu trouble envers ces minuscules personnages d'une épopée lointaine, comme on en éprouve aisément devant des morts plus jeunes.

— Je crois, dit-il, que la difficulté vient de ce que je n'arrive pas à considérer les hommes, quels qu'ils soient, comme de purs matériaux de l'histoire... Il me semble, au contraire, que l'histoire ne peut prendre de sens qu'à partir d'eux. Je vois bien tout ce que tu peux m'opposer... Toujours est-il que ces garçons n'ont pas eu leur compte, conclut-il.

Hersent s'esclaffa très franchement. Arnoult se plut à retrouver le grand rire doré d'autrefois.

— C'est le contraire de ce qu'on dit dans les romans où l'on tue, dit Hersent. Pense à l'inanité de la plupart des vies ! De toute façon... ils seraient morts autrement.

— Ah, mais... Il y avait peut-être un grand poète parmi eux !... Un être dont la conscience était en avance sur toutes celles de son temps, et qui eût fait progresser la conscience universelle... C'est comme quand une auto renverse une femme enceinte, tu sais, on crie bien davantage.

Hersent leva un sourcil.

— Les vies privées n'ont pas de sens, dit-il.

— Est-ce que l'histoire en a un ? demanda Arnoult.

— Ce sont les histoires qui n'en ont pas.

— Et cependant, dans une certaine perspective, une perspective qu'on nous a enseignée dès le berceau, à toi comme à moi, je suppose, dit Arnoult, la mort... disons la mort de X... a peut-être autant d'importance que celles de Napoléon ou d'Alexandre.

— J'ai cru cela aussi, dit Hersent. J'ai été élevé comme toi. Mais les chrétiens du temps de saint Louis mettaient leur vie au service de Dieu et se foutaient du reste. Ils ne donnaient pas d'importance à la mort. La peur de la mort est étrangère aux époques de haute vitalité. C'est de nos jours, dans notre époque bâtarde, que ce sentiment a pris naissance. On réfléchit au fait qu'on va mourir ! Tu connais la phrase : « L'homme, le seul animal qui sache qu'il doit mourir. » C'est faux d'ailleurs. Il n'y a qu'à entendre les porcs à l'entrée des abattoirs. Et puis après ? Non, c'est incroyable ! La conception démocratique de l'individualité a envahi jusqu'à la religion. En fait, mon vieux, nous sommes tellement remplaçables ! Les vies privées sont une matière indifférenciée, elles sont là pour qu'on s'en serve, bon Dieu, pour qu'on en fasse de l'histoire ! Elles sont données à l'homme fort, à l'homme de génie, qui les pétrit, et en fait de la grandeur.

Hersent commençait à s'agiter. Arnoult le regardait, n'arrivant pas à penser qu'il croyait tout ce qu'il écrivait dans les journaux. Quoi ! Toujours cette confusion entre la force mégalomane et le génie ! Il se rappela à point un de ses articles, un de ceux qui l'avaient le plus révolté.

— Tu permets, l'assassinat de Roehm par un certain Hitler peut paraître d'une grandeur contestable.

Hersent quitta le tertre sur lequel ils étaient assis et se dressa.

— Parce que nous ne savons plus voir ! s'écria-t-il. Parce que nous sommes collés sur les faits ! Parce que nous sommes empoisonnés par l'esprit de justice démocratique, de respect de la personne, d'égalité et autres fariboles. Je vois à peu près ce que tu veux dire. Mais le drame auquel tu fais allusion, mais c'est tout bonnement cornélien ! Quand un homme a une conscience un peu claire de ses buts... Ces hommes qu'il connaissait, qui étaient ses amis, je te l'accorde, ses plus vieux compagnons de combat, qu'il ait pu les sacrifier, qu'il ait fondu sur eux, par une aube de juin, comme un archange

170

descendu du ciel, — tu ne sens pas la force qu'il a fallu pour ça, quelle conscience étonnante des destinées de son pays !

— Oh, oh !… Pour ça, ce sera à voir dans dix ans, dit Arnoult suffoqué par cet accès de lyrisme. En attendant, je ne vois là qu'un jeu de massacre ignoble, une dégoûtante trahison. Doublée peut-être d'une affaire sordide…

— Ta sensibilité t'égare, s'écria Hersent. Voyons, on a toujours fait ça ! On tue *un peu* pour ne pas devoir tuer *beaucoup* ! Et puis, le grand homme fait de la grandeur avec tout !… Quant à la trahison, tu permets, seule l'histoire décide de ce qu'il convient d'appeler ainsi.

— J'ai la naïveté de croire que la morale en décide également, dit Arnoult. Un moyen mauvais reste mauvais pour l'éternité. Je crois… J'ai toujours pensé que se retourner contre les siens constituait un crime sans pardon… Un acte contre nature. Ça ne peut pas porter bonheur.

— Quand il s'agit de tracer le destin d'un peuple, mais rends-toi compte, on ne peut pas penser aux bougres qui périssent dans l'aventure, qui sont liquidés en passant ! Ce qui compte, c'est ce que l'on construit. Ce qu'on détruit ne compte pas !

— De sorte que si ton grand homme détruisait la France…

— La France est trop pourrie pour servir encore à quelque chose, clama Hersent avec une véhémence effrayante. Au point où elle en est, on ne peut que souhaiter la destruction complète de tout ce qui existe dans ce pays. Tout ce qui pourra hâter cette échéance me paraît bon. C'est vivre, bon Dieu, que d'aider à mourir ce qui doit mourir ! Alors on pourra enfin faire du neuf et repartir du bon pied. Mais pour cela, il faut une catastrophe. Une catastrophe que nous avons cent fois méritée.

— Et où notre culture disparaîtra, dit Arnoult.

— Nous en ferons une autre, dit Hersent, comme s'il parlait de sucres d'orge à un enfant.

Arnoult pensa aux petits personnages que Ruysdaël avait représentés sur la « Plage de Scheveningen ». Leur mort ne paraissait pas du tout pouvoir faire l'objet d'un problème. Les années, les siècles passent, le même rayon de soleil transperce éternellement les nues, la plage répond au même assaut des vagues, les mêmes petits personnages sont toujours là, noyés dans l'immensité, le poudroiement du sable, et personne ne se demande leur nom.

— La question serait de savoir, dit-il, s'il est indifférent que le mal triomphe, même provisoirement, et s'il est indifférent pour nous, pour nos âmes, Hersent, d'assister, ou mieux : de collaborer à ce triomphe...

Mais Hersent paraissait ne plus entendre. Arnoult reporta de nouveau les yeux sur l'enclos où la mort semblait si facile, si familière, — si printanière aussi. Le soleil continuait à chauffer la pierre, et dans cet endroit préservé du vent la chaleur était toute concentrée. Il reconnut, poussant sa petite tête bleue entre les failles de la pierre, cette fleur qu'il avait aimée avec Irène, la véronique aux languettes si finement, si précieusement peintes de trois cils violets sur un fond mauve. Quel gâchis !... pensa-t-il. « Gâchis », c'était le mot de la dernière lettre d'Irène, — ç'avait été son seul reproche, le dernier. La fleur, se dit-il, est chose vivante, et parmi les choses vivantes une des plus exquises, et comme telle une de celles qui pourrit le plus rapidement si on la détache de son sol. Dans cent ans, le soleil brûlera ce ravin comme aujourd'hui, et nos pensées, ces pensées qui nous font nous aimer et nous battre, seront évanouies entre les arbres.

— Rien n'empêche, reprit-il tout à coup, que pour ces petits bonshommes, qui nous semblent aujourd'hui avoir tout juste appartenu à une armée de soldats de plomb, — comme tous les soldats de l'histoire, si l'on y pense, — eh bien, je reviens à mon idée, leur vie était pour eux toute l'histoire.

— C'est-à-dire ?

— Qu'ils n'avaient que leur vie à vivre, pas une autre. L'homme d'aujourd'hui a tellement pris conscience de son insignifiance qu'il est tourmenté par le perpétuel besoin de s'ajouter des majuscules, et qu'il en devient dupe. Autrement dit par le besoin d'accrocher son action, son énervement, à des idées, à des mythes, ces mythes fussent-ils contradictoires : mythe de l'Ordre, mythe de la Liberté.

— Très bien. Et il faudra nécessairement que l'un de ces deux mythes l'emporte sur l'autre, dit Hersent. C'est une lutte à mort.

— Mais ne pourrait-on imaginer que des deux côtés combattent, militent le même héroïsme, les mêmes vertus ?

— C'est imaginer cela qui serait la vraie trahison, répliqua Hersent. Tout l'homme est dans le signe dont il marque son action. On n'a pas le droit de l'en séparer. Tu l'as dit toi-même il y a un instant, c'est le bien et le mal qui nous divisent.

— Mais la ligne ne passe pas où tu crois ! protesta Arnoult.

La chaleur, que rien n'arrêtait, qu'exaltait même cette sorte de cage formée par les arbres poussant sur la pente à l'abri du vent, commençait à les cuire singulièrement. Hersent y paraissait à l'aise, mais Arnoult, un peu étourdi par la brûlure, si peu attendue en cette saison, surtout après un hiver parisien, éprouvait des difficultés à se défendre contre un interlocuteur qui tirait sans cesse à lui. Cela exigeait trop de vigilance, et il avait envie de se détendre, de se contenter du plaisir, toujours si vif pour lui, de humer la terre. Mais cela aussi sans doute était devenu impossible. Déjà la saison de l'innocence était passée.

— Ce qui caractérise notre temps, reprit Hersent, et notre combat, c'est précisément cette croyance au bien ou au mal ; c'est que, quoi que nous fassions, nous nous rangeons forcément dans un camp…

— Alors, tout le bien d'un côté et tout le mal de l'autre ? dit Arnoult. C'est ce que tu crois ?

— Il y a un choix qu'on n'élude pas, répliqua Hersent. Nos petits soldats de plomb, comme tu dis, dont voici les tombes, n'avaient pas à se poser la question. Le problème n'existait pas pour eux. Pour nous il est clair et il devient même banal de dire que nous sommes entrés dans le temps des guerres de religion, et tout homme est marqué d'un signe, d'après lequel il doit vivre ou périr. Il faut choisir ce signe, et tout homme sera jugé non d'après les vertus qu'il aura déployées dans son action, mais d'après le signe qu'il aura choisi.

— Alors, comme ceux-ci ont été heureux !

— Moins que nous ! Réfléchis. C'est vraiment aujourd'hui qu'on se bat pour quelque chose. Pas seulement pour prendre ou pour garder de la terre, tu comprends, mais pour l'organiser.

— Du moins n'était-on pas déshonoré alors par le fait de mourir d'un côté plutôt que de l'autre.

— Le déshonneur, mais voyons, c'est le plus beau risque ! Tout perdre, ou tout gagner. Ce qui sera impossible désormais, ce sera de rester dans l'entre-deux, tu comprends. Ce qui est en train de mourir, mon petit, c'est la neutralité. Un homme qui reste neutre, c'est un homme qui pourrit. Jamais aucun feu ne brûlera en son souvenir.

Arnoult était surpris de la force, de la férocité joyeuse qui animaient les propos d'Hersent. Bluffait-il?... Il se demandait quel était le point fixe de cette nature; il s'étonnait de cette passion pour l'idée chez un être qu'il savait aussi sensible aux créatures de chair. À moins qu'il n'eût précisément besoin de cette compensation, de ce jeu d'équilibre? La volubilité d'Hersent lui faisait violence. Elle le traquait, l'obligeait à se jeter en avant, ou à se taire.

— Eh bien, je ne crois pas du tout, dit-il, à cette lutte du bien et du mal telle que tu la conçois, à cette répartition des bons et des méchants suivant les camps, à aucune répartition quelle qu'elle soit au cours de notre vie sur terre. Je crois qu'une telle répartition, un tel jugement ne pourraient être que l'œuvre de Dieu, et que c'est parce que nous avons perdu Dieu que nous appliquons ces catégories à tort et à travers. S'il y a une lutte entre le bien et le mal, c'est à l'intérieur de tout homme, voyons, de toute idée, — et, notons-le, de tout parti! Et c'est bien pour cela, tu le sens, que tout ce qui touche aux partis est suspect. Il serait trop facile, voyons, de s'inscrire ici ou là pour avoir le privilège de toutes les vertus. Crois-moi, le bien ne s'est incarné qu'une seule fois, — il y a deux mille ans. Et si l'Ange vient un jour pour marquer ta porte d'un signe, ce sera pour tes vices ou tes vertus, pour le bien ou le mal absolus, pour le pur ou l'impur de ta conduite, c'est-à-dire, en fin de compte, pour ta relation à Dieu. Et non pour la bannière humaine au service de laquelle tu auras mis tes vices et tes vertus.

Hersent hocha la tête. Ces morts qui reposaient derrière la grille ensoleillée semblaient exiger d'eux un effort, un aveu de plus.

— Je ne crois pas à ce jugement-là, dit-il finalement. Je ne crois pas à un Jugement.

Arnoult refoula une envie ridicule, comme de prendre Hersent par le bras, ou de siffler.

— Mon devoir d'homme est de croire au jugement des hommes, continua Hersent du même ton. Ce jugement-là est définitif, et il ne portera pas sur mon essence.

— Définitif? s'écria Arnoult avec horreur.

Hersent chassa bien vite une seconde de gêne.

— À vrai dire, je ne sais pas. Mais c'est ce qui compte.

Il n'y avait à cet instant aucune agressivité dans sa voix, mais elle résonnait, dans le silence de l'après-midi, au-dessus des tombes, comme une étouffante certitude. Arnoult crut saisir à quel point, chez Hersent, la vie, l'activité de l'homme, les convictions profondes étaient distinctes des idées auxquelles elles servaient de support, et en avance sur elles. Cette fois, il fut clair à ses yeux qu'Hersent était ailleurs que dans ses articles, dans ses déclarations de foi officielles. Ce défenseur de la chrétienté ne croyait pas en Dieu.

— Tu m'excuseras, dit Arnoult, mais même si tu me prouvais en ce moment que l'homme est seul... Oui, néant pour néant, je préfère le néant complet... Si je ne puis compter sur une pensée juste, aimante, connaissant la raison intime de mes faits et gestes, en somme sur la mémoire de Dieu, eh bien, je préfère ne compter sur rien, j'abandonne à l'instant toute prétention, je ne veux pas être autre chose qu'une poussière à la surface d'une poussière, — cette poussière d'astres que du moins j'aurai passionnément aimée. Si ces hommes devant nous n'ont pu compter au moment de mourir sur la mémoire de Dieu, ces noms et ces dates sur leurs tombes sont de trop, ils nous mentent, ils troublent inutilement notre néant. Et ces tombes elles-mêmes sont de trop ! Si le monde continue à être ce qu'il est, Hersent, nous n'aurons plus besoin de cimetières, plus besoin d'aligner des tombes. Nous referons des charniers.

Un papillon voleta autour des pierres, bientôt poursuivi par un autre, leurs ailes s'irisèrent tour à tour dans une tache de soleil. Des graminées éparses autour des grilles, jamais foulées, tremblaient d'attente dans l'air immobile.

— Solitude pour solitude, reprit-il devant le silence d'Hersent, celle de l'humanité entière prise dans le cours de son histoire ne vaut pas mieux que celle d'un homme pris en particulier. Accepterais-tu de passer ta vie dans une prison ? De passer ta vie sans témoin ?... Sans l'espoir d'un témoin, d'un regard sur toi, tu meurs ; et tous les gestes, les pensées de ce prisonnier qu'est chacun de nous ne vont qu'à invoquer, à susciter un témoin hors des murs entre lesquels nous vivons, et quelquefois hors de notre époque. Sans quoi on ne s'apercevrait même plus qu'on est en prison, hein, et il n'y aurait pas de différence entre la vie et la mort. Le bourreau qui viendrait nous appeler au petit matin, qu'est-ce qu'il changerait à notre sort ? Rien. Absolument rien. Une fourmi écrasée, voilà ce que ce serait. Quelque chose de si accablant, de si inexistant qu'il n'y aurait même pas de quoi crier. Si l'humanité sait qu'elle vit sans témoin, elle est à elle-même sa prison. Nous sommes tous prisonniers, Hersent, dans ta perspective.

Si Dieu n'existe pas, comprends donc, il faut le faire exister.

— Nous le ferons exister, dit Hersent. En agissant.

— Alors, dit Arnoult, nous revenons à la division. Car toi et moi nous ne ferons pas exister le même Dieu. Et je ne dirai pas que c'est ce qui est triste, car ce serait ne rien dire. Mais je dirai que ton Dieu tuera le mien.

— Ou l'inverse, non ?...

— Ou l'inverse. Mais je te promets, quant à moi, de n'en tirer aucune gloire. Je ne suis pas fait pour ce nouveau pharisaïsme, — le pharisaïsme, des temps futurs.

— Eh bien, tu as choisi, dit Hersent. Ces temps-là commencent aujourd'hui. Et nous pouvons peut-être en rester là.

Ils remontèrent la pente boisée, jusqu'à l'endroit où ils avaient laissé la voiture. Arnoult sentait, sous l'effort de la montée, battre son cœur. Ou était-ce la conversation qui l'avait agité ainsi ? Une lucidité surexcitée lui faisait ressentir les paroles comme des coups, et les événements se découpaient devant lui comme ils ne l'avaient jamais fait. Le destin d'Hersent lui apparaissait soudain dans une sorte de fulguration. Il ne s'était jamais flatté le moins du monde du don de prophétie, et c'était bien la chose dont il était le plus incapable. Mais en ce moment, dans l'excès de lumière et de chaleur qui les transperçait, — la voiture, découverte, était restée exposée au soleil, et les coussins leur brûlaient le dos, — dans l'éclat du verre et de la tôle, il s'apercevait qu'une conscience inaccoutumée lui venait à travers tout son corps, et que la vie d'Hersent lui était pour ainsi dire « donnée ». Sentiment qui n'était pas parfaitement clair, qui même était légèrement ridicule, et qui en tout cas échappait à toute expression. De sorte qu'en même temps qu'il apercevait cela, il savait qu'il ne pouvait rien en faire, et que cette connaissance ne pouvait servir à Hersent, ni à lui-même. Ni l'un ni l'autre ne pourraient rien éviter. Ils restaient absolument muets, dans la voiture qui grondait sous le vent et tressaillait finement, comme s'ils retrouvaient tous deux, dans le fluide royaume de la vitesse, une tacite réconciliation, qui ne servirait plus que quelques heures, quelques minutes, — la durée de la course qui s'achevait.

XV

Irène parut soupirer. Guillaume l'entendit remuer
sous ses couvertures, sans doute à la recherche de son
bras. Soudain il sentit le léger mouvement d'air de sa
main flottant au bord du lit.

— Guillaume, dit-elle d'une voix ensommeillée, on
dirait que tu as des cauchemars.

Elle avait retrouvé dans son sommeil le tutoiement de
jadis. Ce « tu » avait certainement échappé au contrôle
de sa bonne éducation ; car Irène, qui allait toujours
nue, avait un langage très habillé. Il y aurait d'ailleurs
eu lieu de rechercher, pensait Guillaume, si elle était
tout à fait responsable de ces deux choses. En ce qu'elle
les acceptait, peut-être. Mais son langage se déduisait
clairement de celui qui était parlé dans sa famille ; et sa
nudité, de ce qu'on y était probablement trop couvert.

— Mais non, je n'ai pas de cauchemars, dit Guillaume.
Ou du moins pas ceux que tu pourrais croire, Irène.

Il parlait à voix basse. Il avait hésité devant ce *tu*, qu'il
fallait bien lui rendre, sous peine de réveiller son
attention. Le nom d'Irène était venu en apposition à la
fin de la phrase. Il l'avait employé pour adoucir les mots.
Mais ce nom résonnait là comme un appel, si bien que,

se dressant à demi, elle lui dit : « Quoi ?... » comme s'il l'avait appelée ou questionnée.

— Pas ceux que vous pourriez croire, reprit-il en sourdine.

C'était presque la vérité. Ce n'était plus aux accidents de la vie qu'il pensait. Il était déjà embarqué sur d'autres perspectives. S'il pouvait se rappeler la conversation qu'il avait eue avec Hersent un an avant la guerre, c'était comme une scène qu'il aurait vue dans un film, ou comme il aurait assisté à un dialogue enregistré pour la radio : il regarde les personnages, il les entend, mais il ne reconnaît pas sa voix, pas tout à fait. Mais peut-être qu'à tant d'années de distance, tout homme, s'il peut se revoir, paraît naïf à lui-même ? Ce Dieu qu'il réclamait s'était encore enfui ; cet espoir d'une attention penchée sur lui, — quelle complaisance pour soi-même !...

— Vous m'aviez promis de me parler de vous, dit Guillaume. Et c'est moi qui...

— Mais qu'ai-je à dire ? Que voulez-vous savoir ?... dit-elle d'un ton faussement désarmé.

— Peut-être un peu de ce que vous avez fait depuis que nous avons été séparés...

— Ce ne serait peut-être pas un récit très plaisant à faire, dit-elle.

— Croyez-vous ?... (Il pensait : est-ce que tout ce qui vient de vous ne m'est pas plaisant ?)

— Il me semble que ce serait plus facile si je me levais... Je ne sais pas parler dans un lit. (Elle se mit à rire.) Je vais même vous demander une espèce de permission...

— Tant que cela ?...

— J'ai dû vous avouer tout à l'heure que j'avais à peine pris le temps de faire couler de l'eau sur moi avant de me coucher, tellement j'étais lasse. Est-ce que cela vous paraîtrait complètement fou si...

Non, les années n'avaient rien changé à son être extérieur, à ses habitudes, à la promptitude de ses gestes, à son goût de l'eau. Sans attendre la réponse, elle avait sauté du lit, dans un évident besoin de détente. Déjà ses petits vêtements apparaissaient sur la crête du paravent.

— Est-ce que cela vous aide vraiment pour parler? demanda Guillaume.

— Vous insistez beaucoup, dit-elle. Si vous voulez, ne revenons pas sur des événements trop anciens. De nos jours, vous le savez, on vit plusieurs vies en quelques années, et même plusieurs vies à la fois. J'avais des amies. J'ai été d'une chambre, d'une maison à une autre, jusqu'à ce que Laura me prête le petit appartement que vous avez vu... C'est vrai, — elle avait changé de voix, — je voudrais vous parler de Laura. Je suis sûre que vous ne l'avez jamais bien regardée. C'est une fille beaucoup plus intéressante que moi, vous savez...

— Je la trouvais sympathique, dit-il. Pour autant que vous m'avez laissé la voir... Mais... ne pouvons-nous parler d'elle une autre fois?...

— Vous croyez qu'il y aura une autre fois?...

— Raison de plus... Ce serait tellement mieux si vous me parliez de vous...

Un tintement métallique; un bruit d'eau claire. Il reconnaissait les bruits familiers.

— ... Pendant longtemps, je crois que je vous en ai voulu. Non, ne m'interrompez pas, laissez-moi dire... D'autant plus que je sais ce que vous alléguerez pour votre défense, et que ce n'est probablement rien de nouveau. Vous n'avez été pour rien dans mes décisions, je sais, mais comment ne comprenez-vous pas qu'une femme, à ces moments-là, n'est jamais libre, — que sa décision n'est qu'un effet ? Je ne pense pas que vous ayez pu sincèrement croire autre chose. J'ai parfois été tentée de vous écrire, c'est vrai. Mais je me rappelais alors certaines expressions, certains mots, quelque chose de distrait en vous, de lointain, et même de blessant, à cause de quoi peut-être j'étais partie. (Combien de raisons va-t-elle me donner de ce fameux départ ? pensat-il.) Et puis... Mais je ne sais pas pourquoi vous m'obligeriez à parler de tout ça, dit-elle en s'énervant, vous savez bien que je ne sais pas expliquer. Et à quoi bon ?...

Guillaume aurait voulu rester à l'extérieur de ce qu'il entendait, mais cela était impossible. Maintenant que la radio s'était tue, Irène était seule à remuer dans la maison, et cette activité, l'excès de vie qu'elle manifestait, avait, à pareille heure, quelque chose d'insolite.

— Je vous ai dit un mot de Françoise, dit-elle. Déjà, un ou deux ans avant la guerre, je l'avais revue. Sa santé n'était pas très brillante, mais elle voulait garder son indépendance, elle avait toujours été follement indépendante, nous avions été une bande de jeunes filles d'une indépendance merveilleuse, comme on ne pouvait l'être que dans ce temps-là...

Elle parlait nerveusement, d'une voix trop haute, avec cette excitation d'autrefois quand elle commençait un récit qui le plus souvent tournait court ; et Guillaume se demanda si réellement il ne lui imposait pas en la faisant parler une épreuve trop sévère. Il ne cessait d'avoir peur qu'elle ne se tût tout d'un coup.

— Je vais vous dire quelque chose de pénible. Je savais que j'avais bien fait d'agir avec vous comme je l'avais fait. Vous-même, Guillaume, il me semble qu'un moment est venu où vous avez dû vous sentir libéré... N'est-ce pas ?

Il hésita.

— Peut-être... dit-il. On ne supporterait pas le mal sans compensation.

— Vous voyez... Mais je vous parlais de Françoise. Elle s'était engagée...

— Mais pourquoi Françoise? dit-il. Tantôt Laura, tantôt Françoise. Vous ne voulez vraiment pas me parler de vous?...

— Elle s'était engagée dans un certain nombre d'entreprises, de relations auxquelles j'aime mieux ne pas songer. Dans de telles circonstances, pour peu que l'on soit disponible, vous savez, on rencontre toutes sortes de gens, qui ont tous les meilleurs motifs pour s'intéresser à vous... L'un a des pêcheries à Agadir dont il vous fait entrevoir le magnifique avenir, une fortune rapide et certaine; un autre vous propose de garder son bureau; il y a aussi le vieux notaire de province, homme digne, pour qui l'on peut faire de la copie en mourant de faim, — en attendant qu'il essaie de vous asseoir sur ses genoux. Françoise, — vous l'avez connue, elle avait quand même la tête sur les épaules...

— Comment, mais c'était une fille magnifique! avoua Guillaume que ce récit agaçait.

— Oui, eh bien elle ne croyait pas trop à l'Afrique, encore moins aux notaires. Elle avait besoin de choses concrètes et proches. Elle avait surtout besoin de se justifier à ses propres yeux, de se prouver... Comprenez-vous?

— Oui... Je crois, murmura-t-il. Je crois que je comprends...

Il voulait lui donner confiance. « Elle a besoin d'accumuler les mots avant de commencer réellement à *parler* », pensa-t-il. « Se prouver », c'était le bon vieux vocabulaire d'autrefois, d'avant la guerre. L'emploi de ce mot était rassurant. Irène aussi avait toujours été hantée par l'idée de « se prouver ». Cela mène certaines jeunes filles au scoutisme, se dit-il, et de là, une guerre survenant, aux camps de jeunesse et à la défense de l'ordre moral... Il écoutait. Il avait très peur de ce qui allait suivre : la guerre, l'occupation ; en dépit de ce qu'il savait de Brive, il voyait Françoise (ou Irène) à la tête d'un régiment féminin, ou au contraire surgissant des décombres et ramenant des cadavres calcinés. Il se sentait soudain très hostile.

— Donc, après des essais qui avaient diversement tourné, elle se trouvait cette année-là, (quelle année ? se demanda-t-il) à la tête d'un petit magasin de la rue Chauchat, dans le neuvième. Marchande de bas, de rubans, vous voyez ça.

— Je vois. Une jolie marchande, dit Guillaume.

— Oui, très jolie. Et avec le succès que vous imaginez. De temps en temps elle m'emmenait dans son arrière-boutique et me racontait des histoires, qui n'étaient pas toutes gaies. Ce qui lui était arrivé m'inspirait pour elle un sentiment... quelque chose de pas très clair, un éloignement d'où par moments je revenais, jusqu'à essayer de me confondre avec elle. C'est drôle, n'est-ce pas ? Elle ressemblait, en somme, à des tas de jeunes filles, de jeunes femmes, de ce temps-là. Elle disait qu'elle sortait d'une véritable nuit, — vous savez, c'est ce qu'on dit toujours. Je présume qu'elle faisait ainsi allusion à ses efforts pour se délivrer de ce garçon, Marc, avec qui vous l'avez connue. (Il s'agit donc bien de Françoise, se dit-il, revenant en arrière, — et il pensa tout à coup à cette gifle sensationnelle que Françoise s'était vantée devant eux d'avoir donnée à Marc, un jour, parce qu'il lui avait menti.) Or, à peu près un an auparavant, une amie la voyant dans l'embarras (mais où veut-elle en venir?) lui avait donné une idée vraiment un peu saugrenue, vous allez voir, — l'idée de s'occuper d'enfants, d'éducation... Oh, il s'agissait de trois ou quatre gosses bien choisis, mais vous imaginez Françoise, avec son allure, convertie en directrice d'institution!... (Une amie, pensa Guillaume : je ne vois que madame Barsac pour avoir des idées pareilles.) Directrice, c'est-à-dire, n'est-ce pas, que c'était elle qui faisait tout... Cela se passait dans une petite maison à Clamart, au fond d'un jardin... Tout ce qu'il y a de gai, vous voyez! Et pourtant elle s'était prise au jeu. Elle était d'ailleurs trop loyale pour faire autrement. Il doit y avoir des explications lointaines à certaines de nos entreprises, vous ne croyez pas? Je l'avais d'ailleurs rencontrée une fois à ce moment-là, elle était encore dans sa période d'enthousiasme, — ou bien était-ce pour s'encourager? elle m'avait proposé d'entrer dans sa petite affaire. Ne vous forcez pas à rester sérieux, dit-elle, toujours derrière son paravent, je devine votre air. Moi avec des enfants, je pense que cela vous paraît ridicule.

— Ce n'est pas cela, dit-il avec effroi. Pas avec des enfants, non : avec les enfants des autres. Et ce ne serait pas ridicule, ce serait quelque chose de pis, ce serait... J'aime presque mieux vous imaginer faisant la noce...

Il y eut un temps de silence derrière le paravent. Puis il entendit, soulagé, la voix d'Irène.

— Je continue?...

— Mais bien sûr, dit Guillaume. Mais... vous en avez encore pour longtemps?

— Avec mon histoire?...

— Mais non, avec le paravent.

— Hum... Je crois qu'elle ne s'y était pas très bien prise... Pas faite pour cela, n'est-ce pas?... dit-elle avec son rire. C'était l'hiver, les gosses crevaient de froid dans cette étrange maison, il fallait une masse de choses…

Guillaume était gêné d'entendre parler Irène sans la voir. Il devinait l'eau glacée sur sa peau, et trouvait qu'elle prolongeait bien inutilement ce séjour devant la glace. Ce paravent entre eux était une chose nouvelle, une conséquence de la guerre. N'avait-il pas eu assez souvent la représentation de ce sketch aux multiples variantes, toujours brillamment exécutées, et devant lesquelles il n'avait jamais éprouvé le besoin de fermer les yeux : Irène au lavabo ? Il y a une noblesse, pensait-il, à ne pas se voiler. Il confondait dans le même plaisir de remémoration les torrents d'eau qui avaient coulé sur eux, les rivières qu'ils avaient franchies ensemble, les averses qu'ils avaient reçues au cours de sorties intré-pides, et surtout les grands coups de fouet des vagues sur les pierres, les terribles jaillissements d'eau et d'écume, à la verticale, le long des digues…

— Ici commence la seconde partie de l'histoire. Elle me fut racontée à Brive. Je pense que c'était encore trop proche à ce moment-là, au temps de la rue Chauchat. Le père d'un de ces enfants était un Brésilien… Eh bien oui, c'est un peu prévu, un homme grand, fin, tout à fait l'air d'un seigneur, et qui s'occupait, oh le moins pos-sible, mais c'est assez drôle à dire, d'une affaire de loco-motives. Leurs entretiens s'effectuaient, disait Françoise, dans le style des commentaires boursiers. Vous savez : « Les chemins de fer connaissent une défaillance… L'or s'affermit, mais il y a un amollissement des mines de plomb. » Un jour… je vous demande pardon, mon petit Guillaume (et, de nouveau, il crut entendre son rire), un jour ce fut elle, comme vous pensez, qui eut une défaillance et une mine de plomb…

Elle fit une pause, peut-être nécessitée par la vivacité

de ses mouvements. Guillaume sentit son cœur, en attendant que reprit la voix d'Irène, esquisser un galop. Il aurait voulu bousculer ce paravent stupide, et lui dire de sortir ou de se taire. Peut-être bien de se taire. La chevelure dénouée d'Irène, frénétiquement secouée, pendait, comme détachée de la tête, sur un côté du paravent. « Elle se peigne », pensa-t-il avec soulagement.

— Bien entendu, dit-elle, il faut comprendre. L'histoire présentée ainsi a quelque chose d'un peu extérieur, d'un peu factice, presque de vulgaire... L'homme, il faut le dire, était aimable... Mais ce n'est pas là l'important. (Les mouvements de la main s'accéléraient. Cent coups en avant, cent coups en arrière, pensa Guillaume.) Elle racontait que pendant les trois mois qui avaient suivi, elle avait vécu heureuse, moins à cause de lui, vous comprenez, ou de ses attentions, que de ce qui allait venir. Elle disait que sa vie avait repris un sens, qu'elle pouvait recommencer à s'affirmer, que tout était réparé, — car elle employait des expressions comme ça — que le temps signifiait quelque chose, oui, qu'elle cessait d'avoir *peur du temps*... Et vous admettrez que ceci au moins n'était pas vulgaire.

— Mais... Françoise n'avait rien de vulgaire, protesta Guillaume. (Maintenant il la revoyait de plus en plus : il aurait peut-être été capable, dans ce temps-là, s'il n'y avait pas eu Irène, d'être amoureux de Françoise.)

— En effet, mais ce sont quelquefois les aventures qui le sont, qui en ont l'air, quand certaines circonstances vous sont imposées de l'extérieur, sans que... Elle disait qu'à ce moment-là, pour la première fois depuis que Marc et elle s'étaient quittés, elle avait eu envie de lui écrire. Je veux dire : elle avait senti qu'elle *pouvait* lui écrire, qu'elle aurait pu, qu'elle recommençait à *pouvoir* penser à lui...

— Mais je comprends parfaitement, dit Guillaume, qui ne voyait pas la nécessité de toutes ces explications. Il avait hâte, au fond, que ce récit fût achevé. Mais Irène, comme si elle avait deviné son impatience, prenait son temps, rapportait toutes sortes de détails, et Guillaume ne pouvait s'empêcher de la trouver cruelle.

— On lui avait dit de ne pas bouger, et elle bougeait le moins possible. Elle se sentait, disait-elle, comme les gens qui marchent avec un fardeau sur la tête.

Il vit un bras d'Irène apparaître au-dessus du paravent. Sans doute, comme autrefois, nouait-elle un ruban dans ses cheveux.

— Je ne sais pas ce qui s'est produit à ce moment-là, — une frayeur, un mauvais rêve, une déchirure dans ses souvenirs...

— Ou quelqu'un qui l'aura menacée de l'Homme Noir ? suggéra Guillaume à tout hasard.

— ... Un jour, après beaucoup de souffrances, tout a été fini. Trois mois trop tôt, vous comprenez. C'est tout. C'est de l'histoire. Vous la connaissez, elle était malade de révolte. Il a fallu la guérir de cette nouvelle maladie, c'était intérieur. Naturellement, les médecins ne comprenaient pas. Elle ruminait bêtement, s'attachant à une explication, puis à une autre. J'essayais, quand elle me racontait cela, de la persuader qu'il n'y avait rien à comprendre dans une histoire de ce genre, qu'il n'y avait rien à comprendre dans aucune histoire. Marc, le Brésilien, cette entreprise d'éducation : de simples hasards. Elle soutenait, elle, qu'il y a toujours quelque chose à comprendre, que nous sommes seuls à pouvoir comprendre.

Irène, issue de son paravent, apparut, une gabardine jetée par-dessus son pyjama. Tout à coup la chambre parut immense à Guillaume. Il contemplait cette vieille gabardine avec stupéfaction. Il n'y avait pas prêté attention tant qu'elle avait été près de lui dans l'auto, et il aurait juré qu'elle avait autre chose sur les épaules : il n'avait vraiment regardé que son visage. Cette gabardine au plus fort de l'hiver, de la nuit, c'était bien elle, c'était tout à fait l'Irène d'autrefois. Elle s'arrêta un instant, pour écouter la rumeur qui se rapprochait, — il devait y avoir plusieurs avions volant très haut, — mais cela leur parut alors du silence. Guillaume continuait à se demander un peu pourquoi Irène lui avait raconté cette longue histoire, alors qu'il aurait tant voulu l'entendre parler d'elle-même. Était-ce pour la morale qu'elle en tirait, quand elle parlait des événements où il n'y a rien à comprendre, comme si elle voulait l'inviter à cesser de s'interroger sur eux-mêmes, comme si elle pressentait là un danger ? Cette histoire, il aurait pu croire, par moments, quelle l'inventait de bout en bout, pour lui faire passer le temps. À moins encore que tout cela ne fût le résultat de cette toilette tardive, de ce paravent monumental. Il était gris, ce paravent, avec des dessins bizarres, brochés dans le tissu, des demi-lunes, des vasques, des jets d'eau à l'orientale, tout cela fort laid, avec une prétention au luxe, et ne cadrant pas avec la chambre. (Encore un objet volé, pensa-t-il.) Jadis il n'y avait jamais de paravent entre eux, elle disait qu'elle trouvait cela « ignoble ». Aujourd'hui, elle aurait certainement trouvé ignoble qu'il pensât à ce paravent pendant qu'elle avait l'air de lui raconter des choses.

— Et peut-on savoir, dit-il, ce qu'elle a compris ?...

— Ce qu'elle a compris ?... Elle hésita. Mettons qu'elle ait préféré le garder pour elle.

Elle s'était approchée de son lit, tambourinait sur la barre de cuivre, soulevait une couverture.

— Et vous ne l'avez jamais revue? demanda-t-il.

— Eh bien si!… Oh, Guillaume, vous n'avez pas écouté!…

— Vous… n'avez pas l'intention de vous recoucher? demanda-t-il.

Il avait cru qu'elle hésitait devant le lit à choisir, mais peut-être sa distraction tenait-elle à autre chose. D'un mouvement preste elle se glissa sous ses draps, et Guillaume fut bientôt rejoint par une fine odeur de cigarette.

— Donc, justement, elle décide un jour que cela n'est plus supportable, qu'il faut qu'elle parte le lendemain, qu'elle n'attendra pas un jour de plus, que sa vie doit changer. Elle s'était dit que si elle ne partait pas ce jour-là, ce serait fini, que c'était sa dernière chance.

— Toujours Françoise?

— Mais bien sûr. Le malheur est qu'elle n'avait exactement aucune raison d'aller ailleurs. Elle disait qu'elle avait utilisé le fameux truc, vous savez : on ouvre un *Petit Larousse* au hasard, et… C'est comme cela que nous nous sommes retrouvées à Brive.

— *Le Petit Larousse* n'est pas toujours bête, dit Guillaume.

— Non. Il y avait dans la ville un reflux de gens de toute espèce, que la population ne parvenait pas à absorber. Je vous l'ai dit, c'était la guerre… Nous avons dû changer plusieurs fois de domicile.

— Avec un *s*? demanda Guillaume.

— Qu'est-ce que vous dites?…

— Domicile : avec un *s*?

— Mais non, voyons! Nous n'aurions pas pu agir. Nous avons caché des Juifs, des demi-Juifs, des rien du tout, des jeunes gens à coup de main, qui se faisaient tuer pour le plaisir. On oubliera bientôt ce que cela voulait dire… C'était quelque chose de très satisfaisant de rendre service à tous ces gens. On avait avec eux des rapports étonnamment simples, étonnamment vrais. Je l'aidais de mon mieux. Il n'y avait plus qu'une morale pour tout le monde. C'était le Moyen Âge, c'était splendide…

Une morale pour tout le monde, — pour Françoise et Irène… Le pire était qu'à travers cette conversation aux débuts aquatiques, Guillaume imaginait difficilement la vie d'Irène. Plus elle accumulait les détails, plus il avait l'impression qu'il la perdait de vue, et en même temps quelque chose en lui protestait : il lui semblait que tout cela n'était pas vrai, qu'il avait affaire à un déguisement.

— Me direz-vous ce qu'elle est devenue finalement ? l'adjura-t-il enfin, comme s'il s'intéressait par-dessus tout à l'épilogue de cette aventure compliquée.

— Qui donc ?…

— Mais Françoise !… J'imagine qu'elle a dû tellement souffrir de toutes ces situations. C'était une fille plutôt fastueuse, il me semble ?

— Françoise ? Oh si vous y tenez, la fin est du cinéma. Espagne, Angleterre, Amérique. Elle a trouvé là-bas une situation de secrétaire bilingue tout à fait à sa hauteur. Elle est complètement tirée d'affaire. On peut éteindre ?…

Il ne comprenait rien à cette humeur soudaine (« ce n'est tout de même pas moi qui lui ai demandé de me parler de Françoise ! »), — si ce n'est quelle aurait peut-être désiré qu'il l'interrogeât davantage sur cette vie mystérieuse à Brive. Il fut pénétré de tristesse à la pensée qu'à travers toutes ces années où elle dissimulait sa vie derrière celle de Françoise, Irène était restée la femme qui l'avait mal jugé, qui s'était trompée sur lui, et qui à cause de cela... Irène parlait toujours franchise, sévérité, sincérité, courage, comme si ces notions avaient été à son seul usage, ou à celui de ses seules amies, comme s'il n'avait pas eu les mêmes droits que les autres sur ces mots, sur ces vertus, comme s'il n'avait pas eu à se plaindre qu'elles eussent été méconnues quand il s'était agi de lui. Elle qui était équitable avec tous, qui montrait un si grand amour des êtres, qui pouvait par exemple parler d'une autre, de Françoise, comme d'elle-même, elle l'avait ignoré, et il ne lui importait pas plus que tout qu'elle fût là ce soir, qu'ils fussent là tous les deux, couchés dans leurs lits parallèles, mais bien que la vérité fût manifestée. Il ne lui importait pas qu'Irène voulût bien avoir l'air d'oublier, mais qu'elle sût qu'il n'avait pas été « l'homme qu'elle avait cru », qu'elle avait, à un moment de sa vie, condamné. Ce qu'elle avait vécu depuis, pendant ces années agitées, n'effaçait pas cela, cette erreur sur lui, sur son être. Il ne voulait pas qu'elle fût avec lui comme elle aurait pu être avec un autre. Sa présence n'était pas une absolution, comme il l'avait cru autrefois, au début de leur rupture, quand il s'imaginait naïvement que sa présence aurait tout arrangé. Il ne voulait pas seulement qu'elle fût là, ni même qu'elle lui adressât la parole; mais qu'elle voulût bien revivre cette petite minute de jadis où, sur cette route, elle l'avait renié; et aussi la minute vraiment horrible, qui avait précédé celle-là de plusieurs mois, où il l'avait vue pleurer en le quittant, mais pleurer sur elle-même, à l'idée (justement) qu'elle s'était trompée sur lui!... Mais dès la première phrase qu'il osa hasarder, elle l'arrêta et le regarda déconcertée, irritée, comme s'il avait voulu pénétrer par effraction dans une pièce où elle se fût trouvée enfermée, ou forcer devant elle un coffret où elle eût rangé des papiers précieux.

— Pourquoi revenir sur ces choses ? dit-elle. Vous savez que c'est impossible. N'espérez pas... Je recommencerais à vous détester. Ne gâchons plus, Guillaume...

Il ne put retenir une exclamation. « Ne gâchons plus. » C'était le mot, la formule sur laquelle se terminait en effet la dernière lettre reçue d'Irène, ce mot qu'il n'avait jamais compris.

— Irène, dit-il, vous m'avez écrit cela, il y a plus de six ans, à la fin d'une lettre. Je vous en prie... De quel gâchis parliez-vous ?

— Je voudrais bien ne plus le savoir, dit-elle. Je ne tiens pas à ce que vous me le rappeliez. Je vous en prie à mon tour, n'y tenez pas trop non plus.

Il sentit qu'il n'y avait pas de réplique possible.

— Y a-t-il des jugements sur lesquels on ne peut revenir ? demanda-t-il presque tout bas.

— Guillaume, dit-elle plus bas encore, ne pose pas cette question, ne me demande rien, je t'en supplie... Je ne veux pas que tu aies ces pensées-là près de moi. Guillaume !...

Il y avait un moment qu'elle avait éteint sa lampe. La nuit était devenue profonde. La voix d'Irène était menue ; elle paraissait s'y engloutir.

XVI

Il s'était penché hors du lit et s'était rapproché, persuadé de répondre à un appel, tellement cette voix était contradictoire, tant ces reproches étaient enrobés de sourde tendresse. Il trouva son lit défait, le drap traînant sur le sol. Mais si elle avait bien voulu qu'il l'aidât à refaire ce lit bouleversé, à se recoucher, si même elle avait accepté qu'il demeurât un moment près d'elle, dans le noir, une main sur sa poitrine, comme pour lui permettre de participer au bienfait de sa respiration (et elle-même s'était emparée de cette main et l'avait immobilisée sur elle, à la fois comme pour l'encourager et pour l'empêcher d'aller plus loin), elle n'avait pas été cependant jusqu'à autoriser autre chose et, le repoussant délicatement, ou marquant, par le geste de s'envelopper plus étroitement dans les couvertures, son désir de solitude, elle l'avait persuadé de retourner à son lit.

Irène savait parler des autres, non d'elle-même. Mais elle parlait des autres d'une manière troublante. «À quoi bon continuer à l'interroger? pensa Guillaume. Elle me parlera toujours de ses amis, des gens qu'elle a connus en dehors de moi, et cela m'apprendra peu de choses sur nous-mêmes. Quelles relations a-t-elle pu garder avec ce monde? Je ne le saurai pas.» Mais lui-même était-il plus habile à parler de lui? C'était, de part et d'autre, une entreprise impossible. Peut-être y avait-il encore trop de gens, un peu partout dans le monde, qui ne dormaient pas leurs nuits. Pourtant, comme Irène revenait à Hersent, il essaya de la dissuader, au prix d'un mauvais argument. Il aurait fallu voir Hersent, disait-il, à la distance d'où autrefois Hersent lui-même voulait se tenir pour évaluer les souffrances des soldats de 1814.

— Son histoire ne nous frappe que parce que nous sommes là, dit-il, que nous y assistons. Les hommes ont si peu d'imagination qu'ils ne voient que ce qu'ils ont sous les yeux.

— Ne faudrait-il pas dire qu'ils n'ont même pas assez d'imagination pour cela? lança-t-elle comme un propos à son adresse.

— Vous avez probablement raison, dit-il. Et ce... cet incident, nous sommes probablement les seuls, avec deux ou trois personnes, à nous en émouvoir, les seuls que cette pensée tient éveillés cette nuit. Demain la sensation sera encore un peu moins forte, et cela finira par passer, par se ternir. On parlera d'Hersent comme... que sais-je?... On n'en parlera plus! Ce n'est même pas un traître à la mesure de nos quarante millions de Français... je veux dire en tant que traître... Il y a des images qui le rapprocheraient davantage de nous, et peut-être de la vérité, que celle du traître. Vous verrez que finalement nous découvrirons qu'il a eu de la chance, qu'il a été magnifiquement traité par les événements.

— Peut-on savoir quelles sont ces images rapprochantes? dit-elle.

— Rapprochantes... Et déformantes bien entendu, dit-il, comme tous les petits faits vrais, qui nous laissent tout à deviner, n'est-ce pas? et surtout à remplir l'entre-deux...

— Vous ne voudriez pas vous expliquer?...

— L'histoire est peut-être insignifiante, s'excusa-t-il. Une anecdote. C'est un peu gênant. Je dois vous avoir déjà parlé du temps où je m'occupais d'une affaire, d'une imprimerie... J'avais mon bureau tout en haut d'une maison, pas très loin du quai des Grands-Augustins, dans une de ces petites rues que vous aimez, et une secrétaire du nom de Mathilde...

— Mathilde? Il me semble que vous avez prononcé ce nom-là tout à l'heure... J'ai cru que vous rêviez...

— C'est possible. Notre bureau, ce détail importe, se trouvait donc au dernier étage de l'immeuble et dominait la rue, qui était étroite et grouillante. C'est une disposition qu'heureusement on ne rencontre pas trop souvent. Il me faut ajouter que Mathilde était grande, toujours très serrée dans ses robes, et avait une prédilection pour le noir. Je suppose que ce nom stendhalien avait dû plaire à Hersent. Mathilde était d'ailleurs une femme très supérieure à sa fonction. Je ne sais ce qui l'avait amenée à ce métier, fantaisie ou nécessité, mais il y avait en elle de la grande dame. Certains jours, elle pouvait paraître intimidante.

— Je croyais que vous deviez me parler d'Hersent, dit Irène.

— Je vous parlerai moins de Mathilde que vous ne m'avez parlé de Françoise, dit-il. Quant à Hersent, puisque en effet il s'agit de lui, je le revois encore ce jour-là, posté au coin de la rue... Vous savez l'allure que prennent les gens, vus d'un balcon. Sa belle mine ne pouvait naturellement qu'en souffrir. Que je vous dise encore. Cette femme avait quelque chose d'irritant, c'était sa voix. Non seulement assourdie, mais légèrement éraillée, comme passée au papier de verre. Il y a des hommes à qui ces voix plaisent extrêmement. Je ne sais comment Hersent avait commencé à s'intéresser à elle, peut-être assez machinalement, mais comme il s'était mis à ce moment-là à publier des nouvelles, il se trouva que toutes les femmes de ses nouvelles avaient cette voix.

— Est-ce que cela signifie quelque chose ? demanda Irène.

— Pas nécessairement. En tout cas, Mathilde ne lisait pas, et je savais qu'il n'y avait pas de place libre dans sa vie. Mais Hersent ne m'avait rien demandé, et je n'avais donc rien à lui dire. De son côté, comme il savait que nous travaillions ensemble, et que nous étions assez familiers l'un avec l'autre, il devait faire des suppositions. Mathilde, qui avait un gros travail, se tenait dans un bureau attenant au mien, où il y avait toujours un ou deux autres employés, des allées et venues constantes. Comprenez bien ceci : personne n'avait la possibilité de parler seul à seule à Mathilde... Ne vous impatientez pas, je vais arriver à la scène que vous attendez, — scène d'ailleurs muette entre toutes, — mais quelques mots sont nécessaires encore...

— Vous êtes plus odieux que Balzac en personne.

— N'invoquez pas Balzac à la légère... Je voudrais vous résumer... disons « l'ambiance » : l'atmosphère surchauffée de cet été-là ; les visites d'Hersent à mon bureau, auxquelles je ne comprenais rien, bien entendu, car j'étais resté des mois sans le voir ; ces visites sans objet, ou à objet fictif : il m'entretenait, vaguement, d'un projet de publication périodique, mais je ne savais trop s'il cherchait des collaborateurs, ou des capitaux, ou seulement un imprimeur. Je l'écoutais d'une oreille : je le savais un peu bluffeur, très capable de mystification, ou s'emballant sincèrement sur des projets sans lendemain, et je ne m'émouvais pas. J'imagine qu'un prompt acquiescement l'eût fort embarrassé. Je comprenais qu'il ne pouvait pas écrire à Mathilde : j'arrivais au bureau avant tout le monde, la lettre risquait de tomber sur moi. Lui téléphoner était également impossible : le téléphone se trouvait dans mon bureau. Plusieurs fois cet été-là, je le surpris dans les rues avoisinant l'immeuble, arrêté devant des vitrines d'antiquaire. Il fallait connaître Hersent pour comprendre ce que ces flâneries représentaient d'insolite...

Irène l'interrompit.

— Ne croyez-vous pas que, tout simplement, il avait besoin de donner le change à quelqu'un ?...

— C'est possible. Vous pourriez également prétendre que plus tard, en soutenant l'Allemagne, il cherchait aussi à donner le change, mais à qui ?... Le mois de juin arrivait. La chaleur montait de jour en jour et, vivant sous les toits, nous la subissions plus que tout le monde. Mathilde cependant s'amusait sans rien dire. Souvent, lorsqu'elle survenait dans mon bureau, nous avions de rapides conversations à trois, toujours coupées par les appels téléphoniques, les visites. Ce fut alors que se produisirent, coup sur coup, les deux petites scènes que vous désirez que je vous conte. Mais dites-moi si vous n'êtes pas déjà endormie ?...

— Faut-il tant vous prier ? Il me semble que j'ai été plus généreuse.

— Hersent m'avait annoncé son départ pour la campagne ; je ne m'attendais plus à le revoir avant l'automne. Il y avait un café à proximité de notre immeuble, bien tenu, avec une petite salle en retrait, pourvue de tables de chêne et ornée de rideaux. Il faisait chaud, j'y descendais parfois dans la journée pour me rafraîchir. Un soir où nous devions travailler plus tard que de coutume, j'y étais descendu un peu après six heures. J'avalais une bière à petites gorgées, perché sur un tabouret. La petite salle était ordinairement déserte à cette heure, et voyant la servante y pénétrer avec un plateau, je me penchai machinalement pour la suivre des yeux : Hersent était là, me tournant le dos, en train d'écrire. Cela pouvait être un hasard, comme il y en a tant dans Paris. Il écrivait une lettre, car la servante revint pour demander une enveloppe. Je compris, je ne sais trop à quoi, à l'ensemble de son attitude, que je ferais mieux de ne pas me montrer. Il écrivait une phrase, puis rêvassait avant d'en écrire une autre. J'avais vu bien souvent Hersent en train d'écrire : la plume filait, effleurait à peine le papier. Cette fois, je le sentais qui pesait ses mots. C'était grave. Je n'avais qu'à disparaître.

Je ne me rappelle l'épisode qui a suivi qu'avec une gêne, une confusion extrêmes. Mathilde était dans mon bureau quand je rentrai. «J'ai l'impression, lui dis-je, que vous allez avoir une visite... » Elle eut un sourire sans méchanceté. « Dommage, dit-elle, je suis invitée ce soir. » Je lui dictai une ou deux lettres, téléphonai pour demander — je me rappelle — Lyon, et comme nous avions terminé notre travail, nous nous mîmes à la fenêtre pour respirer. L'air était devenu lourd ; les plafonds, à ces étages, sont bas, vous pèsent sur la tête. Cette partie de la façade recevait encore le soleil, et nous avions dû maintenir les persiennes à demi fermées. Nous ne pouvions espérer aucune fraîcheur. Mathilde était à une fenêtre, moi à une autre, attendant Lyon. Comme nous étions penchés sur la rue qui résonnait de klaxons, nous aperçûmes, à la verticale, tout au bas de la maison, Hersent qui entrait. Nous ne pûmes nous retenir d'échanger un coup d'œil, et d'un commun accord revînmes à nos dossiers. Nous en fûmes pour nos frais, car personne ne se présenta. J'ouvris la porte qui donnait sur l'escalier : aucun bruit. Tout le monde dans la maison était parti. Même la standardiste avait quitté son poste. Au bout d'assez longtemps, ayant eu ma communication et n'ayant plus qu'à partir, je me dirigeai vers la fenêtre pour la fermer ; en bas, à quelque distance, exactement à l'angle de la rue, j'aperçus Hersent immobile, comme hésitant, un carré de papier dans la main. Est-ce que j'interprète ? S'agissait-il d'autre chose ?… Il se retira aussitôt qu'il me vit, disparut dans une rue de traverse. Je cherchai des yeux Mathilde : en train de s'arranger les cheveux devant la glace. Hersent n'était plus là, mais je regardais toujours le trottoir, ce petit coin perdu à l'angle des rues hautes et étroites. Si ma supposition était juste, il ne pouvait pas ne pas y penser lui aussi, à ce même moment. J'étais en haut, lui en bas, attendant, sa lettre à la main. Je pouvais, sans trop de mal, reconstituer le scénario. Il avait dû avoir l'intention de déposer cette lettre entre les mains de la standardiste : cela lui épargnait des rencontres. Mais la standardiste était partie : il avait donc résolu de monter quand même ; puis, à mi-chemin de l'escalier, s'était ravisé. Il avait dû réfléchir, avait attendu qu'une porte s'ouvre, que quelque chose se passe. Puis il était sorti. Et cependant il n'avait pu se résoudre à s'éloigner tout à fait. Il était resté au coin de cette rue, attendant quoi ? Au mieux : la sortie de Mathilde. Mais Mathilde, il aurait dû le savoir, ne sortait jamais seule. Peut-être avait-il attendu aussi bien un signe de moi : j'aurais dû le deviner, lui aplanir les choses. C'est ce qu'on fait quand on aime les gens. Après cela, je ne l'ai plus jamais revu à mon bureau.

— Et alors? dit Irène.

— Je me suis peut-être entièrement trompé sur cette histoire. Ce que je vais ajouter n'a rien de nécessaire. Mais avec un peu d'imagination on pourrait rêver sur le sens, sur le rôle d'une minute comme celle-là, sur ce qui peut découler d'un coup d'œil échangé ainsi de bas en haut...

— Que croyez-vous? dit Irène assez vivement.

— Oh, je ne crois rien. C'est une très petite chose dans un ensemble. Je sais qu'Hersent était déjà formé, déterminé, que ses positions étaient prises. Pourtant il n'avait pas encore adopté le style ni les allures de la race supérieure. S'il s'agissait d'un autre, il serait si aisé, si séduisant même, d'imaginer qu'il ait pu rêver d'être un jour celui qui se montre au balcon. Il faut si peu de chose, dans certains cas, pour qu'un homme prenne le parti de Caïn. De fait, en certaines circonstances, par la suite, je crus sentir confusément le sens que prenait son pari : être le plus fort, — ou, sinon, le plus méchant.

— Êtes-vous sûr de toujours parler d'Hersent? dit Irène. Cette interprétation, qui repose en effet sur peu de chose, comme vous dites, vous paraît sans doute très subtile, mais ne craignez-vous pas de tomber dans les clichés? N'êtes-vous pas en train de fabriquer un faux Hersent?

— Je crois vous en avoir prévenue... Sans doute, on peut dire en gros que, jusqu'à la chute de l'Allemagne, Hersent n'a eu que des satisfactions. Mais ne sentez-vous pas combien cela est terrible à dire?... Mais ne parlons plus d'Hersent, mettons que nous parlions d'un autre. Ce coup d'œil échangé du bas en haut de la rue, croyez-vous que cela s'oublie? Cet homme que j'imagine, il serait naturel de supposer qu'il tenta de se peindre les sentiments de l'homme qui était au balcon, et qu'il se les peignit comme on le fait toujours dans ce cas, oui, même les gens forts, de la manière la plus désavantageuse pour lui. Il faudrait se le représenter dans cet escalier, à cette heure anormale de la journée, ne sachant s'il va continuer à monter ces marches ou à les descendre. Il faudrait imaginer l'accablement de ce jour-là, et la soudaine solitude de la rue, après l'effervescence de six heures. Cet homme tout d'une pièce, à qui l'hésitation est intolérable, c'est peut-être cette minute d'hésitation qu'il entendra faire payer au monde.

— Je croirais lire un éditorial du *Figaro*, dit Irène.

— N'est-ce pas vrai? Presque tous les hommes qui ont un pouvoir se l'exagèrent; un rien les sépare alors de la folie de s'imaginer que le monde est à eux. Il suffit de voir quelqu'un, tenez, devant un microphone. Oui, si nous écrivions un livre, si nous bâtissions un roman, si nous faisions nous-mêmes une de ces pages alléchantes pour les journaux, nous pourrions fabriquer ainsi un personnage, fait de tout ce que le public aime à croire. J'ajouterais une phrase comme celle-ci : « Quand nous sommes descendus ce soir-là, Mathilde et moi, j'avais un peu l'impression de visiter les lieux du crime... » Hein?...

— Je vous crois! dit Irène. Nous pourrions même corser, dans ce style : « En bas, devant la porte, il fallait franchir un passage où, le soir, on remisait des camionnettes. Il faut imaginer que ce n'était pas très royal de contourner ces camionnettes à sept heures du soir, avec une lettre aussi singulière à la main... » Après?...

— « Notre homme, qui était tout le contraire d'un sot, avait dû se trouver tout à coup très bête. Et même, il a dû m'en vouloir de sa bêtise, et à Mathilde, qu'il confondait avec moi, — autre erreur... »

— C'est vraiment tout ce que vous pouvez faire ?

— Le fait est, — vous me direz que ce sont des coïncidences, — le fait est que c'est depuis ce moment-là que j'ai pour ainsi dire cessé de le voir. L'ayant rencontré quelque temps après, je trouvai l'occasion de l'inviter avec Mathilde ; et c'est pour cela qu'il ne pouvait que m'en vouloir : il fit tout son possible pour être mufle avec elle. Mufle comme on ne l'est qu'avec les gens de qui l'on a attendu quelque chose. Un certain temps après, lisant ses articles, j'étais frappé par la violence du ton. Ne me faites pas dire que cela était dû à Mathilde. En tout cas, cela ne rappelait que de loin le garçon souriant d'autrefois. Peut-être cependant l'était-il resté au fond de lui. Et peut-être est-ce ce garçon qui vient obscurément à sa rencontre ce soir... Mais vous allez dire que je continue l'éditorial...

Irène était tout à fait réveillée ; il pouvait la deviner dressée contre l'oreiller, attentive. Un moment sa lumière colora le plafond, le mur, la cheminée. Tiens, il y avait cette cheminée ; en d'autres temps ils auraient pu faire du feu, allumer des bûches, et passer la nuit à deviser en attendant l'aube...

— Vous avez peut-être raison, dit-elle, je n'en sais rien. Mais je n'aimerais pas découvrir que vous croyez aux petites causes.

— Je n'aimerais pas non plus découvrir que vous me prêtez des idées que je n'ai pas pour mieux les démolir, dit-il.

— Bien, mais en tout cas j'ai l'impression que vous jugez Hersent, peut-être à votre insu, comme s'il y avait en lui quelque chose de foncièrement mauvais, qui a besoin d'être expliqué, ou excusé. Croyez-vous qu'une erreur de jugement soit une faute contre la patrie ?

Sa voix avait fléchi sur les mots jugement, faute, patrie.

— Qu'aurait-il fallu, ajouta-t-elle, pour que ceux qui viennent de le juger se soient trouvés de l'autre côté de la barrière?

— Le mal peut triompher, dit Guillaume, il est toujours le mal. Caïn vainqueur de son frère reste Caïn. Ce que nous ne voyons pas souvent, c'est Caïn vainqueur de Caïn.

— L'histoire ne connaît pas Caïn, dit-elle hardiment.

— Vous voulez dire qu'elle ne connaît que lui.

— L'idée que les hommes se font du bien change tout le temps.

— C'est-à-dire qu'à tout moment je peux baptiser ami mon ennemi et inversement?...

— Il y a un moment où l'innocence des autres vous pèse, dit-elle.

— Je comprends cela mieux que vous ne pouvez l'imaginer.

— Vous deviez détester Hersent.

Elle lui avait lancé cela comme un reproche.

— Je détestais ses idées, dit-il. Je ne sais si vous aviez raison tout à l'heure de me dire que j'avais changé. À la vérité c'est en vous parlant que je change. Oui je découvre décidément aujourd'hui quelque chose qui me trouble, quelque chose que j'avais peut-être refusé de voir jusqu'ici. Je crois que j'aime les hommes plus que les idées.

— Plus que les idées?

— Plus même que... Oui, plus que leurs actions, plus que...

Il voyait à la physionomie d'Irène, qu'elle ne cessait

d'appliquer subtilement ce qu'il disait à d'autres choses.

— C'est à ce titre que les événements nous sont utiles, dit-elle avec un peu supportable sourire. Mais je n'admettrais pas facilement que nos actes puissent se détacher de nous.

— Ce n'est pas tout à fait ce que...

— Ni nos idées. Il y a des façons de penser qui sont ennemies. Nous ne sommes pas tout à fait désincarnés, dit-elle avec un petit rire dans la gorge.

Elle n'avait jamais parlé ainsi, avec cette sorte d'assurance. Qui lui a appris cela? se demanda-t-il. Leurs pensées se croisaient. Ce n'était plus à Hersent qu'ils songeaient l'un et l'autre. Par quelle malignité de la conversation Irène en était-elle arrivée à dire ce qu'il voulait précisément lui dire, en se proposant de le dire contre elle? Maintenant elle en prenait avantage contre lui.

Avoir connu, respiré le même air, se disait-il, avoir appris les mêmes choses, peut-être souffert ensemble, est-ce que cela ne compte pas? Ce sont des choses bien concrètes, bien saisissables, quoique ce ne soient pas des raisons. Est-ce qu'en définitive le mot Français, le mot Allemand, ont un autre contenu? Les idées changent de mains, elles n'ont pas d'âme, pas de corps. Mais ces choses-là, voilà ce qui existe, voilà ce qu'on ne devrait jamais trahir.

— Il faudrait s'empêcher de penser, dit-elle, fuyante. Trahir... Je me demande si ce mot a du sens. Est-ce qu'on ne se trahit pas soi-même tous les jours?

Il lui sembla que c'était elle maintenant qui parlait contre elle-même, comme si elle ne pouvait faire que tout embrouiller. Leurs pensées se croisaient si vite qu'ils ne reconnaissaient plus leurs positions. *Et pourtant le couloir d'ombre était toujours entre nous, et de chaque côté nos destinées séparées, avec leurs poids, leurs formes, qui ne se pouvaient confondre, niant ce champ de bataille idéal où les glissements sont imperceptibles, et où nous finissions, avec nos sincérités à vif, par avoir l'air de passer en revue les « lieux communs » du temps.* Comme il donnait raison soudain au silence d'autrefois! Toute conversation est impossible. Il ne lui restait plus qu'à dire, se trahissant tout à fait, dans une adhésion mensongère à ce lieu commun pire que tous les autres, et malheureusement plus efficace, qu'il n'y avait qu'une façon de s'y reconnaître, que la haine était le premier de nos devoirs. Et il se préparait à le faire. Mais un mouvement du visage d'Irène l'en détourna. Il dit seulement :

— J'en reviens à ce que j'avais commencé à vous dire, — que ce qui reste, Irène, de tout cela, de ces drames qui font frémir jusqu'à la racine des cheveux ceux qui les vivent, ce sont, dans le meilleur des cas, quelques fictions plus ou moins cohérentes, plus ou moins bien retenues, quelques légendes, — admettons même, par chance, un de ces mythes que se transmettent les générations, Abel et Caïn, David et Goliath.

— Vous oubliez le sang, dit-elle.

— Une fois séché, le sang n'est plus rien.

— C'est comme nos chagrins, dit-elle. Une fois séchés... Qui aurait cru que nous aurions des conversations comme celles-ci ?

— J'ai peut-être plus de mérite que vous ne croyez, Irène, à remplir cette nuit de mes discours.

— Nous avons tous les deux beaucoup de mérite, je suppose.

— Vous ?... Pourquoi vous ?

— Devinez...

— C'est grave ?...

— Cela dépend de vous... Et d'ailleurs devinez aussi si c'est grave...

— Je vous jure que je ne comprends pas.

— L'amitié est-elle possible dans notre monde, Guillaume?... demanda-t-elle soudain. Je veux dire : dans un monde fait comme le nôtre?...

Oui, c'était bien une question, — et même il parut à Guillaume qu'elle était légèrement anxieuse.

— Vous m'appelez Guillaume, dit-il.

Elle sourit.

— Comme vous m'appelez Irène.

— Non. Pas *comme*, pas tout à fait...

— Et pourquoi?

— Je ne vous dirai pas qu'il existe des liens qui ne se peuvent détruire, car vous auriez envie de les détruire aussitôt. Il y a pourtant une image qui me rassure...

— Laquelle?

— Disons... *La Plage de Scheveningen...*

Elle était assise dans son lit, les bras pendant sur les draps. Elle eut un léger sursaut, faut-il dire un ricanement? Il n'en sut rien. Il crut entendre ce petit rire agressif qu'il lui connaissait depuis toujours, et qui était son bien propre, — un signe auquel il l'eût reconnue sans se tromper : et aime-t-on les gens pour autre chose?

— Il y a une autre image qui m'inquiète, dit-elle. N'est-ce pas vous qui me l'avez rappelée? C'est ce gourdin que Caïn, peut-être par pure négligence, laisse tomber sur la tête de son jeune frère.

Il ne répondit pas, car il lui semblait qu'elle cherchait à cerner une pensée obscure, comme un point qui lui échappait.

— L'esprit aussi est une réalité, dit-il. Et, vous savez : — ce que, au dernier siècle, on appelait *l'âme,* cela existe bien, sous un nom ou sous un autre. Je crois qu'il y a des pensées qui sont des crimes. Et c'est cela qui nous accable tous. Il n'y a aucun châtiment qui atteigne ces crimes-là, ou, s'il les atteint, qui les compense. Le crime n'est jamais compensé, Irène. Et tous les châtiments tombent à faux.

— Il n'y a qu'un châtiment, dit-elle, c'est de savoir qu'on a eu tort.

Il y eut en lui un brusque élan, aussitôt rompu, qu'il ressentit comme une cassure : il craignit de se leurrer. Le perpétuel croisement de leurs pensées l'agitait d'une façon terrible. *Chaque mot me montrait la table, le guéridon noir, le bouquet, le pupitre avec ses trous noirs, la table de cuisine avec la poule noire, les longues pistes claires entre les dunes, avec le cri des marins qui poussaient leurs barques vers la mer, et les légères dépressions du sable où la douce chaleur d'avril se concentrait et nous permettait de nous attarder en nous serrant bien. Les mots ne sont rien. Il fallait être nous. Rien entre nous n'était jamais vague. Nous aurions pu parler de choses encore beaucoup plus vagues en apparence, ou plus sévères : l'intérêt était toujours décentré ; — toujours un peu ailleurs, un peu au-delà. Chaque mot de cette conversation nous avait fait frémir. Chaque mot remuait en nous quelque chose de vital, — de mortel.*

Après une heure passée ainsi, il était réellement épuisé. Il aurait sincèrement voulu dormir. Il demanda à Irène si ce n'était pas aussi son avis.

— Non, dit-elle. Je ne crois pas que je veuille dormir. Je crois même que je ne voudrais pas dormir. Je crois… Elle se détendit tout à coup, allongea son bras vers lui. Je crois que je voudrais que tu continues à me parler, Guillaume…

Cette fois le *tu* était conscient. Parler… Oui, j'aurais pu parler indéfiniment avec Irène. Même sans ce *tu*. Nos paroles, quelles qu'elles fussent, n'arriveraient jamais à recouvrir, à affaiblir même les tressaillements de notre vie la plus intime. Comment dire ce qui se passait entre Irène et moi au cours de ces échanges, quelle électricité nous animait. Ces conversations avec elle étaient toujours pleines de surprises, de tournants imprévus. Les mots voulaient toujours dire autre chose, et ces choses pouvaient être d'une exemplaire cruauté. Elle me demandait de deviner. Mais je n'avais jamais su deviner, elle le savait. Ni pourquoi elle avait voulu que nous accompagnions José tel soir jusqu'à son hôtel ; ni avec qui elle était dans cette petite voiture couleur de poussière ; ni pourquoi elle m'avait écrit ainsi après que je l'eusse croisée sur la route. Ces événements étaient si loin de moi qu'il me semblait parfois qu'ils étaient arrivés à un autre. Mais la nuit, ils étaient parfois si près de moi, que je ne comprenais pas comment j'avais pu leur échapper. Les nuits sont longues. On agit, on parle, on exécute, on tranche, on plaide, tout cela brillamment. J'aurais voulu protester. Impossible. J'étais seul dans mon lit, à un pas d'Irène, mais c'était comme si elle avait été absente, — terriblement présente, mais ailleurs. Il n'y avait plus soudain qu'une seule route au monde, c'était cette route, et la petite silhouette mordue de lumière, insoutenable à la vue. Expliquer cela... Il aurait fallu revenir en arrière, patiemment. Il y aurait fallu du temps, beaucoup. Il y aurait, fallu un livre, et puis un autre livre... Je l'écrirai un jour, me disais-je en écoutant le bourdonnement des avions qui se rapprochaient. Une silhouette en entraîne une autre. Je la voyais accroupie devant le feu, remuant inutilement les bûches et contrariant la flamme plutôt qu'elle ne l'aidait. Je l'interrogeais au sujet d'une phrase qu'elle venait de prononcer, un peu inquiétante. Elle faisait un mouvement de la tête, je voyais ses cheveux s'enflammer.

— Il faut être juste, ou se battre, disait-elle. Il faut être juste, ou frapper.

— Pourquoi frapper? N'est-ce pas seulement la justice qui nous frappe?

Et je me disais en moi-même : « C'est ce qu'elle a fait. » Soudain tout s'éclairait. Ce jugement retombait sur moi de toute sa force : Irène n'avait fait que me devancer. Cette impression d'injustice, avec laquelle j'avais si longtemps vécu, c'était encore un de mes torts envers elle. Irène était juste. Elle était la justice même. Elle n'avait fait que devancer mes coups. Cette fois-là encore dans la cabine où nous nous étions réfugiés contre le vent, au centre de la plage entièrement déserte, elle m'avait dit : « Guillaume, si tu ne prends pas de décision cette semaine tu n'en prendras plus jamais, n'est-ce pas? Je veux qu'il ne soit plus question de rien, — jamais, tu entends?... » Elle n'avait pas fait de menace ; elle me demandait de ne plus lui parler de rien. Elle n'exigeait rien, ne se fâchait pas, ne faisait pas de bruit. Elle me disait tout doucement : « Si... » d'une petite voix fatiguée, dans l'odeur salée du vent qui soufflait durement contre l'étroite cabine de planches où nous étions assis, sur une petite banquette de bois, et où nous frissonnions en regardant les mouettes tourbillonner, éclatantes, au-dessus de la mer. C'était notre plaisir d'aller ainsi nous asseoir, les jours de grand vent, dans les cabines éparses sur la plage comme de faibles barques échouées. Nous choisissions une cabine tournée contre le vent, et nous étions là comme dans une maison minuscule mais bien à nous. Ces jours-là personne ne passait en vue et nous ne recevions même pas la visite de la bonne vieille au fichu qui d'habitude venait nous remettre ses tickets roses ou verts, agrémentés de numéros. C'était une des rares, très rares fois qu'Irène avait effleuré ce sujet. J'aurais dû lui répondre : «Pourquoi cette semaine? Aujourd'hui si tu veux…» C'était le genre de réponse qu'elle attendait. Mais déjà elle se taisait. Je me taisais aussi, et dans ce silence Dieu nous jugeait.

«Vous vous êtes beaucoup tourmenté pour cette Irène, n'est-ce pas?» me demandait une voix à côté de moi. Elle ne me regardait pas, elle regardait le feu. «Cette Irène…» Un peu plus tard, comme nous revenions vers le village, dans le joyeux battement des stores et des oriflammes se détachant sur le ciel gris, quand elle m'avait dit (peut-être pour me provoquer, parce qu'elle était sourdement mécontente de moi, de mon silence) qu'elle était retournée chez José, j'avais eu au fond de moi un grand mouvement irraisonné de colère, et il m'avait semblé, une seconde, que j'aurais eu plaisir à la battre. Soudain je la sentis mollir sous mon bras, ses jambes faiblirent, je dus la retenir contre moi pour qu'elle ne tombât point. Irène !… Je ne sentais plus les battements de son cœur. Ma colère m'avait fui d'un seul coup. Je ne savais plus ce que je lui disais, ni si elle faisait attention à moi. Brusquement le soir était tombé. Je la soutins jusqu'à la route, où brillait la lueur d'un estaminet : un scintillement d'étoile dans le sable blanc. C'était une petite construction en bois, d'installation récente. La salle était vide. Il y faisait bon. Irène y reprit peu à peu des forces. Mais elle demeurait silencieuse. Et je ne sus jamais ce que, pendant tout le temps où nous dûmes rester là, sur un mauvais banc, elle avait pensé. Ce banc m'en rappelait un autre, celui de la cabine où, si humblement, elle m'avait interrogé sur ma décision. J'aurais voulu l'entourer de mes bras, mais je ne trouvais pas autre chose à lui dire que ceci : «Irène, ma décision est prise…» Elle leva son regard sur moi, un regard qui ne me reconnaissait plus pour sien, et garda le silence sans faire un geste, de sorte que ce fut comme si elle n'avait pas entendu, comme si la nouvelle arrivait trop tard, comme si je n'avais rien dit. Je savais ce qu'elle pensait : « Un homme capable de me juger... » et que cette pensée lui cachait tout le reste. Ainsi un moment unique de notre vie devient un moment essentiel. Une faiblesse unique dans notre vie devient un reproche essentiel. Et maintenant j'étais assis devant le feu, et quelqu'un me parlait, une femme dont je ne voyais pas le visage, et je n'avais toujours que cette pensée, cette image sous les yeux, d'Irène faiblissant entre mes bras. Assis par terre, près de cette femme, les jambes croisées comme elle, nos genoux se touchaient, et je ne pouvais m'empêcher d'éprouver un bienfait animal de la proximité de son corps. Je me demandais confusément, depuis un temps, si toutes les questions qui m'étaient posées n'étaient pas des pièges.

— Je ne sais plus, dis-je. Il y a eu beaucoup de bons moments...

À peine avais-je parlé que j'éprouvai le sentiment d'une mauvaise action. Beaucoup de bons moments ! Tout avait été magnifique, et ensuite tout avait été horrible. Cette horreur n'avait pas duré, mais il s'était formé, en deux ou trois mois, un précipice par-delà lequel je ne parvenais plus à rejoindre les années radieuses : un nuage de soufre les couvrait, comme celui qui doit couvrir, aux yeux du condamné, le temps qui a précédé son crime.

— Regrettez-vous ce que vous avez fait ?...

— Mais quoi ?... Je n'ai rien fait, Irène ne m'a rien dit. Il aurait fallu tout deviner, toujours...

À qui donc répondais-je ? À qui donc avais-je pu

donner le droit de me poser cette question, une question sur ce que j'avais fait?

— Mais… Ce n'est pas exactement ce qu'elle m'a dit…

Je reconnus la femme. C'était Françoise justement. Je reconnaissais ses yeux verts, sa chair épanouie.

— Elle a cru que vous la haïssiez, que vous vouliez vous débarrasser d'elle. Ne l'avez-vous pas frappée?

Moi? frapper Irène! Cette idée me faisait horreur. Des flammes tourbillonnaient sous mes yeux. Il y avait mille choses auxquelles il était impossible d'assigner un ordre. Pourquoi Irène avait-elle mis le doute dans mon esprit? Pourquoi, si elle avait dit vrai, avait-elle été trouver José au moment même où je voulais faire alliance avec elle? Car il y avait eu, antérieurement, cette expédition en voiture, je m'en souvenais maintenant… Mais pourquoi alors ne pas remonter plus avant, à ce jour où j'avais fait la rencontre en chemin de fer de deux jeunes filles très unies, dont la seconde bien sûr était Françoise, que nous avions bientôt laissée loin derrière nous, et qui maintenant essayait de se venger sur moi.

— Je ne voudrais pas, me disait Françoise en plongeant les pincettes dans le brasier, me mêler de choses… Je voulais seulement vous prévenir…

Un sursaut: j'ouvre les yeux, je trouve Irène penchée sur moi, interrogeant mon visage.

— Je voulais savoir si vous dormiez, dit-elle.

XVII

Dormir ?… Les yeux fermés, dans le silence, les événements prenaient un pouvoir suffocant. Rien n'arrête le travail de la pensée. La main tendue au-dessus du vide qui séparait nos lits, je pouvais peut-être dormir. Je ne le pouvais plus quand Irène retirait sa main. À présent il faisait clair. La lune, se haussant tout à coup au-dessus des pins découpait sur le mur de notre chambre des ombres où nous aurions pu reconnaître chaque aiguille, et semblait envoyer vers le plafond le reflet du sol sablonneux, comme une lointaine clarté, qui me rappelait les frémissements sur le plafond d'une autre chambre — combien lointaine dans le temps — de ce grand fleuve au bord duquel si librement nous avions dormi. Ce qui faisait que toujours avec Irène tout était grave et plein. Et il ne faisait peut-être pas tellement froid dehors mais ce qui nous glaçait décidément, c'était cet intervalle entre nos lits et, ne dormant pas, étonné, de ne pas dormir, j'avais envie de proposer à Irène une sortie dans le bois, vers les dunes. Et en même temps, j'étais si ensommeillé, que les mots pour lui parler se refusaient à moi.

Dormir, oui. Mais comme tout devenait réel auprès d'elle, comme tout devenait complet, compact. L'ennemie dans l'amie, toutes deux inséparables. Irène était pour moi une alerte perpétuelle. Tout était bien réel, oui. Et par exemple ce fameux gourdin dont elle avait parlé, l'homme qui s'écroule, la peau de mouton qui s'entache, cette tache qui ne cessera plus de se répandre. Caïn ne sait pas que le sang de l'homme va faire dans le monde cette grande clameur ; il n'a pas voulu cela, lui non plus. Bien sûr ! Il est même possible qu'il ait cru bien faire, lui aussi, à dessein d'éviter de plus grands malheurs... Mais il y a ce cadavre tout frais, le premier cadavre, c'est quelque chose de tout à fait inguérissable. Ah, que c'est donc fâcheux. Un cadavre qu'on ne voit pas, ce n'est rien, mais ça... C'est effrayant comme il se voit, celui-là. Dans l'espace et dans le temps, c'est sûrement le cadavre qui se voit le plus au monde. La terre est vaste, les siècles aussi, et pourtant je n'arriverai jamais à dérober ce corps. Les corps, qu'est-ce qu'on peut bien en faire ? Le voici déjà à court d'idées. Et d'ailleurs il suppose que, quoi qu'il arrive, ça va se savoir. Les hommes sont encore faciles à dénombrer. Et il y a je ne sais quelle voix intérieure. Justement, comme il approche d'un buisson, il voit, non, il entend remuer. Une bête ? Voici que les bêtes lui feraient peur ? La peur grandit. Le soir aidant, cela devient une panique. Il se figure qu'on le cherche. Lui, ou son frère ? Qu'importe : maintenant, son frère ou lui, c'est le même homme, c'est l'Homme. Le soir fraîchit. Il frissonne. Un frisson qui n'est pas comme d'habitude. Ne serait-ce pas tout simplement la conscience, — la peur de mourir ?... La conscience, qu'est-ce d'autre justement que la peur de mourir ? Ne se serait-elle pas éveillée en même temps que cette sale peur ? Et en même temps que ce sang qui coule ? Avant, il était là, béat, il jouissait sans savoir. Abel aussi, ce petit fat. « Je lui ai donné une conscience. » L'ombre augmente, encore un buisson. Ç'a été plus fort que lui, il a crié — a-t-il crié, non pas, ç'a été un hurlement de peur, un «Qui va là?» informe et boueux : jamais il n'eût imaginé un cri pareil. Et c'est lui, c'est du fond de sa propre gorge... Il écoute, paralysé par l'épouvante, la plaine qui répercute son cri. Encore une fois. Il attend l'écho, indéfiniment, — et que sa voix revienne, retombe sur lui-même, comme le sang. L'écho tarde, il faut attendre, connaître l'indescriptible frayeur. Attendre ? Il lui semble que c'est la première fois de sa vie qu'il attend : autrefois les attentes étaient toujours heureuses. Avançons. Mais que les pas sont durs à faire dans ce sable soudain humide où il s'enfonce. Qu'est-ce que cela peut être ? Il lui faut avancer avec précaution. Il marche courbé. Ha! Il étouffe un nouveau cri. D'où vient cet homme qui le regarde, qui du fond de la terre le surveille, le toise ? Il se penche, dans l'égale clarté des étoiles, si douce encore, sur ce visage qu'il n'avait pas vu, tout pâle à la surface de cette mare sombre que ramasse un creux du sable. Comme il ressemble à son frère. Il aurait pu s'y méprendre. Il suffirait d'être un peu superstitieux. Oui, quels traits de famille. Quelle étonnante ressemblance. Il voudrait que cet œil cesse de le regarder, mais il ne peut s'arracher à cette contemplation. Ainsi l'homme se regarde, et prend conscience de ce qu'il est : criminel. Il ne sait plus si c'est le visage d'Abel ou le sien qu'il contemple dans cette eau si dense, si impitoyablement immobile. À moins que ? Il a envie de courir vers l'endroit où il a laissé Abel, de revoir ce jeune front si pur sous ses boucles, — et moi j'ai ce front-là, cette courbe de la joue, cette bouche sinueuse, ce pli au-dessus de la lèvre. Un peu moins jeune. Ô visage de mon frère qui savais exprimer tant de choses, chaleur fraternelle, chair amie où ma mère prétendait retrouver l'image de son Seigneur. Une odeur le chasse en avant ; ce chef-d'œuvre est en train d'apprendre la corruption, quelque part, derrière une touffe d'hibiscus. Et j'ai fait cela, c'est moi qui. Comme si ce n'était pas assez que cette menace de la mort fût suspendue sur nous, comme si je ne pouvais pas attendre. C'est cela qui m'énervait aussi : toujours entendre parler de la mort, quand nous étions réunis le soir, autour du feu ; ils n'avaient plus que ce mot à la bouche, et comment ce sera, et comment ça arrivera, et. Ils ne vivaient plus, depuis qu'ils avaient cette idée dans la tête. Tous ces sacrifices qu'ils faisaient, les rites, les offrandes, c'était toujours pour éloigner la mort, pour prier le Seigneur d'avoir pitié, de les laisser vivre ; d'augmenter le plus qu'il pourrait la durée de leurs jours, et au-delà encore. Et dans notre enfance, dès qu'Abel sortait, c'était une comédie : n'allait-il pas se blesser avec ces instruments qu'il avait fallu inventer pour travailler la terre, n'allait-il pas tomber dans un puits, rencontrer une bête, il y avait tant de serpents dans les alentours ; depuis quelque temps, ils étaient devenus vindicatifs. D'ailleurs la vindicte sortait de partout : voici que les ronces avaient des épines. Je me demande si on s'était posé tant de questions à mon propos. C'est possible, je n'en sais rien ; mais c'est un fait que, depuis quelque temps, j'étais bon pour toutes les corvées. C'est drôle de voir grandir un petit d'homme. On n'avait pas peur que je me blesse, moi, que je me foule le pied, qu'un accident raccourcisse ma durée. Mais tout cela n'était rien, ce n'est pas cela qui m'exaspérait tellement, non, c'était de les entendre parler de la mort comme ils le faisaient, à voix basse, avec des chuchotements, et ces signes qu'ils avaient inventés pour prier. Cela ne pouvait plus durer. J'ai beau être grand, être fort, plus rien n'est bon avec cette pensée-là : il fallait nous délivrer de la peur, faire un geste.

J'ai voulu faire un geste ; je ne croyais pas commettre un crime. Ce sang qui coule, j'y reconnais ma main. Je ne savais pas que ce serait cela. Je sens l'humanité derrière moi qui se divise en deux parts, celle qui va reprendre mon acte, et celle qui va me demander des comptes. J'entends leur plainte, cette plainte qui depuis si longtemps m'irritait, cette plainte si forte : « La vie est courte ! » Et ce n'est pas tellement ça. Mais le spectacle de cet enfant assommé, cette cervelle qui jaillit, c'est sale. Et surtout : c'est ce désordre qui est intolérable. J'ai trouvé le mot que je cherchais : Désordre. C'est cela qui m'épouvante dans les tueries. Ces morceaux de cervelle sanguinolente collés à l'os ; cet homme qui s'écroule, qui se tasse comme un chiffon. Ce gâchis... J'avais envie de lui crier : Tiens-toi ! Mais tiens-toi ! Ma fureur s'augmentait de ce spectacle sans grâce, de cette tenue répugnante, — et je cognais davantage. Il aurait fallu le lier à un tronc, à un poteau, pour qu'il se tienne, pour qu'il garde au moins les apparences. Le tuer à distance. Si l'on pouvait. Croyez-moi, on est un autre après cela. Moi qui aimais tant voir couler l'eau, le lait, le sang des bêtes, la lave et les larmes, — maintenant que j'ai vu couler le sang de mon frère, tout ce qui est humide me répugne. Je n'ai pas eu le courage de me laver : j'ai frotté avec des feuilles mon corps éclaboussé.

Et faut-il le dire ? Voyant ce que j'avais fait, — j'ai vomi.

XVIII

Dormir. Non, ce n'était pas possible. Il crut entendre le tintement d'un flacon contre un verre. La gorge lui piqua. Bon moyen. Il était dans cet état où l'on voit les choses se dérouler avec une netteté si parfaite que tout n'y est plus qu'arêtes et tranchants, où les événements se succèdent avec rapidité, toujours décisifs, où les choses apparaissent dans une lumière où on ne les verra jamais plus. Les mots lus ou entendus s'animent, ils reviennent, du fond des jours, vous frapper, vous cingler, portés par un courant qui les éclaire, où les exemples de la vieille grammaire tachée d'encre rencontrent bizarrement les personnages de Shakespeare, les cris de guerre des Francs, où les moindres instants qu'on a vécus prennent une force de chose accomplie, revêtent l'aspect des événements bibliques, où la haine devient la haine absolue, où les massacres sont sans pardon. «Je marcherai contre vous, j'opposerai ma fureur à la vôtre...» Sous le regard d'Irène, Guillaume pensait soudain au prisonnier qui, à la même heure, couché sur le dos comme il l'avait vu tant de fois sur les bancs luisants du lycée, retrouvait en même temps que lui ces formules. Sur quel ton étouffé, amer, avec quel amour hésitant, horrifié, devait-il se les faire entendre à lui-même : « Vous serez maudit dans la ville, vous serez maudit dans les champs. Vous serez maudit en allant et en revenant. Votre grenier sera maudit, vos fruits mis en réserve seront maudits. Vous bâtirez une maison, et vous ne l'habiterez point. Vous épouserez une femme, et... »

— Comment ? dit Irène, lui apprenant qu'il avait parlé tout haut.

Il crut percevoir, encore une fois, le son cristallin et flûté d'un verre que l'on choque. Il avait entendu dire, déjà, que la lumière de la lune augmente et, parfois, dérange les pouvoirs de l'esprit. *Pourquoi voulait-elle que je parle ? Mais d'où venait aussi l'interdit qui, depuis tant d'heures, pesait sur mes gestes, mes désirs...* Il sentit le danger qui pointait dans la question d'Irène, dans ce « comment » inoffensif. Il était nécessaire d'éloigner ce danger au plus tôt, de parler de tout ce qui pouvait se présenter à l'esprit, pour l'empêcher de prendre conscience de leur présence dans cette chambre, de prendre conscience d'une chose qui se rapprochait d'eux à toute allure et que, depuis le début, il avait tout fait pour éluder. La chose écrite, oui, quel remède ! Même Hersent... Pour peu qu'il y eût en outre quelque chose à boire, comme il semblait. Car il y avait de tout dans cette minuscule valise de toile, qui évoquait si bien les voyages en avion...

— Je voulais dire qu'il est impossible, n'est-ce pas ? — même aujourd'hui où nous avons fait de tels progrès dans l'art de dire, de trouver ailleurs une description plus simple, plus nue, plus juste, de la situation que nous avons sous les yeux. À quel point les écrivains de ce temps étaient énergiques dans la description de l'horreur ! Tous les efforts du réalisme pour dépasser ce langage sont à jamais frappés de vanité. Ce qui prouve, d'ailleurs, qu'ils avaient dû en voir.

— Mais de quels écrivains parlez-vous? demanda Irène.

— Josué! Jérémie! Ézéchiel! Voyez-vous, il n'y a qu'une manière d'être plus forts, c'est de rester au-dessous. C'est de pratiquer l'énergie rentrée. Et par exemple, il faut bien voir qu'aucune description inspirée par la guerre ne surpasse ce qu'on trouve dans cent endroits de ce recueil, de ce vieux livre de lectures pour tous les âges, où je crois que tous les modes d'expression sont contenus, de la satire au surréalisme. On y voit que les maladies mêmes du langage sont de la plus haute, de la plus vénérable antiquité. Depuis que l'homme est, il délire.

— Comment, après cela, y a-t-il encore des gens qui écrivent? se moqua Irène.

— Oh, l'écrivain est de la race la moins propre au découragement, et de tous les hommes celui en qui est la plus vive l'illusion de la nouveauté, ou la propension à l'oubli. Comme parallèlement le public, et les messieurs qui font métier de critiquer (et qui se distinguent de moins en moins du public), ont la mémoire beaucoup plus courte encore, il s'ensuit que toute concurrence est abolie entre les œuvres du passé et les nôtres, et que les plus vieux airs paraissent nouveaux aux uns comme aux autres. Il n'y aurait pas de littérature possible, délicieuse Irène, sans cette entente. Tout va, grâce à cette absence de mémoire parallèle, quoique de nature différente, tout va donc pour le mieux dans le royaume des Lettres, — dont je remarque que vous avez la bonté de vous préoccuper.

— Et la guerre n'en va pas moins bien, dit Irène.

— Avez-vous cru que les écrivains étaient chargés de mettre fin à la guerre? dit-il. Mais, ils ne font que la chanter! Quant à la guerre, la technique a changé, mais l'horreur est la même. Les cadavres d'aujourd'hui ont à peine une tendance à être un peu plus propres que ceux d'autrefois. Il ne faut donc pas s'étonner de ces descriptions bibliques : éternelles comme l'horreur, car, même au laboratoire, l'horreur subsiste, un peu voilée seulement. Et je ne parle pas des inventions récentes, voyages en trains plombés, extermination de races entières, et tout ce qui s'ensuit. Tout cela est décrit dans le Livre. « Vous périrez au milieu des nations. Une terre ennemie consumera vos os... » Etc. Etc. Qu'en pensez-vous ? Hein ? Que pensez-vous de cette anticipation ?

— Quel cauchemar ! dit Irène. Est-ce un discours ?...

— C'est le Discours lui-même. Écoutez, — si j'ai bonne mémoire — voici les grands combats modernes, les batailles de destruction, les « opérations-massacres »... « Les cadavres des hommes tombent à la surface de la terre comme le fumier, comme l'herbe tombe derrière celui qui la coupe, et personne ne la recueille... » Et encore : « On amassera les dépouilles comme on amasse une multitude de sauterelles, et l'on remplira des fosses entières... »

— Oh, fit Irène. Je vous en prie.

— Je croyais que vous m'aviez prié de parler.

— Vraiment, vous appelez cela parler ?

— Comment donc ! Je vous dis que c'est la parole elle-même ! Vous savez ce que disent les gens, quand ils rencontrent une expression un peu forte, un langage adéquat : Voilà qui est parler.

— Comme on dit : Voilà qui est boire, dit-elle en agitant ce qui restait de gin — était-ce du gin ? — au fond du merveilleux flacon de cristal filigrané qu'elle avait tiré d'un coin de la valise. (Il pensa : Elle a emporté cela ! Quelle folie !)

— À quoi j'ajouterai deux choses, dit-il, dont la

première est que, dans une certaine mesure, la noblesse de l'expression voile ici l'horreur, et la seconde… mais ne l'ai-je pas déjà dit ? c'est à quel point, vous pouvez vous en convaincre, le cas d'Hersent devient insignifiant, comme il s'engloutit dans cet indécent tourbillon, dans ce dénombrement où la qualité perd ses droits, — à plus forte raison quand l'auteur, comme ici, découragé par le nombre, renonce au dénombrement. Hein ? Que pensez-vous de ces sauterelles ? Cela n'évoque-t-il pas d'une manière suffisamment cocasse la comptabilité des camps de concentration, et jusqu'à ce renoncement à la comptabilité, cette non-comptabilité, qui représente le suprême degré du Nombre, son triomphe ?

— C'est bien, dit-elle. C'est bien, Guillaume. Je crois que c'est assez pour aujourd'hui.

Elle prononçait ces mots avec rancune, tout en essayant de le calmer.

— Mais il y a beaucoup mieux ! dit-il. Irène, pendant que nous y sommes, il nous faut franchir ce dégoût !

— Oh, fit-elle, impatiente. Franchement, non, je ne vous écoute plus.

Elle était sur son lit, assise, les bras passés autour de ses jambes redressées, la tête sur les genoux, dans une vaste effusion de cheveux. Alors il la revit, à des années de distance, dans une position analogue, sur le divan de la chambre, les jambes ainsi relevées et se baisant les genoux d'un air songeur. Il y avait trois mois qu'elle était tombée malade. Le médecin avait annoncé une longue « convalescence » : on savait ce que signifiait cet euphémisme. Irène n'en avait pas d'abord paru troublée. Elle avait souri à Guillaume qui tentait de la rassurer, et qui le faisait en ignorant. « Ce n'est pas la première fois, avait-elle dit. Il y a quatre ans, déjà… » — « Et tu ne me l'avais jamais dit ? » Ses paupières s'étaient levées sur la

limpidité prodigieuse de ses yeux. « Pourquoi dire ?... »
Guillaume n'en revenait pas. Cette résistance, cette
énergie, ce silence chez une fille qui sous des apparences
indomptables se savait fragile. « Mais ce n'est pas une
maladie, Gui. Tu sais, je suis capable de passer à travers
tout. Dans trois semaines je serai debout. D'ailleurs je
suis sûre que le docteur se trompe. Ce qu'il prend pour
des lésions nouvelles, ce sont des choses anciennes, des
traces inoffensives. Tu sais, dit-elle en souriant, cela est
arrivé à de meilleures que moi. » — « Comme il arrive à
de meilleurs médecins de se tromper », dit-il. — « Oui.
Seulement comme je viens de faire une mauvaise bronchite, alors il croit devoir être méchant... » La nuit,
quand Guillaume venait la rejoindre, elle disait : « Tu
n'as pas peur ? » et il imaginait le froid de ses yeux.
Peur !... Il aurait voulu prendre sur lui le mal d'Irène.
« Il faudrait que tu ailles à la campagne. » — « Nous y
sommes, regarde... » Elle montrait, à travers la grille du
jardin, les feuillages pelés de la banlieue écrasée de
soleil, le long de la route poussiéreuse, dont la blancheur les aveuglait. « Tantôt j'irai me reposer sous les
arbres. Tu transporteras la chaise longue. Tu voudras ? »
Les arbres, — ce que la famille appelait « le petit bois » :
quatre ou cinq ormes, au fond du jardin, serrés les uns
contre les autres et laissant tomber une ombre noire.
Une sorte de nonchalance avait paru depuis peu dans
les gestes d'Irène, dans ses paroles, dans ses intonations.
Guillaume songea à une photographie d'autrefois,
d'avant lui, qui devait correspondre à cette Irène-là, où
elle s'avançait sur une route enneigée, accompagnée
d'un grand chien blanc dont elle caressait la tête, pares-
seusement, du bout des doigts. C'était cette Irène-là, d'il
y avait cinq ans, qui se réveillait en elle, comme si la vie
était faite de cycles au cours desquels nous retombons

pour un temps dans les moules du passé. Guillaume éprouvait une sorte de défaillance à l'idée qu'elle avait pu être pour d'autres yeux ce qu'elle était pour lui en ce moment, cette chose secrètement vulnérable, un peu abandonnée, ce corps dont les muscles enfin au repos laissaient apparaître la délicatesse. C'était alors, un jour qu'elle était étendue dans cette chambre — la famille avait déserté la maison depuis longtemps — qu'elle lui avait appris l'autre nouvelle. Il était allé s'agenouiller près d'elle, l'avait regardée, questionnée. Puis il avait dit : «Irène, je crois que nous devrions nous marier.» «Je ne sais pas... Est-ce nécessaire?...» Il admira, incrédule, et fit un effort pour la convaincre. «Pas ici en tout cas, dit-elle. Il y aurait trop de gens.» C'était une acceptation. «Il faudrait que ce soit dans une petite église de la côte, tu sais, ce coin dont tu m'as parlé?...» — «Ne sois pas trop folle. Tu n'es pas en état d'aller si loin...» — «Je ne veux personne autour de nous, personne tu entends, surtout pas ma famille. C'est une chose qui ne regarde que nous, — n'est-ce pas, Guillaume? Nous partons en voyage, et tout est si simple alors...»

Qu'est-ce qui avait pu se passer les jours suivants? Un soir Irène était revenue accablée. «Le docteur dit...» Elle s'était mise à pleurer. Ce docteur était une femme, c'était le fameux médecin recommandé, en toute bonne foi, semblait-il, par Françoise. Solution commode que Guillaume avait acceptée sans discussion : il n'aimait pas qu'un homme eût à poser sa grosse main sur la chair délicate, sur le haut buste blanc d'Irène. Et tout à coup cette nouvelle, cette absurdité. Il se rappelait son voyage en métro jusqu'à Neuilly, et cette mortelle attente dans l'étroite antichambre du cabinet de consultation où il s'était précipité tout bouillant. Une fois parqué — il n'y avait à peu près que des femmes autour de lui — il n'avait pu s'empêcher de penser que les médecins, comme les gens d'affaires, savent bien que dans l'énervement des attentes les plus belles énergies se défont. Pourtant après cette heure interminable, il avait obtenu presque une victoire. La doctoresse allait en parler à... Qui donc? Un étage au-dessous. Heureuse coïncidence. Il ne se rappelait plus le nom, mais la liste des titres en imposait. Il pourrait aller interroger lui-même le grand homme, dans quelques jours. Comment dans quelques jours? Pourquoi pas tout de suite? C'est qu'il fallait attendre là aussi, demander un rendez-vous, téléphoner. Ah!... Il se rappelait donc cet autre voyage en métro pour aller trouver, pendant qu'Irène était allongée là-bas dans sa chambre, derrière les volets ensoleillés, cet X couvert de mérites dont il eût été présomptueux de se méfier. Rue... Toujours la même rue, elle portait un nom d'arbre. Elle descendait en pente douce vers une petite place secrète, inconnue. Une calme rue tapie dans la fraîcheur. Une échelle de peintre, aux montants bleus, était appuyée au mur, à la hauteur du troisième étage, un homme en blanc ravaudait la façade. Comme tout était précis dans son souvenir! Il s'était arrêté un instant devant l'humble café où il se souvenait d'être entré la toute première fois, pour attendre Irène, lors de sa première visite chez la doctoresse, et d'où il n'avait pas cessé d'observer, pendant une heure, cette façade que des hommes en blanc lavaient, badigeonnaient, caressaient avec de grands gestes paresseux, en chantant et en sifflant... Cette fois il était seul. Il allait interroger lui-même, à visage découvert, l'homme de science. Il monta l'escalier jusqu'au premier, le cœur battant, sonna, attendit parmi les plantes vertes, les pieds sur un tapis beige. Quel goût!... Cela n'avait rien du *no man's land* qu'était le cabinet d'attente des petits médecins. Ici on était vraiment dans l'appartement du monsieur, au milieu de ses collections. Le visiteur était l'objet d'une confiance qui le flattait, où s'évanouissait tout jugement. La porte s'était ouverte… Maintenant, il pouvait entendre encore la voix doucereuse, paternelle, qui le rassurait. « Mais non, mon petit, mais non, il ne faut avoir aucune crainte, tout se passera très bien, c'est classique. » Comme il tenait à le rassurer ! « Mais, docteur, pourtant, si nous désirons… » — « Je ne peux pas vous empêcher de commettre une imprudence, naturellement, mais s'il s'agissait de ma fille… » C'était le suprême argument. Guillaume, très jeune, ébloui par le luxe de ce cabinet, était anéanti de confiance. Y avait-il un coin de son esprit où il fût déjà prêt à accepter la chose ? Lui parut-elle aussi monstrueuse qu'elle aurait dû ? Il était allé rapporter à Irène les propos du médecin sérieux. « Car ce ne sont que des propos. Ce n'est pas un verdict, tu comprends. Nous ne sommes pas forcés d'obéir… » Elle avait pris ses genoux entre ses mains, avait incliné la tête, comme un animal sans défense, et s'était mise à rêver tristement. Puis n'avait plus dit un mot. Jamais.

« Il faut franchir cette difficulté, disait-il. La noblesse de l'expression… Le triomphe du bon goût… Écoutez… » — « Non, Guillaume, je vous en supplie. Taisez-vous. Je ne vous écoute plus… » Était-ce aujourd'hui, était-ce autrefois qu'elle élevait cette supplication, qu'elle refusait de l'entendre ? Elle restait courbée sur elle-même, les draps relevés sur les genoux.

— Au moins, dit-elle, si vous attendiez le jour ?…

Attendre. N'avait-il pas attendu, toujours, pour tout ? N'avait-il pas attendu beaucoup trop ? Été trop patient avec tout le monde ? Accepté trop de choses, de partout ? Attendre le jour !… Cela pouvait-il être le souhait de celui à qui ils continuaient à penser sans se le dire ? Hélas, celui-là avait en commun avec eux, avec les autres hommes, l'horreur de la nuit, et sa situation était telle qu'il ne craignait rien comme le jour. Tout espoir, toute attente, toute lueur étaient poison pour lui. On lui avait même empoisonné cela, ce qui reste à l'insomnieux, *l'attente du jour*, de cette chose qu'un poète, qu'il aimait et connaissait mieux que personne — « connaît », corrigea Irène — que Shakespeare donc appelle si bien — « pardon, appelait », corrigea-t-elle encore — « *the comfort of day* ». Rien ne les touchait jadis, Hersent et lui, dans ces classes où ils piétinaient sur *La Tempête*, comme ce mot. « Fair love, you faint with wandering in the wood, And tarry for the comfort of day... » Comme il sentait bien cela. *Tarry*, ce désir long, et languissant... Car à quel homme n'était-il pas arrivé de souffrir une fois de la nuit, de la lenteur des heures nocturnes, si brèves pour les amants, (si longues pour nous ce soir, Irène !), si longues pour lui, et cependant si courtes, tellement que leur brièveté se confond avec leur lenteur, et qu'il est obligé de les vouloir brèves, car l'attente est toujours affreuse, et que pourtant il les voudrait dilater à l'infini, car ce sont les dernières, et il ne peut échapper à l'horreur de la nuit que par l'horreur plus grande du jour.

— *C'était parmi l'horreur d'une profonde nuit*, se moqua Irène.

— Oui, du Guillaume en riant soudain très fort, l'expression est consacrée, donc inemployable. Mais je suis vraiment attristé. Pourquoi les mots arrivent-ils ainsi à tout perdre de leur force, et pourquoi ce passage, cette expression qui sont si justes, nous font-ils rire ?

— C'est le « parmi », et c'est l'adjectif, et sa place : une « profonde nuit ». Non ?...

— Pourtant, l'expression toute simple, « une nuit d'horreur », appartient au feuilleton.

— C'est le mot « nuit » alors, peut-être, dit Irène. Le mot nuit est déclamatoire en français, dit-elle.

— Comme le mot océan, dit-il. Comme le mot amour. Tous les mots qui veulent dire quelque chose en français sont déclamatoires. Tous ceux qui désignent les choses dont nous vivons.

— Et dont nous mourons, dit-elle.

— Excellente remarque ! dit-il. Il est singulier que nous voilà partis dans un cours de langue. Mais nous ne ferions peut-être pas autre chose après tout si nous étions condamnés à mourir demain. À supposer que par bonheur on nous laissât ensemble…

— N'est-ce pas un peu cela ?… dit-elle.

— Oui. Avec vous ç'a toujours été cela. Mais — attendez (la question était perfide, il évita de justesse un nouveau piège). Attendez… Il me revient quelque chose, un autre passage de notre auteur… Ah, il y a peu d'exemples, je crois, d'une pareille alliance entre une pensée grave et des mots qui soulèvent l'hilarité. Vous vous souvenez, vous avez appris cela vous aussi : « Comment en un plomb vil l'or pur s'est-il changé ?… » Ne trouvez-vous pas, chère Irène, que ce désaccord entre notre langue et nos émotions est des plus contrariants ? Et comment alors exprimer que la nuit est une chose horrible sans employer les mots nuit et horreur ? Comment faut-il parler, Irène, pour se faire entendre ?

— Ne pas se soucier de l'effet, dit-elle. Envoyer promener l'adjectif. Penser à ce qu'on dit.

— Néanmoins vous ne cessez de m'interrompre pour des virgules et cela dans les moments les plus sérieux.

— Je ne le ferai plus, dit-elle.

— Finissons-en, dit-il. Il est près de deux heures.

— C'est encore une façon de dire moins pour dire plus ?

— Voyez au contraire, dans le Livre, combien les mots ont gardé leur fraîcheur d'expression.

— Ce sont probablement les passages où la langue est toute simple, dit-elle, où l'on se sert des mots de tous les jours.

— Peut-être. Mais avez-vous réfléchi que le miracle est d'autant plus surprenant qu'il s'agit d'une forme qui n'est pas fixée, qui est pour ainsi dire inexistante, qui varie d'un traducteur à l'autre ! Songez que quand vous lisez la Bible en français...

— ... Mais c'est une chose que je ne fais pas ! dit-elle.

— ... vous lisez un texte qui est passé par des tas de langues, qui, le plus souvent, a été traduit au moins deux fois, et en général sans le moindre souci d'art. Néanmoins, que vous le preniez ici ou là, cela marche à tout coup, vous recevez le choc, vous y êtes, c'est toujours la formule *ad hominem*. Mallarmé s'est donné infiniment plus de mal pour arriver à un résultat plus douteux.

— J'ai l'impression d'être dans une gare, dit Irène, et que nous attendons un train. J'ai rencontré un monsieur qui, pour faire passer le temps, croit nécessaire de me parler de tout ce qu'il sait.

— Au fond, c'est vous qui l'avez dit, je crois que rien ne nous touche, à travers les siècles, comme la simplicité. Il y a une voix que nous entendons, dans ces vieux textes, un ton de voix, un timbre, — et ce n'est pas la chose la moins étonnante, si l'on songe au nombre des auteurs, aux siècles et aux différences d'éducation qui les séparent.

— Je suis obligée de vous croire sur parole, protesta Irène.

— Voyons !... Mais nous tombons perpétuellement sur des choses qui désarmeraient la méfiance même. « Il prit une des pierres qui étaient là, la mit sous sa tête, et s'endormit. » Quoi de plus nu ? Et qu'est-ce qui pourrait nous toucher davantage ? Il s'agit de Jacob, s'il vous plaît. Et ces familiarités : « Je crois que ce peuple a la tête dure... » C'est Moïse qui parle. Hein ? Et ces tendresses : « J'établirai la paix dans votre pays : vous dormirez sans que personne vous inquiète. »

— Nous y sommes, dit Irène. Ah, dormir sans que personne nous inquiète ! Il n'y a pas à parler autrement pour... pour exprimer cela, l'état de paix.

— Dormir sans inquiétude, reprit-il. Il est étrange que notre inquiétude ait pris la forme de la dissertation.

— La dissertation fait partie de la technique de la sérénité, dit Irène. Rien de tel pour échapper à l'horreur, à la nuit...

— Et à la profondeur, n'est-ce pas ?

— J'allais le dire. Et à la poésie. Aux désordres de l'imagination.

— Il y a tout à parier, dit-il, qu'André Chénier dissertait dans sa cellule.

— Et qu'il écrivait des vers ! s'écria-t-elle, étouffant un rire.

— Écrire des vers : encore un moyen d'échapper à la poésie, dit-il.

— Comme disserter est un moyen d'échapper à la profondeur...

— Encore est-ce un courage !... Oui, heureux qui sait écrire et dévorer ainsi ce qui le dévore, et espérer encore, par surcroît, toucher ainsi la postérité et l'intéresser à son supplice. Garder son individualité jusque dans la mort, ce n'est pas donné à beaucoup. Quand on pense aux tas de sauterelles, et à la chaux vive !...

— Ah, assez, s'écria Irène. Vous n'allez pas recommencer !...

— J'essaye de nous engourdir, de nous délivrer. Ces images, à force de passer sous nos yeux, finiront par être sans pouvoir. Elles vont se feutrer, comme se sont feutrés tous les mots de notre langue. Il doit s'opérer quelque chose d'analogue pour le prisonnier. Ne pensez-vous pas ? Je le souhaite. Je le souhaite tant, Irène. Je le souhaite de tout mon cœur. Sinon, il n'échapperait pas à la folie.

— Je ne sais, dit Irène. Il doit y avoir des pensées qui n'engourdissent pas, qui gardent leur pouvoir à travers toute une vie, qui ne cessent de nous électriser. Ne croyez-vous pas, Guillaume ?...

Il regarda vers elle. Entendre Irène lui poser cette question constituait certes pour lui une minute rare entre toutes.

— La pensée de la mort est de celle-là, continua-t-elle. Non de la mort en général, bien sûr, mais de la nôtre...

— Non la pensée, dit-il, mais la proximité.

— Ou d'autres pensées, non ? dit-elle s'énervant.

— Lesquelles ? dit-il, ouvrant de grands yeux.

— La pensée de ce qui se passe, de ce qui s'est passé. Les choses qui arrivent.

— Sans doute, sans doute, dit-il.

— Il y aurait peut-être là une solution à vos difficultés littéraires, dit-elle, revenant à l'ironie. Si l'on veut que la littérature, ce soit le choc...

— Et si on ne le veut pas ?

— Je pense à ce passage que vous récitiez tout à

l'heure. «Vous aurez une maison et un autre l'habitera ; une femme, et un autre la... »

— Bien sûr, dit-il entrant dans le jeu, tout en se demandant si elle n'était pas en train de se venger, il y a là une solution. Mais c'est confondre la parole et l'événement. Et à ce prix, la meilleure de toutes les solutions, c'est la guerre. Quand les mots perdent leur pouvoir, il n'y a plus que la guerre, — la peine de mort. Grande créatrice d'intérêt! D'où nous revenons aux mots, bien entendu.

— Ainsi les remèdes se tuent l'un l'autre, conclut-elle.

— Comment cela?

— La mort étant un remède à l'ennui, et la recherche de l'expression un remède à la mort.

— Ah, parfait! Ceci est pour les gens qui ne comprennent pas.

— Oui, les lecteurs à l'esprit lent! dit-elle.

— *Bella remedium litterarum*, dit-il. Quand le pouvoir des mots s'épuise, les hommes rédigent des proclamations, des appels au peuple, des bulletins de victoire. Napoléon vient après Voltaire et Campistron, et donne le ton pour un siècle, — comme Mallarmé vient après Napoléon, et ouvre une ère de nouveau traversée de catastrophes. En d'autres termes, le surréalisme mène aussi sûrement aux déclarations de guerre qu'il en sort. En d'autres termes encore, quand le mot s'use, quand la phrase devient sans pouvoir, quand le dernier degré de la complication, du raffinement ou du pompiérisme est atteint, il n'y a plus que l'appel aux nerfs.

— Ou à l'esprit?

— Ou au contre-esprit, à la non-intelligence. On se lance dans l'hermétisme comme dans la guerre. L'hermétisme, c'est une guerre de moins... Ou... Ou un enfant de moins.

Il crut qu'elle allait se précipiter sur lui. Mais elle n'avait fait que sauter du lit dans un grand rire frénétique et s'était mise à courir dans la chambre, avec une gesticulation bruyante, qui pouvait faire supposer que cette conversation n'était pas inoffensive, ou qu'elle avait trop duré, et qu'il lui fallait à tout prix échapper à la circonstance. Enfin cette danse autour du lit s'acheva, en apparence du moins, par quelques mouvements de gymnastique entre le mur et le pied du lit : le pont, la roue, l'éventail, il y avait de quoi éblouir. Guillaume était médusé. Cette revanche de la vitalité d'Irène sur la sévérité du moment le déconcertait, l'enchantait aussi. Elle avait réussi à dissiper son fou rire, son rire de folie, en mille mouvements gracieux et disciplinés, à l'enchaîner par le rythme et le calcul, — et il la sentait capable soudain de beaucoup d'autres victoires. Mais peut-être, par cet excès de mouvements, cherchait-elle seulement à se réchauffer, car la chambre était de plus en plus froide. Après quoi, toutes lumières allumées, Irène marqua une répugnance invincible à regagner son lit.

— Il n'y a plus qu'une chose à faire, dit-elle. Si nous sortions ?...

— Vous n'aurez pas froid ?

— Moins qu'ici ! La nuit est claire... Ah Guillaume ! J'aimais tant la plage la nuit, l'été, sous la lune.

— Plage, nuit, été, lune, dit-il. Les mots ne vous font pas peur.

— Souvenez-vous, dit-elle : on ne distingue que l'écume des vagues, et tout le reste est brouillard et encre. Et la dune... Vous savez comme le sable garde longtemps la chaleur. Sous la couche froide, on trouve encore, très tard, une couche tiède, comme une peau d'animal.

— L'ennui, dit-il en se levant, est que nous ne pourrons jamais nous faire ouvrir la porte. Ils doivent tenir cela solidement verrouillé. Et nous ne pouvons pourtant pas réveiller ces pauvres gens.

— Il suffira d'ouvrir une des fenêtres du bas, et de l'enjamber.

— Et de souhaiter, pour le coup, qu'ils ne se réveillent pas pour la fermer, dit-il.

XIX

Cette sortie avait été pour elle l'occasion d'enfiler un pantalon tiré il ne savait d'où, et elle était charmante dans sa minceur, petite silhouette faussement masculine que dévorait un flot de cheveux. Une pente se dessinait, bien nette, devant la maison, et la moindre brindille griffait de son ombre cette surface lumineuse et mate, cette matière enchantée où les paquets de neige amoncelés sous les arbres brillaient d'un éclat plus cru, comme un rappel un peu triste. Ils montèrent d'abord en silence. Mais bien qu'il n'y eût aucun vent, ils furent assez vite essoufflés. Comme Guillaume la devançait, Irène le retint par le bras.

— Vous marchez sans rien voir, dit-elle. Et, lui montrant le ciel : Regardez.

Il regarda.

— Je vois, dit-il.

Il ne lui dit pas que cette vue l'accablait. Il baissa la tête, un peu honteux de ce luxe, là-haut.

— Je voulais vous montrer le ciel, dit-elle. Auriez-vous le courage de lever haut la tête ? À cette heure-ci, Véga, non, Déneb, est au zénith. Vous voyez ?... Celle-ci, bleue, celle-là, jaune, celle-là, rouge, cela fait un vaste triangle si l'on regarde bien : Véga, Déneb, Altaïr. Il se peut que ce soit l'inverse, mais ce sont ces trois-là. Véga, de la Lyre ; Déneb, du Cygne ; Altaïr, je ne sais plus. Les hommes qui ont trouvé ces noms faisaient un bel emploi de leurs nuits, ne trouvez-vous pas ?

— C'est encore une façon de congédier la mort, dit-il. Mais vous avez raison, quelle belle nuit ! Et ce bruit d'eau qui cogne au loin derrière le bois...

Il regardait la lumière éparse sur cette pente lumineuse, cette lumière sans source visible. Ils n'étaient pas seuls en cet endroit, car ils étaient au centre du rêve humain. L'horreur a beau être ; l'homme écoute toujours ces deux chants alternés, que murmure la béatitude et que clame la violence. Leurs échos depuis des siècles les accompagnaient tous deux à travers cette marche dans la nuit la plus transparente de l'année. Il n'imaginait pas au monde un être qui ne fût sensible à cet enchantement si secret, et qui n'en eût le cœur déchiré. En même temps il était étonné de ce qui, tout à coup, ressemblait à une réussite : cette pente sous leurs pieds, — si pareille à ce qu'ils avaient entrevu quelques jours auparavant, en un éclair, dans la boutique du marchand d'images. Cette « Plage de Scheveningen », ils ne la verraient peut-être jamais, mais la même lueur devait l'emporter ainsi cette nuit même, et la dune devait luire exactement ainsi, et à la crête des vagues silencieuses, luire la lune dans la même absence de vent... Guillaume entendit la voix d'Irène.

— Ce n'est pas le jour, dit-elle, ce n'est pas la nuit, c'est un jour plus pur, décanté.

Il s'arrêta, singulièrement frappé.

— M'avez-vous déjà dit cela aujourd'hui ?... demanda-t-il.

— Mais non. Pourquoi ?

— Quelqu'un déjà a dit cela, a rassemblé ces mots.

— Vraiment?...

— Oui. Les mêmes. Un poète étranger, — tenez-vous bien, quelqu'un comme Milton ou Shakespeare... Vraiment, vous ne reconnaissez pas?

— Excusez-moi, dit-elle en riant.

— Mais au contraire!...

Il aurait voulu lui avouer le plaisir qu'il avait à retrouver ce qu'il avait toujours si fort admiré chez elle, cet accord entre son instinct et le monde, si complet qu'il lui faisait perpétuellement redécouvrir tout ce qui avait été dit. Mais c'était bien impossible à exprimer.

— Quelle solitude, dit-il, que celle où nous sentons les hommes du passé si près de nous! Nos vrais contemporains, Irène, ce sont les hommes qui ont senti cela comme nous, ce sont les siècles présents au fond de nous, dans un mot, dans une phrase que nous nous rappelons, et qui nous touche... Il est délicieux que vous ayez dit cela en même temps que je l'éprouvais si fort.

— Est-ce si étonnant? Puisque nous sommes là tous les deux...

— Nous ne nous sommes pas vus depuis six ans, mais devant une telle nuit ce sont les mêmes images, les mêmes mots, le même bonheur qui nous arrivent, — et qui nous arriveraient aussi bien, je suppose, si nous étions séparés, moi ici, et vous, par exemple, sur la plage de Scheveningen, la vraie, ou en Californie.

— Ou à Sigmaringen, dit-elle.

— Pourquoi Sigmaringen?

— Pour la rime. Les hasards auraient bien pu me faire aller à Sigmaringen, non?

— Pas les hasards, Irène. Pas les hasards!... Oh, vous ne m'écoutiez pas! Pourtant, dites, n'est-ce pas un peu cela, être ensemble? N'est-ce pas ce que j'essayais de vous dire, cette rencontre, même dans l'absence?...

Ils avaient recommencé à monter. Il se disait que son langage devait paraître à Irène celui d'un homme inguérissable. Le silence était légèrement suffocant : on ne peut rien dire du silence. La nuit était claire, — une lumière dont on ne peut rien dire. Mais tous les cœurs des hommes s'étaient ouverts pour cette lumière.

— Autrefois, dit-il, les hommes osaient exprimer ces choses, osaient réciter l'univers...

Ils parvinrent sur une petite crête de sable. Le spectacle était tel qu'elle s'arrêta. Elle s'était mise contre lui. Il crut sentir son bras qui l'entourait.

— On n'a pas le droit de priver un homme de cela, dit-elle, de la vue des arbres, du ciel.

Maintenant ils marchaient sur la crête. En bas, dans les fonds, brillaient des petits tas de neige qui avaient été préservés. Un toit luisait au loin, derrière les arbres : celui de la maison qu'ils avaient quittée. Guillaume croyait entendre depuis un moment une voix discordante s'élever dans les intervalles de leurs cantiques. Ou le gênait-il de percevoir le son que prenait son propre sentiment en passant par la voix d'une autre ?

— L'ambition rend l'homme méchant, dit-il, si brusquement qu'Irène, interdite, s'écarta de lui. La société est responsable de ses ambitieux. Je ne voudrais tout de même pas que nous soyons en train de perdre notre temps à nous émouvoir sur la fin d'un Julien Sorel.

Irène demeura un moment sans réplique. Elle alla chercher très loin les sons qu'il lui fallut proférer pour sa réponse.

— Vous avez des jugements, dit-elle, des mots... Est-ce bien vous que j'entends ?

Il ne savait trop ce qui lui arrivait soudain.

— Il se peut que nous soyons bientôt fatigués d'entendre protester contre des procès de ce genre.

— Ah, dit-elle, visiblement affectée ; vous voici du côté des justiciers !

— Non. Mais du côté de la justice.

— La justice ! C'est vous qui parlez de la justice !

— Vous ne croyez pas à la justice ? Ce serait tellement plus simple !…

— Comment y croirais-je ? dit-elle. L'accusateur, l'accusé… Est-ce qu'il y a quelqu'un qui y croit ?… Et nous-mêmes… Comment faire pour peser des pensées, et décider si elles sont ou non criminelles ?

— Je ne désire pas entrer dans les détails de cette affaire, dit-il. C'est déjà trop qu'elle soit possible. Nous n'allons pas nous mettre à apprécier avec des balances le degré de pouvoir de l'esprit.

— Et si personne n'avait lu les articles que l'on incrimine ? dit-elle, batailleuse. À combien de lecteurs commence le crime ?

— Nous retombons dans la sophistique. Il faut laisser là ces arguties. Un homme qui s'exprime publiquement, qui s'imprime, est responsable devant le public. C'est ce qu'on vient de voir.

— Est-ce que justice a été rendue sur la question posée, ou venons-nous seulement de voir un régime, ou moins encore, un parti, se débarrasser d'un adversaire ?

— Il ne peut en être autrement, dit-il. Un Napoléon ne peut sans candeur compter sur la justice des Anglais.

— Mais qui peut lire sa Lettre aux Anglais sans en être bouleversé…

— Être bouleversé ne fournit pas un argument de plus en faveur d'un homme.

— Tant de candeur compense peut-être l'ambition, suggéra Irène.

— C'est la candeur finale. Un homme, retombé de

ses espoirs, de ses visées somptueuses, des péripéties de la lutte, retrouve son enfance. C'est très touchant, je vous l'accorde. Cela ne permet pas de le sauver. Les plus grands criminels, je crois, les plus vulgaires assassins se troublent quand tout est fini, ils s'attendrissent. Ils feraient confiance au gendarme, si par profession le gendarme n'était sans pitié. C'est le moment où l'assassin contemple le président du tribunal comme il contemplerait son père. Ces moments sont durs pour tout le monde. La justice considère l'homme dans l'abstrait. Elle ignore l'homme charnel. Le couperet est tout intellectuel : aigu, luisant, et froid, il a tous les attributs de la lucidité, — et, c'est horrible à dire, de l'esprit. Comment dites-vous ?

Elle avait remué les lèvres.

— C'est ce voisinage entre l'ambition et la candeur... Cela fait frissonner...

— Oui, on ne peut qu'être saisi à l'idée de cette légère entaille par où passe la pointe du destin, de ce moment où ce qu'on appelle le fléau de la balance commence à pencher. Les hommes que l'on juge en ce moment, j'imagine qu'ils ont dû commencer à ressentir, assez horriblement, ce frisson-là, au cours d'un certain été, — et d'autant plus horriblement qu'il leur fallait supporter autour d'eux l'allégresse, le renouveau d'espoir de tout un peuple. C'est à partir de ce moment qu'on a pu faire la somme de leur courage. Comme chaque date, comme chaque événement résonnait au fond d'eux : le débarquement en Sicile, l'effondrement de l'Italie, Stalingrad !...

— Vous vous intéressez beaucoup à la psychologie... insinua Irène.

— Un siècle après, cela devient poésie. Je pense à ce moment précis où la « chance » tourne, où l'aiguillon commence à chatouiller la peau de ceux qui jusque-là l'avaient regardé s'enfoncer dans la peau des autres. Cela a la précision, la fatalité d'un mécanisme d'horlogerie. Rien de moins fatal, bien entendu. Je nous revois encore, Hersent et moi, écoutant l'étonnante scène de *Richard III* où... Ce partage entre les bons et les méchants, enfin reconnus pour ce qu'ils sont, cette alternance des voix : *Vivez et florissez... Désespère et meurs...* Oh, ce *Despair and die!* Si vous aviez entendu cela comme nous!... Mais laissons le théâtre; que cherchions-nous? La ligne de clivage entre l'ambition et la candeur. Supposons que l'homme ait réussi : le voici puissant, assis dans quelque ministère, à sa table d'acajou bordée de cuivre, devant l'inévitable vase de Sèvres qui trône au milieu de la cheminée et deux ou trois choses sur sa table, destinées à impressionner, ou bien le vide complet et un tout petit bloc-notes sur lequel il laisse tomber de temps à autre un signe distrait. Il reçoit, éconduit, fait attendre, décide, change le monde, envoie d'autres hommes en prison, ou au gibet. Mais il y a eu cette petite hésitation du destin, ce tremblement d'aiguille. Le destin a tourné. L'homme n'y pouvait plus rien, dès l'instant où il avait choisi. En une nuit, il est devenu un traître. On va le prendre, lui lier les mains, l'attacher à un poteau, fixer un bandeau sur ses yeux, — tandis qu'il pense aux petites photos d'amateur qu'il a glissées dans la poche de sa veste : tout ce qui lui reste d'une vie.

— Taisez-vous, dit Irène.

— Il est redevenu l'enfant, le pauvre bougre que nous gardons tous au fond de nous, et il retrouve le sentiment qui suffit aux pauvres bougres pour une vie entière, — le geste du soldat dans la tranchée, du maquisard au repos. Ces photos passées de main en main, dans les abris... Dans certains cas, ça devient vite dégoûtant.

Irène martelait le sol du pied. Elle lui frappait le dos à coups de poing.

— Taisez-vous, mais taisez-vous !...

La lune était tout à fait levée. Le ciel s'écartelait sur leurs têtes, le sable étendu sous leurs pieds scintillait de tous ses grains. Les ombres délicates de quelques arbustes dépouillés, les grandes flaques d'encre des bosquets agitaient extrêmement leurs cœurs. Il y avait longtemps déjà qu'ils se trouvaient dehors et ils sentaient leurs membres lourds de fatigue. Mais le froid leur interdisait toute mollesse. La nuit serait encore longue, heureusement. En ces journées du profond hiver, le jour ne vient guère avant huit heures. Mais Irène paraissait distraite de tout cela et, pour dire le mot, écœurée.

— Si nous rentrions ? proposa-t-elle.

Ils avaient quelque temps tourné autour d'un petit bois, marchant sans se soucier de rien, et il imaginait combien il serait facile de s'égarer. Tous ces petits bois se ressemblaient, et déjà ils ne retrouvaient plus leurs traces. Là où la neige avait complètement fondu, où le sol était sec, le sable était glacé, et ils glissaient. Irène s'arrêta pour reprendre souffle. Il s'arrêta près d'elle. Les étoiles s'étaient légèrement inclinées et, comme la pente descendait sous leurs yeux, ils ne pouvaient se dérober à elles. Irène fit un geste vers le ciel, mais un geste écourté, presque violent, comme si elle voulait, en même temps que lui désigner cette fête extraordinaire, en faire grief à quelqu'un, comme d'une illumination à contre-temps, trouver un responsable à cette orgie. Ainsi rouvrait-elle à Guillaume la veine des plus beaux, des plus étranges souvenirs, mais c'était pour les mieux refuser. *En moi depuis toujours, sous des couches d'oubli volontaire et la dureté des gestes quotidiens n'avait cessé de vibrer ce ciel impondérable, comme le souffle même de notre vie. Fair love !...* Mais soudain Irène jeta un cri. Elle descendit la pente aussi vite qu'elle pouvait, atteignit le chemin, et se mit à courir.

XX

Rentrés, après une course folle, ils s'étaient abattus
sur les lits comme si une force invisible les avait roués de
coups, se servant contre eux des pouvoirs de la nature,
de la vigueur du vent. Furent-ils réveillés par leurs
pensées, par une sorte d'inquiétude commune, ou par
le bourdonnement des avions qui passaient haut dans le
ciel?... Toutes les nuits, comme le leur avait expliqué
l'hôtelier, les avions passaient ainsi et ils savaient qu'ils
n'avaient rien à en craindre ; mais ce grondement dans
la nuit résonnait lugubrement, et ces trains d'avions se
déplaçaient comme une fatalité. Ils écoutèrent le grondement s'éloigner, puis une sorte de légère onde sismique
agita mystérieusement la maison, et sur la tablette du
lavabo les verres se mirent à vibrer. Loin vers l'est,
derrière les arbres, une rougeur s'éleva.

Ce fut à ce moment qu'Irène, alléguant leur sortie
au grand air, se découvrit une grande envie de manger,
et de faire un feu de bois. Il la retrouvait toute dans
cette extravagance. Que de nuits passées à des occupations singulières, lorsque tout lui paraissait meilleur
que de dormir. Mais ici... La chambre comportait en
effet une cheminée, mais pouvait-on espérer qu'il y eût
du bois tout prêt derrière le tablier de tôle ; et quant à

manger, les petites provisions d'Irène paraissaient insuffisantes à satisfaire le moindre appétit réel. La peur d'être pris pour des voleurs ne les retint pas long-temps de s'aventurer dans les salles du rez-de-chaussée et d'en ramener quelque nourriture, ainsi qu'une brassée de bûches de pin, — de quoi ils déposèrent un mémoire bien en vue sur l'ardoise du comptoir. Guillaume complimenta Irène d'avoir révélé en cette occasion des qualités presque égales aux siennes.

— C'est le charme des temps troublés, dit-elle, de permettre des gestes qui sortent de la ligne convenue.

Il allait ajouter quelque chose, mais elle poussa un guéridon sur le côté du feu — et il crut voir le guéridon de toutes les chambres de leur vie, semblable à celui qu'il revoyait en effet si souvent lorsqu'il pensait à Irène. Assis devant elle maintenant il voyait le feu enflammer ses cheveux, l'entourer d'une sorte de halo. On frappa à la porte. L'hôtelier, un bon gros homme, réveillé par le bruit des avions et le remue-ménage de ses clients, avait, dans la précipitation de son réveil, imaginé on ne sait quel malheur. Ils le mirent au courant de leur activité, dont le résultat s'étalait sous ses yeux. L'homme avait dans les bras un gosse de douze à dix-huit mois, qui souffrait de quelque mal, et l'on n'aurait pu dire s'il était monté pour s'informer ou pour promener l'enfant, afin de lui faire prendre en patience la longueur de la nuit. Il était à cet âge où le besoin de compagnie, des expériences variées, des appréhensions vagues, se donnent facilement les dehors de l'affabilité. Irène, désireuse de le battre sur ce terrain, ou en vertu de la faculté qu'elle avait toujours eue de s'intéresser à autrui, entreprit de lui poser toutes sortes de questions. Le père mit sur ses pieds l'enfant qui, ravi d'être libre, se mit à fureter dans la chambre, tandis que le gros homme évoquait, un peu lourdement peut-être, sa prospérité d'avant-guerre. Il fallait supposer d'ailleurs que, depuis lors, le marché noir avait dû lui offrir des ressources, car sa mine était toujours prospère, si sa maison momentanément avait cessé de l'être. On avait d'ailleurs à peine envie de lui en vouloir, tellement il avait un air propre et honnête, et tellement le bambin lui ressemblait, ce qui donnait l'idée d'une dynastie un peu comique, mais imperturbable, maintenue à travers vents et marées. Au reste l'homme avait des manières, et sa ventripotence, qu'il portait noblement, ne faisait qu'ajouter à sa dignité. Le gosse continuait à se promener en titubant, les pieds rentrés, la mine tout à coup réjouie, jouant avec les courroies du sac à main d'Irène et répondant à ses amabilités par de joyeux grognements.

— Quelle confiance, dit Irène, il ne comprend pas mais il est content. Il pense que tout ce qu'on lui dit est dit pour lui être agréable.

— Il a oublié son bobo, dit Guillaume. Il croit que le monde est entièrement bon, qu'aucun mal ne peut lui arriver.

— C'est ainsi qu'il faut être, dit Irène.

L'hôtelier, devenu presque leur invité, car ils l'avaient établi avec soin près du feu, approuva avec un sourire poli. Il ne s'élevait pas jusqu'aux sous-entendus de cette métaphysique.

Enfin après avoir constaté que tout allait bien pour eux comme pour lui, et pris note de leurs acquisitions, il se retira sur ses pantoufles, avec une discrétion fort opportune.

Comme il l'avait retrouvée dans son extravagance, Guillaume la retrouvait dans cette passion qu'elle avait, à certains moments, pour le mutisme. Il pensa qu'il n'aurait jamais de meilleure occasion pour lui parler ; et il attendait de la sentir tout à fait tranquille, lorsqu'elle se leva pour aller s'agenouiller devant le feu, prit une braise, et alluma minutieusement une cigarette. Il y avait quelque chose de recueilli dans ce geste, qui le fit taire. S'il n'avait vu les pincettes trembler à peine entre ses mains, Guillaume aurait pu croire qu'elle n'avait aucune raison, cette nuit-là, d'être nerveuse. Subjugué, il ne put qu'imiter son geste. Agenouillé près d'elle, devant la pierre de la cheminée, la braise incandescente fit rougir son visage après celui d'Irène. Ils demeurèrent là quelques instants, côte à côte, dans une fascination égale. Si distinctement tout à coup il se revit avec elle dans cette cabine de plage, devant le gris de la mer, pensant : « Que faisons-nous tous les deux assis sur cette banquette de bois à regarder la mer, alors quelle m'attend là-bas à un autre rendez-vous ?... » Et un instant après : « Il faut que notre vie change. Il me faut faire quelque chose pour Irène, pour nous. Je lui dirai... » Une idée folle lui traversa la tête. Y a-t-il des choses, se dit-il, qui cessent un jour d'être possibles ?... Irène s'était glissée sur un coussin, lui en tendait un autre. Les bûches jetaient des étincelles, craquaient de toutes leurs fibres. Après cette course dans le froid, ils n'avaient plus de résistance à opposer à l'engourdissement. Les flammes montaient tout droit, bleues à la base, rougissant du bout. Guillaume revoyait les tulipes devant lesquelles il s'était réveillé un matin, leurs têtes penchées sur le guéridon noir, dans leur vase noir. Il sentit un poids sur son épaule, le poids d'Irène qui avait posé son bras sur lui, qui s'appuyait. Il ne sut combien de temps s'écoulait ainsi.

Peu ou beaucoup, je ne puis le dire, mais pendant ce temps tout fut possible, je pouvais attacher Irène à ma vie, recommencer avec elle ce que j'avais manqué avec elle, dans une

répétition indéfinie, comme si elle était toujours disponible,
comme si sa vie en dehors de moi avait été une page blanche,
n'avait pas compté. Je revivais ces journées où le vent soufflait
en tempête, où la mer ne cessait de gronder, dans une grande
clameur uniforme qui, comme les cuivres de Wagner, nous
obligeait à nous tenir sans cesse l'âme haute. Les tulipes
brûlaient silencieusement sur le côté du guéridon noir (Irène
n'avait jamais pu supporter des fleurs au milieu d'une table).
Je me revoyais lui disant : «Je souhaite que tu reviennes ce
soir, mais bien entendu si tu ne peux pas... Je t'attendrai
jusqu'à dix heures. N'aie pas froid... » À peine s'était-elle
éloignée que mes yeux tombant sur une robe qu'elle avait laissée
sur une chaise j'eus envie de courir après elle pour lui dire le
mot que depuis si longtemps elle attendait dans un si parfait,
un si horrible silence. «Demain », me dis-je. Mais pourquoi pas
ce soir ? Pourquoi attendre, quand on peut dire oui ?... Hélas,
elle était déjà trop loin.

— Guillaume, lui dit-elle tout à coup avec ce sourire
presque fané qu'elle avait parfois, que regardez-vous
ainsi dans le feu ?...

Ce qu'il regardait ? Son droit et ses torts inextrica-
blement mêlés. Son désir qu'Irène lui expliquât les
choses, ou plutôt, non pas Irène, mais « quelqu'un »,
quelqu'un qui eût été à la fois elle et lui, et qui eût
compris mieux qu'elle, mieux que lui, mieux que tous
deux ensemble, ce « contemporain » qu'il avait passé sa
vie à attendre, et qu'aujourd'hui il aurait voulu être
pour Hersent. Avait-il trop compté sur cet être équitable, sur ce jugement que l'on ne discute pas ? Il avait
été odieusement naïf. Oui, il comprenait du moins ceci :
que la naïveté peut être odieuse. Croyait-il, dans sa
candeur, avoir jamais mérité la haine de personne ?
Comme s'il fallait pour cela avoir fait quelque chose !
Croyait-il que ses meilleurs amis, chose pourtant natu-

relle, l'avaient détesté pendant trois ans à cause de son bonheur avec Irène, et que dès qu'ils l'avaient senti moins sûr ils avaient aussitôt pris le parti de tout ce qui pouvait en hâter la ruine, les uns pour lui démontrer l'erreur d'un excès de confiance dans la nature humaine, les autres par une pente marquée pour les catastrophes, et parce qu'il ne convenait pas qu'un de leurs amis fût trop heureux ? Il commençait à comprendre ce qu'il y avait eu de particulier, d'important, dans l'acte de noter ce qu'il avait noté ce jour-là sur une page de son carnet, et cela bien avant qu'Irène ne lui eût posé la question dans la cabine. Il avait longtemps gardé sur lui ce petit carnet sur une page duquel il avait écrit : « Demain je parlerai à Irène. » Cette phrase jetée sur un carnet, c'était quelque chose de religieux. Religieux, parce que ce défi à la raison, aux lois naturelles — épouser Irène ! pourquoi pas épouser le feu ? — ne pouvait avoir aucun sens dans le monde humain. Il avait eu l'occasion de remarquer à deux ou trois reprises ce qu'il lui fallait bien appeler, après d'autres, la « légèreté » d'Irène. « Ce qui m'éblouit chez elle, disait Françoise, c'est sa légèreté, cette aisance à vivre. Je me sens un éléphant à côté d'elle. Il y a une lourdeur dans chacun de mes mouvements intérieurs... Et pas seulement dans ceux-là !... » ajoutait-elle en riant. Attirés par l'étrangeté du site et par leur solitude même, ils avaient vu venir à eux cette année-là un certain nombre d'amis, et même de simples « connaissances », de sorte qu'ils s'étaient installés dans une vie un peu trouble, où beaucoup de rencontres étaient possibles. Or cette légèreté dont parlait Françoise entraînait parfois Irène un peu loin à ce qu'il semblait, comme, cette fois-là précisément où — c'était à peine quelques jours après la phrase notée sur le carnet, il avait à peine un peu de retard sur sa promesse

— comme il pensait à ce qu'il voulait lui dire, elle lui avait annoncé tranquillement qu'elle allait passer son après-midi chez madame Barsac, que madame Barsac s'était foulé un pied, qu'elle avait des angoisses nocturnes, qu'elle resterait peut-être près d'elle la nuit pour la veiller. « Elle est obligée de rester sans bouger, tu comprends, expliquait-elle, cela la rend très malheureuse. — Mais comment cela a-t-il pu lui arriver, disait Guillaume, elle qui ne sort jamais ? — Justement, c'est en descendant son escalier, c'est encore plus triste. — Mais, dit-il, n'est-elle pas très entourée ?... — Oh elle ne connaît guère que ce petit professeur de russe, tu sais, ce petit bonhomme que je t'ai montré, celui qu'on appelle le petit José. » Et il avait dit : « Mais, voyons, tu as déjà passé toute une nuit près d'elle, Irène, si elle a tout le temps besoin de quelqu'un, pourquoi n'essaierions-nous pas de lui trouver une garde, une infirmière ? » Elle l'avait considéré avec reproche, de ses grands yeux trop clairs, puis s'était mise à arranger des tulipes dans ce pot noir en forme de boule qu'elle traînait partout avec elle depuis qu'il la connaissait. « Remarque, il n'est pas impossible que je revienne, cela dépendra si elle craint d'avoir une crise ou non. » — « C'est une bien fâcheuse complication, dit-il. Elle abuse un peu de toi, ne crois-tu pas, Irène ? Je voudrais bien que tu puisses lui faire comprendre... » — « Bien sûr... » dit-elle. Mais déjà il y avait quelque chose qui se figeait dans la profondeur étale de ses yeux. Maintenant elle fixait avec application une assez large broche sur son chandail jaune. C'était un petit cheval doré avec une selle blanche, étoilée de pierres multicolores, et une pierre rouge pour l'œil, et qui piaffait gaîment, impatient de s'élancer. Le chandail était brodé de loin en loin de toutes petites fleurs rouges. « Eh bien, dit-il, va... On doit t'attendre. »

Elle vint l'embrasser. « Tu n'es pas triste ?... » Naturellement, elle aurait bien voulu, en plus, partir la conscience tranquille, elle aurait bien voulu pouvoir s'amuser loin de lui sans arrière-pensée. « Je souhaite que tu reviennes ce soir, dit-il. Je t'attendrai jusqu'à dix heures... Ne prends pas froid... » Il avait regardé décliner contre les bois le soleil de cette journée irréprochable. À dix heures tout était froid et noir, les étoiles apparaissaient dans des gouffres creusés entre les nuages. Irène n'était pas revenue. Il lut jusqu'à deux heures, puis éteignit. Il se réveilla devant les tulipes. Les trois calices incandescents dans le premier rayon clamaient l'absence d'Irène.

Il était jeune. Il n'avait jamais eu de sa vie un réveil triste. Toutes les paroles prononcées la veille lui revenaient subitement en mémoire et, pensant à la réflexion de Françoise, il aurait souhaité à Irène un peu plus de lourdeur dans les mouvements, ou un peu moins de mobilité. Il eut de grands raisonnements à faire ce matin-là pour se persuader qu'il n'avait aucune raison de ne pas être parfaitement à l'aise. Les yeux ouverts devant les hautes tulipes sanglantes jaillissant de la boule noire, sur le côté du guéridon noir, il n'avait pas le courage de se lever pour aller chercher le plateau du déjeuner qu'Irène avait si soigneusement préparé avant de partir ; il avait à apprendre des gestes nouveaux, comme un homme qui a changé de vie. Il se souvint tout à coup, à travers un brouillard, de ce qu'il avait décidé la veille, avant qu'Irène ne lui fît part de ses projets de sortie. Il s'était peint longuement la joie d'Irène ; lui-même avait connu, l'espace d'une matinée, une véritable paix. Il n'y avait pas même ce léger sentiment de sacrifice à accomplir qui ne contribuât à ces dispositions élevées. Il avait été jusqu'à lui dire : « Tu sais, demain, il y aura une surprise... » Hélas, pourquoi demain, pourquoi garder toujours une possibilité de repli, une sinuosité dans la profondeur de l'âme, alors qu'il aurait dû être tout lisse devant elle, alors que toute la noblesse était là. Il ne savait comment ce « demain » s'était glissé dans cette malheureuse phrase, mais à cause de ce mot, — si menu, si rapide à prononcer — Irène n'avait pas entendu les autres, — ce qui devait arriver « demain » ne l'ayant jamais intéressée — et durant le temps qu'il prononçait ce mot si bref, une porte s'était ouverte, par où elle était partie.

Quelle heure pouvait-il être quand il entendit un pas dans l'escalier ? La porte de la chambre s'ouvrit, et il la vit entrer, mince et droite dans le petit costume brun qui la serrait aux hanches, les cheveux admirablement peignés, divisés par une raie au milieu du front, et bouffant en petites vagues de chaque côté de cette ligne, entremêlant les courbes et les boucles avec une sorte de frénésie appliquée et savante. Un étroit velours noir lui serrait la tête, apparaissant au milieu de ce désordre étudié. Jamais il n'avait vu une fille dont la chevelure fût naturellement aussi belle, ni plus attentivement soignée. L'impression même d'étude était superficielle ; car elle disait toujours que « cela s'arrangeait tout seul ». Il la vit s'avancer. Ses lèvres frémissaient dans son visage aiguisé par la lumière. « Eh bien, dit-il, elle t'a donc gardée ?… Tu dois être fatiguée après cette nuit passée à veiller — quoique je voie que tu as bien joliment discipliné ta fatigue », ajouta-t-il en élevant les yeux vers sa chevelure. Elle était restée à une certaine distance de son lit, debout, et n'en finissait pas d'ôter ses gants, des gants de laine jaune qui s'accordaient avec le pull brodé de petits bouquets de fleurs inégalement répartis, dont l'un se gonflait sur le sein gauche. Tout cela en somme était normal, tout se passait comme il était prévu, et pourtant avec un regret insidieux il sentait qu'une journée commencée ainsi ne pouvait plus être la journée merveilleuse qu'il s'était promise. « Tu étais encore au lit ? dit-elle. Tu n'as pas déjeuné ?... » — « Non... » — « Veux-tu que je t'apporte ton déjeuner ?... » — « Mais bien sûr... » — « Après cela j'irai téléphoner à madame Barsac. » Elle vit qu'il voulait répondre, mais il lui fallut un moment pour pouvoir le faire. « Vraiment ? » dit-il. — « Oui pour savoir si elle veut toujours que je lui trouve quelqu'un pour ce soir. » — « Mais, dit-il, Irène, vous m'étonnez, n'a-t-elle pas de nombreux amis ? » — « Quels amis ? » — « N'y avait-il donc personne auprès d'elle hier soir ? » — « Oh, dit-elle en secouant mollement ses gants l'un contre l'autre, il y avait là son professeur de russe... je t'ai déjà parlé de lui, José, le petit José. C'est agaçant il est tout petit, il ne dit rien et reste là pendant des heures à vous regarder. » — « Il a passé des heures à te regarder ? » — « Des heures, non, mais assez long-temps pour m'ennuyer. Oh j'avais hâte de revenir, Guillaume ! Mais quand on a commencé une chose... Pouvais-je quitter madame Barsac à trois heures du matin ? » Ses yeux disaient : « Crois-moi. Je te dis la vérité. Je ne fais rien de mal. Je te supplie de croire que je ne fais rien de mal. » Il voulait dire : « Bon, je te crois. » Car c'était sans doute là tout ce qui restait à dire. Mais il ne put que proférer un mot : « Irène... » Elle s'approcha, se pencha sur lui, posa ses mains froides, dégantées, sur les siennes. « Quoi, mon chéri ?... » Ah, comme elle disait cela, comme son geste était persuasif. *Je la croyais, je la croyais.* Une voix ne cessait de clamer avec chaque battement de son cœur : « Je te crois, je te crois, je te crois », comme si cette voix était chargée de lui insuffler la confiance, comme si le fait pour cette voix de s'ar-rêter un seul instant pouvait produire une catastrophe, ruiner sa vie. Il ne pouvait pas faire autrement que de la croire. Il avait été habitué, depuis qu'il la connaissait, à la croire. Un monde où Irène aurait dit autre chose que la vérité était pour lui un monde inconcevable. Sa respiration était un acte de foi dans Irène. C'est pourquoi, ce matin-là, et les jours qui suivirent, il crut Irène. Il la crut, et pourtant il ne parvint jamais tout à fait à chasser son malaise. Il lui semblait que même si elle n'avait rien fait de répréhensible, pourtant elle n'avait pas agi exactement comme elle aurait dû. C'est pourquoi il ne put retenir un cri : « Quel dommage !... » Car il sentait décidément que s'il croyait Irène de toutes ses forces, cette journée n'avait plus rien de commun avec celle qui s'était dessinée dans son esprit la veille, et qu'alors elle ne valait plus rien, qu'elle n'était plus du tout bonne pour la fameuse « surprise », et que peut-être cet enthousiasme de la veille, ce moment d'heureux délire ne reviendraient pas.

Quand, dans l'après-midi, elle lui demanda soudain : « Tu ne m'avais pas parlé d'une surprise ?... » il la regarda, puis hocha la tête. « Je crois que ce ne sera pas pour aujourd'hui, répondit-il. Je suis triste, très triste, Irène. » Elle était venue s'asseoir près de lui, presque sur sa chaise. Les papiers qui avaient servi à son travail de la veille étaient encore répandus autour de lui. Elle se releva, et dit simplement : « Je ne veux pas te demander pourquoi, mais je crois bien que tu as tort. » Il était attendri, il avait envie de la prendre dans ses bras, de lui demander pardon de sa tristesse, de sa légère tristesse. Décidément, oui, il était dit qu'il serait toujours dans son tort... *Et maintenant Irène était là, tout près de moi, le visage rougi par le feu, et j'avais conscience d'avoir été cruel depuis que durait cette nuit, et il me semblait que c'était cela tout à l'heure qui l'avait fait courir dans le sentier. Pendant*

des années j'avais désiré lui parler sans pouvoir l'atteindre,
nous avions été comme morts. Il eût été simple à présent de lui
poser des questions, de l'inviter à s'exprimer enfin. Mais est-on
jamais plus séparé des êtres, plus incapable de communiquer
avec eux, que lorsqu'ils sont près de vous et que l'on sent la
chaleur de leurs mains ? Y a-t-il d'ailleurs une seule question à
laquelle Irène aurait pu répondre. Elle vivait dans la sponta-
néité, et je ne savais plus ce que c'était, j'avais perdu cette
vertu-là avec l'enfance, j'étais devenu l'esclave conscient du
temps, et c'est pourquoi j'avais pensé qu'une journée commencée
ainsi ne pouvait plus être la journée merveilleuse que j'aurais
voulue, et c'était là peut-être ma plus grande faute. Et c'est
pourquoi j'avais dû lui paraître cruel alors que je n'étais que
malheureux : nous ne vivions pas le même temps. Et j'étais sûr
que si ce temps-là nous avait été rendu à présent, oui à présent
j'aurais su le vivre.

Cependant, comme elle lui demandait, pour la seconde fois, avec une douce et insatiable obstination, ce qu'il voyait dans le feu, le courage lui manqua, et il battit en retraite.

— Rien, dit-il, feignant de se méprendre : je n'ai pas d'imagination.

— Ce n'est pas de l'imagination qu'on vous demande...

Il n'osait toujours pas répondre.

— Tout le monde ne voit pas les mêmes choses, Irène.

Il attendit, ne craignant qu'une chose : qu'elle se tût.

— Vous ne me demandez pas ce que j'y vois, moi ? dit-elle.

— Ah, c'était un jeu ?

— Si vous voulez. Mettons que j'étais en train de chercher quelle sorte de lien existe entre vous et le reste du genre humain… Il semble que pour vous… Je me demande si l'existence des autres n'est pas qu'une matière pour votre cerveau, pour vos livres.

— Oh, dit-il émerveillé, vous savez que j'écris des livres ?

— Oui, et je crois que tout sert à vos livres, y compris la peine des gens. On a l'impression qu'ils ne sont pour vous… Vous êtes toujours le spectateur intéressé, n'est-ce pas ?

— Moi, dit-il, spectateur ?…

Il ne comprenait pas ce qui lui arrivait, ce qui pouvait justifier une pareille attaque. Les flammes dansaient sous ses yeux, et il aperçut Irène reléguée par sa propre faute à une distance infinie, à travers un océan de brouillard, et se débattant pour le rejoindre. *Enfant mon oncle me donnait une pièce de deux sous pour mon dimanche. Je revenais à la maison en jouant avec la pièce de bronze, la faisant rouler sur le trottoir. Jusqu'au jour où les deux sous avaient glissé dans la fente d'un soupirail, et j'étais moins désolé de leur perte qu'effrayé du mensonge qu'il me faudrait faire pour expliquer leur disparition. Et tout de même c'était une bonne chose que ces deux sous qui m'arrivaient ainsi chaque dimanche. Ils étaient le signe de ma bonne conduite, de ma sagesse. À vrai dire une tirelire avait été prévue pour eux par la sainte famille. La tirelire est une de ces inventions d'adultes par lesquelles ils corrompent le temps de l'enfance et altèrent son innocence. C'est une machine à emmagasiner le temps. Chaque dimanche les deux sous prenaient place dans un horrible petit tonneau de faïence qu'il était nécessaire de briser le jour où l'on voulait retrouver son bien. Ainsi l'enfant apprend à compter les semaines, et tous les démons de l'impatience l'attendent au rendez-vous. La lésinerie sur le temps : la plus grave. « Tu sais, demain, il y aura une surprise… » Ah ce demain si je pouvais le retirer de ma vie. Comme le regard d'Irène en moi ce jour-là était descendu profond. Car dès que l'on se met à compter les jours, alors l'innocence est perdue. Et les «grands» n'ont rien de plus pressé que de prendre aux enfants leur véritable innocence, qui est d'ignorer le temps. Car dès le jour où l'homme connaît le prix du temps, dès lors sa royauté est perdue.*

— Rassurez-vous, dit-elle avec un sourire qu'elle voulut méchant, il ne s'agit pas de moi. Quoique, si je voulais...

— Si vous vouliez?...

Elle se pencha sur le feu, et disparut encore une fois à sa vue. (Le soir revenue dans la maison je la voyais se mettre sur le divan les genoux remontés jusqu'au menton se courbant sur eux et les embrassant comme si elle espérait d'eux un salut ainsi que de créatures indépendantes ou comme si elle affirmait obscurément sa volonté de se replier sur elle-même, me signifiant qu'elle n'attendait plus de moi aucun secours. Il devait bien traîner quelque part encore une photo que j'avais toujours eu envie de déchirer et que je n'avais jamais déchirée, où elle était accroupie sur ce divan contre le mur les jambes repliées sous elle, le regard détourné et rancuneux, dans le petit corsage jaune et fleuri qui lui bridait les seins, tellement rencoignée qu'il n'était pas possible d'affirmer davantage l'envie qu'on a d'échapper à la vue de quelqu'un, comme si son regard vous salissait, ou était capable de vous tuer. Et ce qu'elle fuyait ainsi en moi, ce qui lui inspirait une telle horreur, je ne l'avais jamais su positivement, et pourtant il me semble que je n'avais attendu qu'un mot d'elle pour corriger ma nature, qu'il m'aurait suffi d'être averti, mais personne n'est jamais là pour nous avertir, et quand on a trouvé il est trop tard, et sans doute Irène avait-elle là-dessus d'autres théories et croyait-elle que la nature ne peut être changée et qu'un être n'est bon qu'à rejeter s'il n'est pas parfait du premier coup, conforme à ce qu'on peut exiger de lui, et je m'étais révolté contre cet arrêt et j'avais voulu lui prouver qu'elle avait tort et ainsi tirant sur les deux bouts de la chaîne nous avions tout brisé comme des maladroits.)

— Écoutez... Rien ne sera clair entre nous, Irène, avant que vous ne m'ayez dit tout le mal que vous avez pensé de moi. Oui, même si vous ne le pensez plus... Même si vous ne vous en souvenez plus... Même si cela vous est égal... Il m'est trop douloureux de savoir que vous m'avez mal jugé. *Il aurait fallu que cela fût impossible.* Mes gestes m'ont toujours trahi, toujours taché à vos yeux. On aurait dit que votre regard les déformait.

Elle sembla reculer légèrement ; son visage disparut un instant de la lumière ; il crut voir dans l'ombre de ses yeux un faible mouvement des cils.

— Que peuvent vous faire des pensées dont on ne se souvient plus ?

— Même si vous ne vous en souvenez plus, elles sont en vous. Vous me regardez par moments comme si vous vous demandiez pourquoi je vous ai emmenée ici et ce qui va vous arriver. Écoutez... Ce que j'ai cherché, ce que j'ai désiré plus que tout au monde en vous emmenant ici avec moi, — c'était mettre au clair ces pensées-là, c'était les retirer de vous pour les détruire. Ce n'était pas autre chose, Irène, et vous le savez. Si je pouvais supposer que vous croyez autre chose, je m'éloignerais de vous à l'instant même.

Elle avança les bras. Maintenant le feu bougeait sur son buste, sur son visage.

Si nos gestes nous trahissent, et nos pensées même, où sommes-nous ?... Pour qu'elle revînt moins fatiguée, quelquefois je l'accompagnais dans ce quartier lointain, et chaque fois je retrouvais l'échelle de maçon, toute blanche de chaux, appuyée contre le mur. Elle aurait presque pu monter directement par cette échelle dans l'appartement de la doctoresse. Docteur comment? Un nom bizarre, qui n'était pas du tout à sa place dans cette rue au nom d'arbres. Impossible de retrouver tous les raisonnements de ce temps-là. Peut-être qu'ils expliquaient tout. Mais la plupart n'avaient jamais été exprimés. Il se peut que j'aie su, et que j'aie refusé de savoir. Pourtant je me souvenais encore des paroles de cette femme, elle avait un air si compétent — c'était à peine une femme. « C'est un conseil que je vous donne. Je le dis pour son bien, je vous assure… » Je me souvenais que j'étais allé chez elle exprès, tout seul, pour qu'elle pût me dire toute sa pensée. Docteur comment? Docteur Kahn — quelque chose. Sapristi… Tout d'un coup un grand froid me passa dans le dos, le long des bras, toute ma peau se hérissa. J'étais devant le feu, il ne me réchauffait plus. Je traversais une série de couloirs froids, où l'on promène des gens allongés sur des chariots, livides. Kahn, ou Cohen, ou Weil, je ne sais plus, mais sur l'instant ce fut une illumination. Une illumination abominable. Docteur Kahn… Et le nom du grand technicien? L'un entraînait l'autre : Docteur Klotz. Ça y est. Docteur Kahn et docteur Klotz. Kahn et Klotz. Telle était l'association à laquelle nous nous étions livrés. Tels avaient été nos bourreaux. « Mais ne peut-on pas attendre?… » — « Attendre… Ce qu'il faut faire, il faut le faire maintenant; dans une perspective comme celle-ci, chaque jour crée un danger de plus… » Klotz, Kahn. Klotz et Kahn. Ha! Il faudrait écrire cela à Irène, elle comprendrait… Mais par miracle Irène était là; et elle rirait. Il y a des choses qu'on ne peut jamais dire, les pensées du dessous. Il y avait des choses qui n'avaient jamais été dites entre nous. Cette fois encore elle partirait sans savoir. Guillaume entendit tout à coup la voix d'Hersent : « Une grammaire française ? Bloch ! Un dictionnaire ? Re-Bloch !... Tu comprends ?... » Parbleu ! Ces médecins qui fouillent dans notre chair, re-Bloch ! Pouvions-nous supporter cela ?... Des hasards ?... Ces hasards avaient vraiment des allures de conspiration. Et c'était pour ça qu'on allait fusiller Hersent !...

— Ce qu'on pense, ce qu'on a pensé. Ce besoin que vous avez de dépouiller les êtres, de les étaler devant vous... La vie...

Sa voix me tira d'un songe absurde. J'étais devant le tribunal, témoin à décharge. J'avais obtenu la révision pour faits nouveaux. Je révélais aux juges, au public, les actions criminelles de Klotz et Kahn. Cette accusation qui pesait sur moi, muette, cette accusation jamais proférée, elle était trop horrible. J'avais besoin de la rejeter, de la rejeter sur quelqu'un. J'avais besoin d'accuser quelqu'un très haut, très fort. Comme ils étaient commodes ! Vous avez fait une gaffe ? Bloch ! Vous avez volé un voisin, violé une petite fille ? Re-Bloch ! Ce qui est merveilleux, c'est justement qu'il s'en trouve toujours un, c'est que nous pouvons satisfaire à tout coup sur eux notre besoin d'accuser, notre besoin de nous délivrer du mal. Grâce à eux nous n'étions jamais fautifs.

— Excusez-moi, dit-il. Je vous ai mal entendue...

— La vie, ce n'est pas seulement nos pensées, dit-elle.

— Mais Irène, il n'y a pas autre chose ! Mais nous *sommes* nos pensées, voyons ! C'est tellement évident. Si l'on pouvait... Allez-vous soutenir le contraire ?...

— Dois-je répéter, dit-elle, qu'il ne s'agit pas de moi ?... Tenez, je pensais à ce que vous m'avez raconté depuis le début de la soirée. Cette histoire d'Hersent, par exemple... Mathilde, l'aiguille de la balance, — Caïn !...

Comme cela fait tableau! Et comme ça vous faisait du bien d'en parler!

— Irène, s'écria-t-il. Mais pourquoi?... Pourquoi?...

Elle n'avait pas eu pour dire cela le moindre accent vindicatif. Elle avait gardé, ou retrouvé, sa voix calme, son visage transparent, son air d'être au-delà. Et pourtant il semblait à Guillaume que, disant cela, elle abandonnait subtilement un grief pour un grief opposé. Sa main s'empara des pincettes; elle se mit à racler avec soin la pierre du foyer.

— Et les mythes!... dit-elle du même ton. Pourquoi nous déguiser, ou déguiser les événements sous des images plus grandes que nature? Tenez, il y avait une chose que nous disions là-bas, quand nous étions à Brive, Françoise et moi, à propos des gens qui avaient une trop grande propension à raconter sur eux certaines histoires...

Il esquissa un geste, de protestation. Elle souleva délicatement une bûche, la laissa retomber, dans une gerbe d'étincelles crépitantes.

— Oui... Nous les arrêtions d'un mot... Ou plutôt nous avions un mot entre nous pour désigner leur cas : *self-pity*. Cela était décisif.

Il était décontenancé. Ce n'était pas ce qu'il attendait. Il lui sembla de nouveau qu'elle ne faisait — peut-être malgré elle — que brouiller les pistes.

— Irène, dit-il, je voudrais être sûr... Croyez-vous qu'il soit en notre pouvoir de justifier, ou, c'est la même chose, d'oublier n'importe quoi? Je sais que je vous ai demandé un grand effort, qu'il est difficile, sinon impossible, de préciser réellement un grief, oui, le moindre grief que l'on croit avoir contre quelqu'un, sinon en s'abusant prodigieusement... Mais je vous en prie, ne nous débarrassons pas de tout ceci à la légère. Il ne s'agit toujours au fond, à propos de chacun, que d'une seule chose : savoir s'il est ou non digne de vivre. Je cherche… Je vous l'ai dit, je cherchais à voir clair. Je voudrais être sûr qu'en ce moment…

— Eh bien ?…

— … vous ne vous fuyez pas vous-même.

Elle ne répondit pas. Il croyait sentir le mouvement de ses pensées sous son front, sous ces mèches que depuis tant d'heures, tant d'années, il n'avait pas osé écarter.

— Est-il besoin de parler encore de nous ? dit-elle.

Elle se mit à fouiller dans le feu, replaçant soigneusement les unes par-dessus les autres les bûches qu'elle avait déplacées.

— Je vais vous dire à quoi je pensais, il y a un instant, dit-elle d'un ton plus précis. À une circonstance où j'ai rencontré, ou plutôt vu, Hersent, dans une maison où j'étais allée avec mon frère…

— Quand cela ? dit-il avec un léger sursaut.

— Pendant la guerre. Au début…

— Ah, dit-il. Une petite réunion où l'on se retrouve par hasard ?…

— Mais non. Hersent revenait d'une mission en Allemagne. Mon frère — vous avez dû le connaître… En tant qu'ingénieur, il représentait une société, il avait des intérêts à défendre…

— Mais… que faisiez-vous entre ces hommes ?

— Il n'y avait pas que des hommes, bien sûr. C'était une réunion amicale, un ballon d'essai, rien de plus. Il y avait là le fils d'un industriel sarrois avec lequel Hersent avait l'air assez lié. Sans doute un peu musicien à ses heures. Cela faisait très parisien, je vous assure, et même très avant-guerre…

Il la laissait parler. Il avait d'abord songé en l'écoutant

que cela s'accordait assez peu avec l'histoire de Brive. Et pourtant il sentait maintenant que les deux circonstances étaient également vraies. Il se dit que les femmes arrivent toujours à accorder des choses qui s'accordent très mal chez les hommes. Comme, malgré tout, ce qu'Irène avait appelé son cerveau continuait à fonctionner, il pensa : premier temps de l'occupation : Hersent ; second temps : Brive... Ou bien avait-elle tout mélangé ?...

— Vous lui avez parlé ? demanda-t-il.

— Comprenez-moi. Sa réputation d'intelligence me séduisait. Je l'avais entendu une fois à la radio. J'avais lu des articles, que je trouvais dans les salons de coiffure, ou qui enveloppaient les rutabagas du marché...

Il pensa de nouveau : premier temps...

— Il avait une autre réputation qu'une réputation d'intelligence, coupa-t-il. Cette réputation-là aurait pu vous faire hésiter. Et vous aviez entendu sa voix, dites-vous. Ceci me fait rêver : aviez-vous entendu ce qu'elle disait ?

— Nous n'allons pas recommencer son procès ici, entre nous, murmura-t-elle. Et, changeant de ton aussitôt, pour citer avec ironie le vieux reproche qu'il lui faisait toujours (à tort selon elle) : J'aime le jeu, vous savez bien...

— Croyez-moi, dit-il, Hersent ne jouait pas. Il croyait à la victoire de l'Allemagne, il la désirait passionnément.

— C'est parce qu'il croyait à cette victoire qu'il avait tout joué là-dessus.

— Vous êtes plus sévère que moi, dit-il. Mais il y avait chez lui autre chose. Une *sympathie* pour l'Allemagne, et même une admiration.

— Son admiration n'allait pas à l'Allemagne, dit-elle,

mais à la force. Il disait ne pouvoir imaginer d'autre moteur à l'histoire que la force bien appliquée.

— Exactement, dit Guillaume. Mais c'est vous qui l'accablez en ce moment. Car au nom de ce principe supérieur, je pense qu'il devrait aujourd'hui admirer l'Amérique, ou les Russes. Mais l'amour de la force... Choisir la réussite, est-ce bien choisir ?...

Il vit la cheminée, le petit guéridon noir. Les tulipes penchaient de plus en plus leurs têtes diaboliques à l'extrémité de leurs tiges sinueuses. Puis de grandes flammes dévoraient tout. Une flamme plus haute que les autres jaillit, les enveloppa. Maintenant, Guillaume avait la sensation de lutter contre un élément mauvais.

— Cela se passait dans une grande salle claire, voyez-vous, avec une certaine abondance de petits-fours. Une vraie détente au milieu de ces temps sombres, ajouta-t-elle avec une espèce de rire un peu rentré. Je ne sais pas si vous comprenez... Il y avait longtemps que je n'avais été aussi... intéressée, n'est-ce pas ?

Elle parlait tout à coup plus lentement, comme lorsqu'on se recueille sur un souvenir. Mais peut-être ne faisait-elle que chercher sa pensée, ou attendre une approbation, un encouragement à continuer.

— À ce moment-là, dit-elle, tout ce qu'il disait contre les vices du régime écroulé paraissait si juste, avait une force... Et puis il le disait déjà depuis tant d'années...

De nouveau elle s'arrêta, comme si elle butait sur une idée. Pourquoi n'ajoute-t-elle pas, pensa Guillaume avec irritation, que bientôt il faudra reprendre le couplet ?

— Quelle est sa faute ? dit-elle avec une soudaine véhémence. Il avait toujours désiré un gouvernement fort.

Irène parlant politique, c'était nouveau, c'était même savoureux. Mais quel était le Français qui en ces temps ne croyait pas avoir appris à parler politique ? *J'aurais pourtant préféré je crois qu'elle se taise là-dessus jolie petite bouche qu'elle garde le silence là-dessus comme autrefois, au temps où elle était pure, et où nous ne pensions ni l'un ni l'autre (ni Hersent) que sans changer de nature nous pouvions tout doucement devenir des traîtres.* Un gouvernement fort, mais bien sûr. C'était là un vœu innocent ou raisonnable. C'était même resté longtemps un propos de journaliste sans conséquence possible, mais voilà que tout à coup la conséquence avait pris corps. C'était presque trop bien. On peut ne pas avoir l'esprit difficile. Il avait reconnu là son enfant. Voilà que tout à coup, sans que rien en lui-même eût changé, il se trouvait transporté comme par magie d'une classe austère et un peu crasseuse de lycée dans une grande salle claire — c'était un salon aux boiseries grises, expliquait Irène — pour une petite réception « intime » à laquelle ne manquait que son Excellence elle-même, mais elle allait venir, un homme si bien élevé et par-dessus le marché si grand ami de la France. Fauteuils Louis XV, tapisseries des Gobelins, tout était de la fête. Dans un décor pareil il est bien évident qu'il n'y a pas de trahison possible. À supposer que notre présence en certains lieux ne soit pas par elle-même une trahison... Pourquoi revit-il tout à coup la route avec son talus ensoleillé, et Irène debout dans la boutique de lingerie, choisissant paisiblement sous les regards de la vendeuse ? Quel rapport pouvait-il y avoir entre de pareilles images ?...

— Je vous scandalise, n'est-ce pas ? demanda-t-elle soudain, assez contente probablement s'il avait dit oui.

— Vous, non, dit-il. N'importe qui pouvait s'y laisser prendre. Vous ne représentiez d'ailleurs que vous-même. Et puis je songe en vous écoutant que le confort donne l'approbation de son lustre à bien des choses qui sans lui… Le confort après tout est si moral. C'est comme la réussite, c'est la morale elle-même !…

Il crut entendre un bruit de papier froissé, et il lui sembla que sa voix avait plusieurs années à traverser avant de parvenir à Irène. Depuis un moment il voyait se profiler sous ses yeux, loin, derrière les flammes incertaines, au lieu d'Hersent, la silhouette un peu gauche de José, avec ses pantalons courts, sa démarche un peu vacillante, qu'on avait envie de soutenir. Il entendait, avec quelle vertigineuse proximité, la voix d'Irène : «Pouvais-je quitter madame Barsac au milieu de la nuit ?…» Et Françoise : «Vraiment, elle est si simple, si légère, à côté d'elle je me fais l'effet d'un éléphant.» Françoise, qu'ils avaient rencontrée le jour de leur fuite et qui les avait pris dans sa voiture et les avait conduits jusqu'à l'estuaire. *Du fond des terres venait un vent tiède, un vent qui avait passé sur les déserts.* José, et qui encore ?… Il se rappelait l'année d'avant, cette course en plein hiver, pour se rendre sur une tombe inconnue. Le vent soufflait avec violence, d'un souffle égal, leur envoyant à travers le visage des particules glacées, qui leur trouaient le visage comme des épingles, Irène avait voulu aller, séance tenante, comme s'il y avait urgence, sur la tombe de cette jeune fille dont elle lui avait déjà parlé à mots couverts, et il l'avait suivie à travers cette lande balayée par la tempête. Quand il lui avait demandé des précisions, elle avait eu un certain sourire, et s'était dispensée de répondre. Comme un sourire d'amour-propre flatté. «Encore un kilomètre», se disait-il, et il n'en pouvait plus, il lui semblait qu'il n'arriverait jamais jusque-là. Irène qui marchait en avant se retournait tout à coup. «Est-ce que tu ne m'avais pas parlé d'une surprise ?…» Il ne pouvait que hocher la tête. À présent il comprenait sa faute. C'était d'avoir voulu ignorer le temps, ignorer le péché, ignorer l'histoire, — la trahison. C'était d'avoir voulu être heureux. À présent pour la première fois tout cela lui paraissait d'une évidence extrême. Moi seul. Elle seule. Et je ne recevrais pas de réponse. Il l'avait laissée à la porte du petit cimetière, sur le plateau balayé de vent. Les bûches continuaient à s'effondrer, leur cuisant le visage. La chaleur les engourdissait. Ils n'avaient fait depuis le début presque aucun mouvement ni l'un ni l'autre. Irène était restée appuyée contre lui, presque dans ses bras, sans lui répondre. Il avait l'impression de soutenir une blessée.

Les images s'éloignaient. Non, il n'était pas croyable qu'elle l'eût quitté sur un simple mouvement d'humeur. Elle avait pu ne rien se préciser à elle-même, non plus qu'à lui, cela avait pu ne pas être clair dans son esprit, mais Guillaume était de plus en plus persuadé qu'il y avait eu en cela autre chose qu'une fantaisie ou une lassitude : une décision profonde, un jugement non formulé sur elle-même, et peut-être *contre* elle-même. Mais comment *exprimer* tout ceci ? Ce n'était pas sans raison qu'elle n'avait jamais rien dit à quiconque, qu'elle n'avait jamais rien révélé. Et ce ne pouvait être sans raison non plus qu'elle l'avait suivi jusque-là, au bord de cette plage bouleversée.

— Irène, dit-il presque douloureusement, il n'est sans doute pas très facile de reconnaître le bien du mal ; mais quelles que soient les choses que nous faisons, ne croyez-vous pas qu'il faut que nous nous sauvions ou que nous nous perdions par elles ?... Dites ?... Vous le croyez, vous aussi ! Sinon, pourquoi... Oui, pourquoi m'auriez-vous quitté ?... Et pourquoi aujourd'hui seriez-vous ici ?...

Aucune réponse ne vint. Mais qui donc répond

jamais à nos questions ? Comme si Hersent était vraiment le sujet de cette conversation, il ajouta :

— De son côté, du côté qu'il avait choisi, la besogne est trop vite faite, croyez-moi. On supprime simplement le problème. C'est ce que nous ne devons pas faire. Perdre l'espoir, Irène, il n'y a pas d'autre crime.

Elle s'écarta de lui très légèrement et resta un moment ainsi à regarder le feu.

— N'est-ce pas, continua-t-il, n'est-ce pas que vous le croyez ? N'est-ce pas que c'est *cela* que vous avez toujours cru ? N'est-ce pas pour vous en assurer que vous êtes venue ici avec moi ?... (S'il n'était pas possible de distinguer nettement l'objet de notre espoir de l'objet contraire, se disait-il, le courage de la lâcheté, le bien du mal, au nom de quoi jugerions-nous ou agirions-nous, Irène, ma chérie ?...)

La dernière flamme mourut. Les braises se mirent à scintiller. Des brindilles fulguraient avant de s'éteindre.

«Entre ces principes-là du moins il y a divorce, pensait-il. Il nous faut avoir le courage de mettre à nu les vraies inimitiés... Non pas pour cultiver l'inimitié, mais au contraire pour mieux reconnaître le visage de ceux à qui l'on tient... »

— Autrefois, dit-elle, je pensais comme vous.

— Et depuis quand avez-vous cessé de penser ainsi ?

— Vous me le demandez ?...

Sous son regard se dressèrent les façades de la rue des Sycomores, ces murs noirs sous le pâle soleil d'hiver, et l'échelle des peintres, aux échelons blancs. *Derrière ces murs aux balcons mesquins, aux fers rouillés, se poursuivait sans que j'y prisse garde un combat plus obscur que celui du bien et du mal, et ce combat allait diviser nos existences en deux parts — et créer un avant et un après. Je regardais cette longue échelle sous laquelle, pour entrer, Irène avait été obligée de passer, et je ne me doutais de rien. Nous étions jeunes. J'avais une confiance absolue, inentamée, — absurde, — que tout s'arrangeait toujours dans la vie des gens heureux.*

Cette fois, c'était lui qui n'avait pas répondu, et elle eut un rire, un léger rire, le rire presque intérieur qui était le sien dans les moments de très grande émotion. De toutes ses forces il aurait voulu faire revenir le temps en arrière, comprenant cependant comme il ne l'avait jamais fait l'incohérence de ses désirs, et qu'il n'avait même pas le droit de souhaiter cela, apercevant avec lucidité la marche irréversible des événements, et qu'aucun retour vers le Paradis n'était accordé à qui que ce fût.

— Je sais, dit-il avec une rapidité excessive. Je sais. Vous ne croyez plus à rien, et c'est de ma faute.

— Je crois à la vie et à la mort, dit-elle… Et ça ne fait pas une grande différence.

— Vous…

Il ne put aller jusqu'au bout de sa question. Pas une grande différence ? Avec le mal et le bien ? Ou entre la vie et la mort ? Le fond du foyer était noir. Une larme mouillait les yeux d'Irène.

XXI

La nuit devait être avancée. Le ciel était habité par un murmure qui se rapprochait à une vitesse vertigineuse. Cela devait se passer très haut, c'était un glissement presque imperceptible qui dérivait vers la maison, et il y avait une sorte de griserie à écouter ce chant des hautes sphères. Le grondement se dissipa, s'éloigna dans les profondeurs de l'espace, livré à des distances astrales, puis Guillaume distingua le grondement irrégulier d'un avion isolé, beaucoup plus bas, et une lueur parut dans l'encadrement de la fenêtre. Il ne bougeait toujours pas. Il referma les yeux, pour un temps sans durée, et quand il les rouvrit, il ne savait plus si cette lueur était celle de l'aube, celle de la lune, ou celle d'un incendie au loin. Il aurait fallu faire un effort pour être sûr. Il aurait fallu relever la tête, déranger cette chevelure éparse. Il préférait fermer les yeux, s'abandonner au désordre des images, revivre cette étrange soirée, la conversation devant le feu, la sortie dans la dune, cette marche qui à chaque pas les jetait l'un contre l'autre. Cette course les avait épuisés, plus par l'incertitude où ils étaient de leur but que par sa longueur même. Il essayait de reconstituer la longue conversation qui avait suivi. Mais les conversations qui se poursuivaient dans sa tête étaient toujours plus parfaites, mieux enchaînées que les conversations réelles, au déroulement presque toujours insaisissable. *J'avais deviné ; j'avais désarmé le Sphinx ; j'avais touché ma récompense.* Maintenant le monde semblait vouloir recommencer à se dissoudre, à se volatiliser au-dessus de leurs deux têtes rapprochées. Certaines choses avaient été claires un moment dans sa pensée, puis cette clarté s'était perdue dans une sorte de fascinante confusion. Il dépendait de lui de réveiller Irène, et il ne l'osait pas, craignant moins sa colère contre lui que contre elle-même, et le terme d'un extraordinaire enchantement. Liés pour le bien et pour le mal. Liés, déliés aussi vite. Ils avaient cessé de ne faire qu'un. Mon bien mon mal. Ton bien ton mal. Mon bien est devenu ton mal, peut-être, pendant que je dormais. Rien n'est indifférent, et chacune de nos actions est marquée d'un signe. Non il n'était pas indifférent de réveiller Irène à ses souvenirs et de la reprendre, ou de la laisser partir vers sa vie qui n'était plus leur vie. *Dans cette rue des Sycomores, qui était peut-être la rue des Peupliers, il y avait toujours, ce printemps-là, une échelle de peintre contre la façade de la haute maison où je voyais disparaître Irène, tandis que j'attendais en bas, derrière la vitre d'un café désert, provincial, où une pendule de campagne battait les heures. J'avais cru vaincre le temps, mais je n'avais pas assez réfléchi au temps, le temps n'est jamais inactif, jamais infécond, il ne cesse pas un instant de produire ou de détruire quelque chose, et qui ne l'a pas pour soi l'a contre soi. Seule notre pensée se repose, mais dès que le moindre germe a commencé à vivre, les termes sont marqués, et il ne cesse de courir vers sa mort et vers la nôtre. Derrière les balcons rouillés, légèrement renflés à la base, s'exaltaient des rougeurs de géraniums, et le fer saignait de toutes leurs fleurs...* C'était donc à partir de ce moment qu'Irène avait commencé à ne plus

273

se connaître elle-même. Et en même temps le monde, qui jamais non plus ne se repose, s'avançait vers un singulier gâchis, où disparaissait leur petit gâchis personnel. Croit-on ? Hersent aurait de la chance d'avoir une mort pour lui, désignée à l'attention de tout un monde. Hersent... Ce nom lui fit, en pleine euphorie, l'effet d'une chute dans un trou. Il se revit à quinze ans, accroupi sous la table de la cuisine, guettant les mouvements de la poule. Elle savait indiscutablement ce qu'on voulait lui faire. Elle n'avait plus le courage de picorer les miettes de pain par lesquelles il avait pris soin de la séduire, pour la forcer à quitter la courette où ses cris auraient pu s'entendre, à monter les trois petites marches, à franchir le seuil. Comment, après tant de tueries, pouvait-on encore retrouver ce souvenir, ou, — c'était presque la même chose, — celui de la maison à l'échelle ?... Hersent... Il aurait voulu trouver quelque chose qui lui permît de ne plus penser à lui. Il n'avait plus qu'une hâte : se joindre aux autres, le condamner — condamner Caïn, supprimer le problème en supprimant l'homme. On ne peut vivre avec certains scrupules ; un bon remords vaut mieux. Condamner Caïn : prendre sa part de victime, — d'honnêteté. Profiter de cette époque où chacun faisait son salut sur le dos des autres. Ainsi personne ne serait plus responsable d'Irène, ni d'Hersent. Il n'y aurait plus qu'à la remplacer, — elle devenait enfin remplaçable — qu'à les remplacer tous les deux. Par là le temps lui était rendu. Il pouvait envoyer au diable le bien et le mal. Irène ayant perdu son nom, tout ce qu'elle pouvait faire, mais aussi tout ce qu'on ferait avec elle, devenait anonyme, c'est-à-dire sans importance. Et il en serait ainsi pour quiconque la trouverait. Quiconque la trouvera la tuera.

Il essayait maintenant de se rappeler des articles, des

faits et gestes d'Hersent et de les trouver sans excuse. Il lui semblait qu'il n'avait vu partout pendant quatre ans, dans les journaux, sur les affiches des conférences, sur les couvertures des livres, que ce nom, paré d'une subite, d'une suspecte auréole. Et en somme, du point de vue d'une saine morale, tout cela était parfaitement criminel. Et Irène l'était aussi. Et lui-même également. Tous criminels. José aussi, dans son grand pardessus. Il n'y a pas de mort pure; et ainsi la mort d'Hersent revient à celle de tout le monde. Saurait-il jamais comment il était là avec Irène; comment, il y avait tant d'années, ils étaient partis devant eux et avaient longé cette côte à pied, par la falaise, s'arrêtant çà et là dans les fermes, plus pour s'y reposer que pour y boire, jusqu'au moment où ils avaient découvert ce village blanc et rouge et ce large estuaire qui peut-être avait décidé de leur sort. Mais n'avaient-ils pas le matin même rencontré miraculeusement Françoise et Nelly dans leur auto. Pourquoi cette image, une des premières, se présentait-elle après toutes les autres? Est-ce une loi de revivre sa vie à l'envers?... Je me noie, pensa-t-il. Mais non, ce n'était que le sommeil. Cela aurait pu être un vrai recommencement. Car ici aussi tout était nouveau pour elle et pour lui. Et où auraient-ils pu être mieux que dans cette immense bâtisse perdue sur les dernières vagues de la guerre, où ils pouvaient s'enfoncer côte à côte, ignorés de tous, dans un sommeil d'où rien ne semblait pouvoir les tirer jamais?... Il eut froid, se rapprocha d'elle, posa sans regarder sa main sur elle, — sur Irène. Ce sein effleuré, ces souples cheveux qui irritaient sa joue, c'était Irène. C'était tout à fait comme autrefois. La nuit tout entière était Irène. Elle dormait. La nuit dormait. Il ne la voyait pas, mais la sentait vivre sous sa main. Il n'osait presque pas bouger. Sa tête glissa contre cette épaule découverte, qui s'offrait ronde et lisse, comme un galet roulé par la mer.

Des paysages, des chambres se rouvraient. Le voici dans une lointaine, lointaine chambre ; il en revoit le petit lit de cuivre, et Irène, dont il baise les genoux. Puis étendue sur la terrasse lumineuse, sur la chaise longue de toile bariolée, Irène encore, complètement, merveilleusement nue, — et lui grimpé sur la corniche, prenant les photos. Puis tous les deux, dans le tramway cahotant, assis en tête, devant les collines de sable qui se rapprochaient ; et plus tard, la maison où ils arrivaient, la chambre devant l'estuaire, et l'hôtelière qui ne voulait à aucun prix leur donner deux chambres, à cause de la saison. Ouvrant les yeux sur elle, il la trouvait non moins belle, mais presque sur le point de devenir plus belle, car ses traits avaient plus de décision, de plénitude, et si la clarté de ses yeux n'avait pas changé, les paupières s'étaient ennoblies, les arcades étaient plus profondes, et au-dessous, les petits plis de la peau, les fines coupures, les légères marques du temps, où gisaient embaumés les soucis, les souffrances qu'il avait causées, tout cela était bouleversant. Ses lèvres étaient aussi fraîches, d'un dessin aussi ferme que jamais, mais plus pleines aussi, évoluant vers leur accomplissement. Et son front, autour duquel les cheveux s'implantaient d'une manière toujours aussi légère, était presque aussi net, mais savait plus de choses, et les petites rides transversales qui y apparaissaient à l'extrême attention étaient faites seulement pour devenir l'objet d'un plus grand amour. De sorte que l'éternité d'Irène se détachait mieux que jamais sur l'étoffe du temps, sur l'éternité de l'amour, et qu'aussi il sentait, avec une vraie douleur, cette éternité indépendante de lui, et capable de lui survivre, capable surtout de se passer de lui, et que plus que jamais il lui paraissait impossible d'être admis au royaume. Aimant Irène, Il ne pouvait sans doute plus que la détruire. Son amour indestructible, et Irène indestructible avaient suivi des chemins parallèles, et avaient continué à grandir, d'un espace à l'autre, d'un continent à l'autre. Mais c'était deux choses indépendantes, qui ne connaîtraient plus jamais les déchirantes douceurs de l'union. Et toute l'eau de la mer ne lui rendrait pas le grand fleuve à l'embouchure duquel ils s'étaient arrêtés cette fois-là, bien qu'il fût bon en somme de penser qu'ils s'étaient toujours connus sous le signe de l'eau. Ils s'étaient consultés un moment du regard devant cette chambre, qui leur offrait si généreusement un lit et un balcon pour chacun. «Et comme ça, vous avez la plus belle chambre de la maison», avait dit la femme, de sa voix rauque, en refermant la porte sur eux. Cette nuit au-dessus du fleuve, avec sa lumière étale, ses ombres nettes : comment est-il possible que le bonheur ne tue pas?... De l'autre côté de l'estuaire, au loin, la côte dessinait une large courbe, qui se perdait, s'assoupissait sous la lumière, et les montagnes se miraient dans cette surface, presque aussi paisible que celle d'un lac. Savaient-ils bien alors qu'à moins d'un miracle une heure comme celle-là ne se représente pas deux fois dans une vie? À distance, il entendait encore le murmure enchanté d'Irène : «Oh Gui, tu choisis toujours si bien les sites.» Lui si avide, la proximité du don le comblait. La main à étendre, et c'était la nuit transparente, c'était les mille vaguelettes de l'eau dans l'air silencieux. Ce qui bougeait ainsi sur le plafond, c'était l'eau, c'était la lune. Comment supporter plus de silence? Mais Irène ne voulait pas s'endormir. Il l'entendait remuer toute seule dans son lit. De temps en temps, d'une petite voix pâle, elle disait : «Tu ne veux pas venir?...» Elle l'avait mis dans l'obligation de se retourner vers la fenêtre pour la laisser se déshabiller, et maintenant elle lui demandait de venir. «Tu sais bien ce que tu m'as fait promettre, ma chérie. Tu me l'as fait promettre ce matin, avant que nous ne partions pour venir ici… Est-ce que tu ne te souviens plus?» Il avait cru à cette ruse, ou avait feint d'y croire, et cette feinte était une autre ruse. «Oui, dit-elle, mais c'était ce matin. Je suis une petite sauvage, moi, Guillaume, tu sais bien…» Un léger craquement du plancher, un glissement de pas sur la carpette : elle était près de lui. Il s'enveloppait dans ses couvertures, repoussait hypocritement l'attaque, jusqu'à ce qu'Irène tombât par terre en entraînant avec elle la moitié du lit. «La place des petites sauvages est sur le plancher», dit-il. C'était bien ça?… Mais elle s'était si fort accrochée aux couvertures qu'il avait fini par tomber lui-même, par rouler à son tour sur le plancher, dans le scintillement délirant de l'eau, dans le bruit du vent qui se levait. Cette chute, il s'apercevait maintenant qu'il ne s'en était jamais bien relevé, même après, si longtemps après en avoir épuisé les délices, et même s'il prétendait, comme il le faisait constamment, qu'il ne s'était jamais senti mieux qu'aujourd'hui. Il y avait dans cette chute initiale, dans cette glissade, dans cette frénésie de l'eau à briller sur le plafond, quelque chose d'irrésistible qui l'avait entraîné hors de toute connaissance et de toute loi. Et aujourd'hui encore, comme au temps où il se laissait rouler avec elle au bas des dunes, il se sentait repris par cette glissade, dans le tourbillon de cette chute frénétique. La guerre s'en trouvait abolie, et le cri des hommes condamnés. Il se rêva étouffant Irène dans ses bras, car c'est ainsi que devrait finir tout amour. «C'est vrai que tu ne voulais pas, dis?» disait-elle le lendemain, les yeux aveuglés de cheveux. Il songea tout à coup qu'il avait dû lui sembler très bête, et à dix ans de distance, il faillit en rougir, oui, le sang afflua à ses joues. Pas seulement peut-être pour sa bêtise, mais pour la facilité d'Irène à se retourner. Il y avait de quoi s'admonester sérieusement. « Personne n'a jamais cru à des promesses comme ça, voyons !... » Personne oui, mais Irène ?... Un reste de chrétienté, non, de chrétiennerie... il avait cru un moment devoir respecter cela. Et peut-être que s'il n'y avait pas eu soudain tout ce vent et ce grand remuement d'eau et de feuilles... S'il n'y avait pas eu ce vent qui vous ôte la raison et dont le bruit est pareil à celui de la mer quand on l'entend au loin qui bat les côtes : il faut faire quelque chose, on ne petit pas rester calme si l'on entend ce bruit. Cette nuit qu'elle avait passée aux *Trois Couronnes*, il s'en donnait à présent une version entiè-rement nouvelle. Elle avait toujours tellement humilié José devant lui ; il était entendu que José, le petit J, ou comment l'appeler ? était incapable de prétendre à aucune faveur, à aucune autre faveur que celle d'ac-compagner Irène en voiture, ou de la regarder d'un côté à l'autre de la table, quand ils déjeunaient tous trois dans les hôtels au hasard des rencontres, voire, dans les grandes occasions, de la couvrir de sable quand ils se reposaient sur les plages. Et une grande nuit de vent était venue, il l'avait longtemps entendue parler de ce vent, et l'on sait bien que l'excès du vent ôte la raison... Ce qui n'avait pas empêché Irène de nier de toutes ses forces, et lui Guillaume, de la croire, de la croire comme si elle pouvait faire autre chose que nier, et comme s'il pouvait faire autre chose que la croire. Car il est bien entendu que tout le monde veut défendre la chrétienté, bien qu'on ne sache plus au juste ce que peut être une chrétienté sans chrétiens, une chrétienté dont on considère Hitler comme la sauvegarde, mais le mot de chrétienté, après vingt siècles, après la mort même de Dieu si haut proclamée, reste inexplicablement magique, même lorsqu'il ne reste plus qu'à défendre nos postes-frontières, ou plus simplement nos porte-feuilles. Hersent aussi, cela était mémorable, parlait de l'Allemagne comme du rempart de la chrétienté. Et c'est pourquoi il est à présent dans cette prison où il attend la mort. Et moi j'ai cru à la chrétienté d'Irène, et à Irène tout court, mince et nue, et en même temps qu'elle je serrais contre moi les dunes, les fleuves, la nuit glacée. Et c'est ainsi, liés par tous nos membres, couchés à même la planète, que je veux que la Terre nous roule, enchaînés l'un à l'autre à travers l'espace obscur. Ah, pas si obscur qu'il ne s'illumine cependant et ne frémisse, comme la nuit de cette merveilleuse aurore boréale. Cette haute rumeur entre les étoiles, ce bruit qui couve lentement comme celui de la mer, et qui nous cherche... Tu disais toujours que je choisissais si bien les sites. Je me flatte que celui-ci est bien choisi, qu'en dis-tu?... Mais tu dors, Hersent là-bas dort d'un sommeil plus noir, la maison tremble. L'Allemagne est là dans la nuit, si proche en somme, et les maisons tremblent plus fort, les objets tombent des cheminées, les cheminées tombent, les gens roulent au bas de leurs lits, les lits roulent dans les caves ; quelque part, au fond de la terre ébranlée, l'homme qui a déclenché tout cela attend son heure ; le ciel, la terre se sont refermés sur lui, le défenseur de la chrétienté ne songe pas à prier, il regarde le canon noir de son revolver, et ordonne qu'on prépare le bûcher... « Tu es fort, Guillaume, oh que tu es fort ! C'est vrai que tu ne voulais pas, dis ? Mais pourquoi ?... » — « Irène... Ne l'avais-tu pas demandé ? » — « Et puis pourquoi ?... » — « Cela ne te suffit pas ? Eh bien... Eh bien, parce qu'il y a des choses que tu ne pourras plus faire après cela, Irène. » — « Quelles choses ?... » — « Voyager avec un autre homme, regarder l'eau... » — « Et puis ?... » — « Monter dans une chambre avec un autre homme, rouler sur le parquet avec lui... » — « Vraiment tu crois que je ne pourrai plus ?... » — « Si tu le faisais j'aurais le droit de te détester... » — « C'est tout ? » — « De te détruire. » — « Tu dis le droit ? Il y a des lois pour ces choses-là, Guillaume ? » — « Non. Ces choses-là suspendent toutes les lois. Comme il n'y a plus de justice possible dans cet état, il est admis qu'on exerce soi-même la justice. C'est comme un pays en état de guerre, tu comprends. Les lois sont suspendues. » — « Oui, je comprends... Tu expliques si bien. » — « Oui, Irène, n'est-ce pas, si tu faisais cela ce serait un crime. » — « Oui, Guillaume, un crime. Mais toi aussi tu sais, si tu manquais de parole, ce serait un crime. »

Un crime. Avait-elle dit cela ? Était-ce le mot ? Voici qu'il attendait toute justice du réveil d'Irène, c'est-à-dire peut-être du hasard. « Comme tu es fort, Guillaume. » Il sourit : « J'ai trouvé plus fort que moi. » Elle secoua la tête : « Oh non, non. Oh tu es si fort. J'aurai besoin de ta force... » Il dit : « Irène », pour entendre le son que rendait son nom. « Je n'ai qu'une chambre à vous donner, disait la femme, mais si ça peut vous arranger... » Ce n'était pas un motif sordide qui la faisait parler ainsi, affirmait Irène un peu plus tard, pour que tout fût absolument parfait dans cet épisode (car à ce moment de sa vie elle voulait toujours croire aux beaux sentiments) mais cette femme, peut-être parce qu'ils étaient compatriotes, mais plutôt parce qu'ils devaient avoir l'air si gentils, les avait un peu pris sous sa protection. Le film recommençait à se dérouler, il ne s'en lassait pas. Toute sa vie il revivrait cette minute au seuil de la maison. « Eh bien, faites voir… » La porte s'ouvrait, et ils voyaient la grande chambre claire, surplombant l'eau. Et peut-être que si ce paysage avait été moins beau… Mais pouvait-on imaginer différente une seule circonstance ?… Il y a des instants de la vie, des vies entières, paraît-il, qui s'arrangent comme des chefs-d'œuvre. Ç'avait été pour eux un éblouissement. On était au plus beau de juin, ils étaient partis de bonne heure, sous un ciel extraordinairement limpide, et le soir était limpide, et l'eau limpide. « Montez, je vais vous montrer… » Les ongles vous tomberaient des doigts plutôt qu'un jour pareil vous sorte de la mémoire. Vous montrer la chambre. Montrer la chambre. La chambre dont les portes claquent dans un coup de vent, dont les volets grincent dans l'aube mal assurée. Dire qu'un instant plus tôt, l'air était si tranquille. Vous montrer la chambre. Et, dans cette chambre, Irène endormie, à ta portée, Irène revenue. Revenue sur l'aile des cataclysmes, mais revenue. Quoi de meilleur ? Il pouvait regarder sans crainte ce visage empli d'ombre. C'est la vie des êtres qui nous agite, nous fait tort. Nous avons besoin, pour notre paix, de les imaginer morts. Ainsi imaginait-il qu'il regardait enfin, sans crainte, sans rancune possibles, le visage d'Irène fixé pour toujours en lui-même. La mort, c'est le sommeil qui dure, c'est la cruauté, la trahison changées en fidélité, en amour. C'est la justice. Soudain la lune s'étant cachée derrière un arbre, il ne voyait presque plus son visage : simplement les mèches pâles sur l'oreiller. Il craignit qu'elle ne se mît à bouger, à revivre. Il craignit son rire. Il craignit son réveil, et parce qu'il le craignait, il l'appelait secrètement.

Cette clarté sur la vitre, c'était l'aube, il n'en doutait plus. Combien d'aubes lui seraient cruelles après celle-ci ! Il reconnaissait ce qu'il avait éprouvé si souvent en se réveillant dans la guerre, après un mauvais sommeil. Encore une nuit gagnée. Mais aussi encore une journée à franchir ; à recevoir des coups, à en donner. Et pourtant, quand il y pensait, il était fier d'avoir survécu jusque-là. Jusque-là, c'est-à-dire non pas d'avoir traversé la guerre, mais d'avoir traversé les années sans Irène... Ce n'était pas dans la guerre, mais dans Irène, — quel beau nom ! — qu'il avait connu la limite de ses forces, de sa résistance à l'esprit du mal. Avait-il songé, de toute la guerre, à conquérir autre chose qu'Irène ? Tous les événements dans lesquels il avait cru s'étaient dissous dans leurs contraires : c'était elle, en fin de compte, qui l'avait le moins trompé. Tout, dans ce qui lui était advenu, était de sa faute à lui, voilà ce que la guerre lui avait fait découvrir. Il savait tellement bien maintenant ce qu'il aurait dû faire pour la garder ! Ce petit scénario-là aussi, il se l'était joué maintes fois. Irène rentrait le soir — cela se passait dans l'appartement qu'ils avaient loué à la fin, au dernier étage d'une villa presque vide — d'abord elle ne remarquait rien, il avait laissé dans la pièce les objets qu'elle partageait avec lui : les livres sur les rayons, les fleurs, les photos au mur. Elle remarquait seulement, au bout d'un moment, sur le guéridon noir, au pied du vase, une petite enveloppe. Dans l'enveloppe, une feuille de papier, de celui dont il ne se servait que pour elle, et qui portait en filigrane l'image d'une biche en pleine course : « Irène, je pars, je vous aime. » C'était tout. Il partait parce qu'il l'aimait. Et naturellement, un peu d'argent, on a toujours besoin d'argent. Donc Irène arrivait calme, paisible, — ou peut-être un peu excitée par le dehors, par les gens qu'elle avait vus ? Tiens, la porte était fermée à clef, il n'était pas rentré. Elle redescendait jusqu'à la boîte aux lettres : il n'y avait qu'une clef pour les deux. Elle ouvrait. Tout était comme d'habitude. Ah, un mot... C'était alors que, l'enveloppe à la main, regardant autour d'elle, elle découvrait que tout n'était pas comme d'habitude. Les cahiers, les papiers qui étaient sur la commode, enlevés. La malle qui était dans le vestibule : disparue. Elle ouvrait l'armoire aux vêtements : ses petites jupes, ses petits corsages se balançaient à l'aise dans l'armoire à demi vidée. Elle regardait devant elle, allait à la fenêtre, donnait un coup d'œil à ce paysage de sable et d'eau qu'ils avaient regardé ensemble. Changé, oh, très changé ! Plus rien comme avant. Elle revient dans la pièce : ici un livre ouvert, un journal, — quel naturel ! Elle allait dans la chambre, regardait le lit, essayait de ne pas pleurer... Guillaume ! Il entend ce cri étouffé. Écrire à Guillaume, tout de suite, lui dire qu'elle n'aime que lui, qu'il s'est trompé. Mais voilà, il n'avait pas laissé d'adresse. Ah !... Et bientôt, quelques mois après, Hitler, avec l'autorisation des puissances, envahissait la Tchécoslovaquie. Comme tout s'arrangeait bien ! Quel épilogue !

Il y avait d'autres dénouements possibles. Mais d'abord il fallait tout de même prévoir quelques difficultés. Non pas certes à l'annexion de la Tchécoslovaquie, mais à son départ de la maison. Il lui était difficile de partir sans qu'on le vît, sans qu'on lui fît escorte. Tout le monde dans le pays les connaissait, ils n'avaient pas besoin de se tenir par la main ! Comment partir sans éveiller la curiosité ? L'hôtel de Françoise n'était pas loin, il surveillait la route. Françoise, cette amie de toujours, qui était venue les rejoindre depuis peu, dans un si grand déploiement de gestes amicaux, pouvait-il s'en aller sans la voir ? Il allait donc chez elle, lui disait sa résolution. Aussitôt les questions pleuvaient. Françoise aurait donné son avis, elle aurait raconté à

Irène leur entrevue : son départ perdait de sa beauté...
Il aurait dû lui laisser une adresse, qu'Irène lui aurait
arrachée par des supplications. Mais n'était-ce pas précisément cela qu'il voulait? Peut-on partir en coupant
tous les liens? Cela ne se fait que dans les livres. Mais
alors, pourquoi Irène lui avait-elle dit par la suite, la
seule fois où il l'avait revue (car il n'avait même pas le
mérite de l'invention) : «Ah si vous étiez parti, si un
jour en rentrant, j'avais trouvé la maison vide, mais je
n'aurais pas hésité une seconde vous entendez... Je
vous aurais rejoint par tous les moyens!...» Tout cela
avec l'accent de la révolte. Elle ne l'aimait déjà plus au
moment où elle lui disait cela, mais elle lui reprochait
encore de n'avoir pas fait tout ce qu'il pouvait pour
qu'elle pût continuer à l'aimer. Elle lui indiquait avec
humeur, avec mépris, comme on indique à quelqu'un
la solution d'un rébus des plus faciles, ce qu'il aurait
fallu faire, ce qu'il aurait été glorieux de faire, au lieu
de s'obstiner, de guetter patiemment des occasions de
la voir, de la regarder passer sur la route... Mais il y
avait encore la lettre imaginaire qu'il recevait quelque
temps après son départ : «Guillaume, reviens, je ne
peux plus me passer de toi.» Mais elle n'aurait pas eu
son adresse, alors, comment?... Elle aurait mis une
annonce dans un journal. Une formule que Guillaume
seul aurait pu reconnaître. Une de ces phrases comme
plus tard on en avait tant fabriqué pour la radio de
Londres : «On cherche la clef du placard.» Ou encore :
«Les sardines sont priées de revenir dans leur boîte.»
L'esprit pouvait travailler là-dessus, il y en avait encore
pour un bon quart d'heure, le temps de voir arriver le
jour, le temps de gagner un peu de temps sur le sommeil
d'Irène, sur le sommeil d'Hersent, de José, — un peu
de temps sur le bourreau.

Certes il y avait encore bien d'autres difficultés. Il aurait dû faire ses valises pendant une absence d'Irène. Ce n'était pas commode. Car il s'agissait de ne rien laisser derrière lui qui impliquât une possibilité de retour. Il aurait fallu faire appel à quelqu'un, qui ne pouvait être que Françoise. Françoise serait venue, importante, déplaçant beaucoup d'air, niant l'amour. Non, il n'y avait pas moyen d'en sortir. Mais un tribunal aurait pu l'absoudre, il ne se pardonnait pas. Orgueil? Il ne se pardonnait pas de n'avoir pas été un héros contre Irène. Et cela non par manque de courage, mais par manque d'esprit. Et ce manque d'esprit ferait que l'on croirait toujours à son manque de courage. Et que l'on tiendrait rigueur à son courage de ce qui avait manqué à son esprit. Il n'y avait pas moyen d'en sortir. Ces rêveries, près ou loin d'Irène, s'achevaient toujours en cauchemar. Croire que l'on compte, c'est sans doute la seule faute. La guerre le lui avait appris, l'homme n'est que son arme. L'homme mort, on lui prend son fusil et la guerre continue avec un autre. Et après tout il n'avait même pas été question pour lui, durant toute cette guerre, de mourir. Même glorieuse, la mort lui était restée interdite. Son histoire le suivrait partout : la mort de Guillaume n'aurait jamais pu être glorieuse, — jamais du moins avant ce matin-là. Il savait ce qu'en auraient dit ses amis, les amies d'Irène, — Françoise en tête : « La mort d'Arnoult est un suicide, il a préféré que son suicide serve à quelque chose, il a profité de la guerre mais sa résolution était prise : au fond il n'est qu'un profiteur. » Ainsi il ne s'agissait pas de mourir, il y avait à présent quelque chose de plus dur, un devoir moins prévu : partir, quitter cette chambre. Il imagina le réveil d'Irène, seule, stupéfaite, méprisée, dans l'éclat du plein jour. Absurde : elle pensera que c'est une vengeance, ou que j'ai voulu l'étonner. Il faut rester. Il est condamné à rester, à ne rien faire, à ne pas vouloir. Décidément, rien ne pourra jamais le consoler d'avoir pu laisser une seule fois le destin lui échapper, d'avoir pu donner à Irène, une seule fois, l'impression qu'il était un lâche. Maintenant il ressemblait à ces malheureux qui ont cru pouvoir, après des semaines de combats difficiles en Russie, quitter la L.V.F. pour la Résistance, comme s'ils ne savaient pas qu'il était trop tard, que la partie était jouée, qu'une décharge de mitraillette les attendait au coin de la rue. Jamais plus on ne croira en vous, allez donc vous faire pardonner dans un autre monde! Trop tard. La pièce était jouée. L'honneur était perdu, l'homme aussi. Tout ce qui se passerait maintenant, ce serait *autre chose*.

Guillaume se redressa légèrement, frotta ses yeux, affronta la lueur qui perçait misérablement au ras de la fenêtre. En haut de cette fenêtre, à l'extérieur, il aperçut des stores roulés, qui n'avaient pas dû connaître depuis longtemps la gloire du soleil. L'orange avait tourné au jaune, la poussière les avait noircis, l'humidité les avait couverts de taches. Un silence profond couvrait la maison, immobilisait toutes choses. Ce store fané lui rappela celui d'un hôtel parisien où il avait passé l'année qui avait précédé la guerre, et où il vivait au son d'un accordéon jouant sur une place et accompagnant la voix rauque d'une femme qui chantait. Toute cette année-là il avait pu entendre la même chanson promenée à travers Paris. On la vendait sur une feuille imprimée en bleu et rouge, avec une carte de l'Europe centrale au verso : ainsi les Français pouvaient chanter, sans cesser de s'instruire. On ne volait personne, on ne trompait même pas les gens sur la gravité de l'heure, et ceux qui descendaient de leur étage pour acheter la chanson en croyant passer un bon moment avaient la surprise de trouver sous leurs yeux cette Europe malade où l'Allemagne avait l'air d'une femme enceinte, et où des hachures couvraient le pays des Sudètes comme une fine pluie. L'imprimeur, avec un peu de prescience, aurait pu ajouter dans un coin, à l'intérieur d'un petit nuage, l'image d'un vieux ministre anglais bien serré dans sa cravate, se préparant à prendre l'avion. Tout cela était parfaitement correct, parfaitement absurde. Il vient une époque où les pires horreurs de l'histoire, les exécutions d'otages, la mort de l'Empereur Maximilien, André Chénier sur la charrette infâme, la famille royale au Temple, constituent de jolis sujets de tableaux. Guillaume se retourna vers Irène : combien de temps avait-il encore à profiter de son amitié ? Pour ne pas être un lâche, il fallait la réveiller, rompre son pacte avec ce corps obscur, rendre à Irène le droit de penser contre lui, d'être elle-même. Il se pencha, posa la main sur elle... Beauté de la chair humaine, douceur d'un épiderme, secrets du corps, si bien gardés pendant le jour, si naïfs, si désarmants la nuit. Ce n'est que cela ! Il écarta la couverture. Elle était là, sous la lumière encore avare de la fenêtre, — Irène tant cherchée, tant attendue. Il sentit s'éveiller en lui une sorte d'amoureuse pitié. Ce n'est que cela ! Ce corps qui s'effondre sous les balles, ce cœur qui cesse de battre... Des milliers de corps sont prêts à prendre la place de ce corps, des milliers de graines à prendre la place de cette graine. Pourquoi Véga, Altaïr, les Pléiades, notre petite routine céleste, alors que tant d'étoiles innommées, de galaxies torrides, subsistent hors de notre regard ?... Il entendit, tout au fond du silence, un bruit sourd qui le surprit comme s'il l'entendait pour la première fois : la rumeur de la mer qui cernait la maison. Irène commençait à bouger. Était-ce le moment, — ou plus tard ?... Son cœur faisait des bonds jusque dans sa gorge. Irène, je pars, je vous aime. Irène, je pars je pars je pars.

XXII

Le train s'arrêtait, repartait pour quelques kilomètres, s'éternisait à une halte dont jamais, sur ce trajet effectué tant de fois, il n'avait eu le temps de déchiffrer le nom, et qui maintenant s'étalait ironiquement sous ses yeux, à la clarté d'une mauvaise ampoule, comme un nom exotique, ou lunaire. Dans le silence accru par l'immobilité complète qui régnait sur ces quais hasardeux, il entendait les rares bruits de la campagne ensevelie sous la neige, le cri effaré d'une poule, l'appel strident d'un coq. Il savait depuis longtemps que ce n'est pas l'aube qui fait chanter les coqs, mais qu'ils déchirent la nuit de leurs cris, dès qu'elle devient profonde, pour y ouvrir la brèche où passera le jour. Et durant ces arrêts interminables qui l'installaient au cœur des plaines, ils cernaient son attente de leurs appels, dont le son irritant, faussement victorieux, ricochait comme celui d'une pierre sur la glace.

Une bévue, ou une complication des bureaux, comme il s'en commet en tout temps, — incertitude sur ses attributions ou mauvaise lecture — l'avait renvoyé pour deux longues semaines à son corps d'origine, dans l'Isère, en vue d'obscures formalités, et après avoir perdu là un temps précieux, il se trouvait dans l'obligation, remontant vers le nord, de changer de train à A. et d'y attendre jusqu'au soir un autre train pour Paris. La ville était laide, médiocre, sans ressources, à part les champs de neige qui se trouvaient à une quinzaine de kilomètres, et où il n'était certes pas en goût d'aller. Un hasard qui supprimait tous les hasards pouvait seul en ces circonstances le mettre en présence d'Irène, alors qu'il venait de prendre pied sur le quai, parmi une foule de voyageurs harassés, de trafiquants de tout poil, paysans et citadins mélangés, succombant sous des paquets de victuailles. Sérieuse, fine, dégagée, le cheveu flou, les jambes très à l'aise dans un petit pantalon de ski en fuseau, Irène descendait du même train que lui. À part le pantalon, tout à fait l'Irène d'autrefois.

— C'est pour avoir plus chaud, dit-il, ou pour faire du ski?

— En principe, pour avoir plus chaud, dit-elle.

Leur séparation, un mois plus tôt, avait été sans phrases. Malgré tout, comme les autres fois — et cette fois par scrupule — il avait «manqué sa sortie». L'auto qui les avait amenés avait une réparation à subir, de sorte qu'il avait dû prendre soin de confier Irène au bonhomme d'hôtelier qui devait se rendre ce matin-là à une gare proche; et il retrouvait encore les sensations de ce piétinement matinal dans l'odeur humide des feuilles qui avaient séjourné sous la neige. Elle lui demanda des nouvelles; avec une certaine ironie, lui sembla-t-il. Toute la vie insipide de ces derniers jours s'était trouvée instantanément balayée, et il ne se souvenait plus que de son passage à Paris, et de la surprenante rencontre qu'il avait faite, en traversant le Pont-au-Change, de Laura, la sœur d'Irène. Car se souvenant d'un ancien camarade qui avait longtemps travaillé aux côtés d'Hersent, et qui, ayant changé de bord assez tôt, s'était trouvé porté à un poste où il exerçait quelque pouvoir, il avait voulu lui demander une entrevue, et c'est en courant à ce rendez-vous, qui devait avoir lieu dans un bâtiment avoisinant la Préfecture de Police, qu'il s'était presque heurté à Laura, sur le pont, — il était l'homme des rencontres sur les ponts, — Laura qu'il n'avait pas vue depuis dix ans et qu'il avait laissé échapper à regret après avoir recueilli d'elle quelques nouvelles suffocantes sur sa vie. Il avait voulu lui crier : « J'ai vu Irène ! » Mais elle était singulièrement pressée, elle aussi, et ne lui en avait pas laissé le temps. Et à quoi bon ?... Le garçon, étonnamment protégé par deux sbires au cou nu, avec cartouchières de cuir et mitraillettes, l'attendait, important, mais dissimulant mal sa nervosité, derrière un bureau fabuleusement crasseux et couvert de cendriers profonds remplis jusqu'aux plats-bords. Arnoult lui aurait volontiers pardonné sa nervosité — on se demandait, à le voir ainsi, si les sbires étaient là pour le défendre ou pour s'assurer de lui — mais l'air important lui gâtait l'entrevue. Le pire fut qu'il le trouva tremblant à l'idée qu'Arnoult était peut-être venu pour lui parler d'Hersent et qu'ayant cru comprendre cela il lui demanda de parler bas. Ce que voyant, Arnoult fonça davantage. Mais il invoqua en vain l'habileté de son camarade, le brillant éventail de ses relations ; celui-ci craignait la clameur, si par hasard on allait regarder dans son passé, en un temps où l'accusation de fascisme était mortelle. Guillaume se sentait ridicule ; mais c'était une faiblesse qu'il savait surmonter. Son insistance, fort déplacée, fut pourtant inutile.

— Impossible, mon vieux. Il ne faut surtout pas leur parler de son talent, ça les rend encore plus furieux. Ils disent que le talent, dans son cas, est une circonstance aggravante.

— C'est juste, dit Arnoult. Le talent est immoral. Il fleurit au hasard.

Mais surtout son camarade était trop préoccupé à présent de donner des gages aux partis adverses. Arnoult sentit que sa position était prise, qu'il avait déjà une belle oraison funèbre dans sa poche, pour les revues qui paraîtraient plus tard, dans dix ans, après l'« amnistie ».

Débouchant de ces couloirs sournois, de ces anti-chambres douteuses, Guillaume avait respiré l'air de la rue avec le sentiment d'une liberté égoïste mais éperdue, presque heureux de pouvoir songer à la guerre. Il regretta d'avoir laissé échapper Laura et, retrouvant son image en surimpression par-dessus le visage anguleux et bouleversé de tics du garçon qu'il venait de quitter, il aurait voulu courir pour la rejoindre. Comme la mémoire fonctionne par à-coups, ou peut-être parce que les mauvais souvenirs s'appellent les uns les autres, et que le sens de la liberté est vite offensé, il dut soudain, arrêté à l'angle du trottoir fangeux, à l'air « libre », sorti de cette tourbe d'avocats, de juges, de policiers et de faux amis qui infecte ce coin de Paris, près du Marché aux Fleurs — sans fleurs maintenant — il dut faire face à une citation intempestive du médiocre Polybe, disant à peu près que les traîtres, même s'ils échappent à leur sort, sont tourmentés par leur conscience, et revivent en rêve les fautes qu'ils ont commises : « *Ta êmartêmena.* » Pourquoi cette phrase sur les traîtres ? Il refusait cette qualification pour Hersent : il avait seulement conscience, affreusement, qu'il lui restait peu de jours à vivre, peut-être moins que des jours. Il avait eu envie de lui écrire, puis s'était arrêté au bord de son envie et avait déchiré la lettre, se disant que plus rien ne pouvait passer de lui à Hersent, que sa vie, que son « innocence » ou sa chance lui seraient une injure, qu'il ne pouvait lui manifester ni admiration ni pitié, ni davantage lui apporter des encouragements, c'est si facile, et il y a des cas où la facilité est répugnante. Peut-être estimait-il trop vite, et trop profondément, qu'il n'était rien, mais c'était le pli. Ce marché aux fleurs était plein d'oiseaux virevoltant entre les montants de fer et les bâches roulées qui, en ces circonstances, lui donnaient un air triste et provisoire et achevaient de persuader Guillaume de ce rien qu'il était. Les stencils imparfaits et couverts de fines éclaboussures sur le vergé desquels il lui avait fallu autrefois déchiffrer le texte grec de Polybe, accoudé à une table noire d'examen, avec ses taches et son trou vide pour l'encrier, avaient un peu cet air-là, et il se demandait si ce n'était pas l'air que les choses avaient eu de tout temps, et s'il n'avait pas jusqu'alors vécu les yeux fermés, ou si l'ombre bienfaisante d'Irène avait suffi, pendant toutes ces années, à lui voiler ces taches, ces oiseaux noirs, ces bâches roulées autour de leurs tringles de fer. Il reprit sa question sur le costume.

— En principe pour avoir chaud, dit Irène, — et soudain il s'interrogea, avec une inquiétude intense, sur ce qu'elle faisait là, sur ce quai, au fond de la dernière vallée de France. Il avait toujours connu, lorsqu'il rencontrait Irène à l'improviste, une abolition immédiate de tout ce qui n'était pas l'instant présent. Une sorte de complicité heureuse, l'impossibilité du démérite, une paix ardente, tout cela lui était donné aussitôt dans la vue d'Irène, immédiatement offert. Sa rencontre avait toujours été une bouffée d'air vif, une issue tout à coup ouverte sur de merveilleux départs. Aussitôt, oubliant follement toutes ses expériences, et l'urgence même du voyage, il se vit installé avec elle, pour vingt-quatre heures, sur ces pentes qu'il avait d'abord méprisées.

— Pour avoir plus chaud, dit-il, mais cela n'empêche pas le ski.

Toujours ils avaient été prêts pour le voyage. Pourtant Irène avait changé. Plus mystérieuse que la dernière fois, plus réfléchie, plus fermée, mais toujours avec cet air d'extraordinaire indépendance qui la lui faisait admirer. Il y aurait eu mauvaise grâce, de part et d'autre, à décliner les avances du hasard. Les réticences d'Irène ne firent que la conduire à l'aveu de sa mauvaise foi : la perspective d'une journée d'ennui s'effaçait trop brusquement pour ne pas laisser place au plaisir. Un petit train cahotant les arracha bientôt à la vue des toits et des usines. Irène ramena la conversation sur Laura.

— En somme, vous ne pouvez plus vous déplacer sans rencontrer l'une ou l'autre, dit-elle.

— Je ne m'en plains pas.

— D'avoir rencontré Laura ?

— Si vous voulez…

— Vous devriez la voir plus souvent, dit-elle avec sérieux. Laura est bien mieux que moi.

Quand Irène devenait sérieuse, qu'elle adoptait cet air, Guillaume était toujours pris de panique. Mais l'arrivée du train à la station le dispensa de s'étonner. Des gens allaient et venaient sur les pentes ; les skis de louage étaient mauvais ; ils les dédaignèrent. À vrai dire ils souffraient surtout d'un besoin urgent d'activité. Irène en particulier avait l'air de penser à autre chose, comme si elle était pressée d'arriver quelque part. Ils déjeunèrent dans une grande salle vitrée, déserte, où la neige, malgré l'absence de soleil, leur brûla les yeux. Le jour tomba, et quoique Guillaume eût préféré tout au monde plutôt que de revenir avant l'heure dans cette ville inhospitalière, Irène le força à rentrer, prétextant, fort singulièrement, la possibilité d'un coup de téléphone à une adresse qu'on lui avait donnée. Il la suivit sans cacher son dépit.

— Mon petit Guillaume, dit-elle, il est bien difficile aujourd'hui de faire ce qu'on veut.

Son allure vive, ses mouvements de tête, son air décidé annonçaient qu'il fallait s'en remettre à sa discrétion. Ils cherchèrent, au bout d'une longue rue bordée d'ateliers en dents de scie, un hôtel aux murs délabrés, dont les fenêtres donnaient sur une voie de chemin de fer bouleversée, mal remise des derniers bombardements : ce n'était que toitures effondrées, cratères hâtivement comblés d'une terre jaune, wagons criblés, immobilisés au bas d'un talus. On venait tout juste de rétablir une ou deux voies, où allaient et venaient des machines. Irène consulta un papier.

— Il paraît que c'est là, dit-elle, en s'amusant beaucoup de la tête que faisait Guillaume. Elle dégagea son poignet : C'est à peu près l'heure. Je vais attendre dans ce vestibule. Promenez-vous.

Guillaume protesta énergiquement.

— Je suis fourbu, dit-il. Et que diable voulez-vous faire dans cette ville ?... Non, vous êtes fatiguée vous-même, après cette nuit de chemin de fer, cette journée, cette course en plein vent... Nous sommes tout juste bons à aller nous étendre dans une chambre. Vous y serez d'ailleurs plus à l'aise pour attendre vos coups de téléphone.

— *Mes* coups de téléphone !... Non, il faut que je reste ici.

— Alors venez me rejoindre quand vous aurez fini. Je n'y peux rien, il n'y a pas de cinéma en semaine.

— Très drôle, dit-elle sans rire.

— Ce n'est pas que je tienne à cet hôtel, ajouta-t-il.

Mais je nous vois mal allant nous asseoir sur des bancs. Et puis nous y sommes,

— C'est tout ce qu'il y a de mieux pour cette ville, dit-elle.

— Oh, je vous fais confiance! dit-il, la main sur la rampe.

Elle fit une légère grimace.

— Sérieusement... vous ne préférez pas m'attendre dans un café?

— Oh Irène! dit-il. Vous attendre dans un café...

Elle prit une seconde de réflexion.

— C'est bien, dit-elle. J'irai vous rejoindre, — puisque vous ne voulez pas non plus que nous allions nous asseoir sur des bancs... Mais Guillaume, je vais vous dire... Je ne peux plus être la même pour vous... Il faut que vous soyez, que nous soyons... Vous comprenez... Là-bas, c'était autre chose, — exceptionnel... Son visage se détendit dans un sourire. Nous ne pouvons pas toujours «recommencer la Plage»...

Pourquoi ce discours? pensait-il. Il évoquait confusément une situation du même genre, une promesse qu'on avait exigée de lui, en d'autres temps, au seuil d'une autre chambre.

— Mais Irène, dit-il, c'est si simple. Nous n'avons qu'à demander une seconde chambre.

— Allons, dit-elle, ne faites pas l'idiot.

Le téléphone sonna. C'était pour elle. Il n'y avait pas eu moyen de savoir si elle allait vers Paris. Son bagage paraissait insignifiant, comme de coutume, et son emploi du temps élastique, tout en comportant des obligations rigides et ces appels téléphoniques qui empêchèrent Guillaume un bon moment de se sentir en sécurité. Après les cérémonies qu'elle avait faites pour le rejoindre, elle parut au seuil de la chambre, au bout d'une demi-heure environ. Elle avait le visage des grandes circonstances.

— À quoi jouez-vous aujourd'hui ? dit-il. À la conspiratrice ?

— Vous voudriez bien le savoir, hein ? dit-elle.

— Est-ce la Libération qui vous oblige à conspirer ?

— Le monde est las de conspirer, dit-elle. Et puis, vous savez bien, les femmes comme moi, cela ne conspire que pour soi-même.

Il feignit de la prendre au mot.

— Ah, quelques petits arrangements familiaux ?

Elle tourmenta un instant son bracelet-montre, puis se tapota les cheveux.

— Affaire privée, dit-elle.

Elle se posa devant la glace.

— Familiale, comme vous dites, ajouta-t-elle avec à peine une manière de défi.

Elle hésita, changea de mine, sourit, maintenant décidée à ne rien dire. Il sentit qu'elle avait tourné une page, ou plutôt qu'elle avait ouvert un chapitre. Un événement avait dû avoir lieu, dont elle n'était pas encore tout à fait sûre, mais qui approchait de sa conclusion. Il avait eu l'impression, pour la première fois de leur vie, qu'elle avait peur d'être vue avec lui. C'était peut-être ce qui donnait à ses gestes cette allure saccadée, si nouvelle. Avec cela, de brusques franchises, comme elle en avait toujours ; par exemple, ce haussement d'épaules quand, au bas de l'escalier, il avait suggéré qu'ils pourraient prendre deux chambres ; cette expression nouvelle, presque dure, où il lui paraissait y avoir quelque chose à redouter. Tous deux étaient liés par mille choses sous-entendues, où le langage n'était certes pas d'un grand secours. Il s'efforçait de rester à distance, non seulement d'elle, mais de lui-même, tâchant d'atteindre autant qu'il le pouvait, sous tant de sentiments violentés ou détruits, à la toute-puissante indifférence. Ce qui faisait, comme cette indifférence n'était pas très stable, qu'il avait, comme toujours avec Irène, le sentiment d'être au début de quelque chose, que cette chose les entraînait irrésistiblement, et qu'il dépendait d'eux, comme elle disait, de « recommencer la Plage ». Il savait que jamais rien n'avait été médiocre auprès d'Irène, qu'aucune circonstance ne la pouvait amoindrir. Il avait su vivre pendant de longues heures de nuit à ses côtés, subjugué par une image d'elle-même que ses gestes, sa vue, son langage lui imposaient — grande Irène, Irène dans sa couche de sable et de lumière blanche ! Il aurait pu aussi bien, peut-être, s'accommoder d'une autre Irène, l'associer pour toujours à ces murs bas, à ces cheminées ébréchées, au décor misérable de cet hôtel aux murs troués d'éclats, souillé par le passage des trafiquants suant leur vin, leur essence. Ce n'eût pas été une vengeance, même sur l'avenir. Il y avait en elle quelque chose de suffisamment indestructible. C'était si vrai que, sans se l'avouer, c'était cela même peut-être qu'il aurait voulu détruire, — cela, et ce mystère de la Plage toujours prêt à revivre en eux. Soudain il s'aperçut, avec une véritable terreur, qu'il n'imaginait plus, si la chose avait été possible, une union durable avec Irène que comme une longue chasteté. C'était comme si toutes les eaux du monde étaient taries. La nuit tombait sur les rues éventrées, sur les murs en dents de scie. Il sut à ce moment que plus jamais il ne pourrait connaître d'intimité avec elle — à moins qu'il ne devînt capable de la traiter en étrangère. Ses gestes n'arriveraient plus à la rejoindre : il n'imaginait plus la rencontre de ses mains avec ce corps toujours admirable. Son esprit avait cessé d'admettre non pas l'existence de ces frénésies, mais le fait justement qu'il pût leur arriver encore de les goûter ensemble. Et en même temps, bien conscient que cela lui eût été impossible à expliquer, il était désespéré à l'idée qu'elle pouvait l'attendre, qu'elle pouvait ne pas deviner, ne pas comprendre, ou comprendre des choses qui n'étaient pas. Comme ils se trouvaient étendus côte à côte, respirant silencieusement, elle murmura, en riant doucement, essayant toujours de l'ironie, quelques mots que sa propre émotion rendait confus, mais d'où il comprit qu'elle s'étonnait que, selon ses termes, il n'eût pas encore « appris à vivre ».

— Je pense, dit-elle sans changer de position, comme si elle réfléchissait depuis toujours sur ce sujet, que cette fois vous devez vous sentir *détaché*... N'est-ce pas ?

Ses yeux regardaient tranquillement le plafond.

— Détaché de quoi ?

— De moi...

Il ne put répondre.

— Ce n'est pas le bien-être qu'on respire ici, dit-il.

— Vous avez besoin de bien-être ?...

Mais elle se trompait sur le lieu que désignait « ici » et sur le bien-être. La question resta en suspens. Il savait qu'il allait au rebours de tous les sentiments communs. Mais après tout, ses tendresses, ses respects, ses mépris avaient toujours été dans ce sens. Il pensait, il sentait tout cela avec force, et pourtant — était-ce d'avoir été fustigé par cette petite phrase sur le bien-être ? — soudain il était confondu de s'entendre dire tout le contraire. Mille arguments lui vinrent en un instant pour retarder leur départ. Il n'estimait plus suffisantes ces minutes hâtives qu'Irène était prête à lui donner, il s'acharnait subitement sur elle de toutes les forces de son imagination, de toutes ses ruses. En un instant les sentiments les plus contradictoires furent précipités dans le creuset de sa conscience éclatée. Croyait-elle sérieusement qu'il s'était révolté contre des apparences sordides, qu'il aurait pu craindre entre eux l'imperfection ? L'avait-elle jamais vu redouter l'imprévu avec elle ?... Pouvait-il vivre auprès d'elle sans que la nature le brûlât, et sans désirer cette brûlure ? Cet hôtel échoué entre des usines bombardées, avec leurs cheminées cassées comme des poteries de bazar, ébréché lui-même, il se disait au contraire qu'il avait attendu tout cela sans le savoir, que c'était la vérité de leur monde, qu'il ne pourrait plus sans mensonge retrouver Irène ailleurs et que c'était pour cela qu'il l'avait attendue pendant dix ans, non pour ces nuits trop belles, ces magies au bord de la mer. Ce décor équivoque, ces murs percés, ces pierres écroulées, n'était-ce pas très exactement ce qui leur convenait ? Ces trafiquants, ces traîtres, ces bourreaux, avait-il vraiment une raison, lui Guillaume, pour les mettre à l'écart, pour se sentir d'une autre espèce ? Comme Irène était plus humaine ! Elle qui pouvait traverser tous les milieux, passer dans toutes les chambres, et en ressortir pure ! Il tenta de la convaincre qu'il leur fallait rester là, encore un temps, — oui, l'espace d'une nuit, qui sert à mesurer toutes choses ; pour compenser d'autres nuits, dont soudain l'enchantement lui paraissait voisin de la trahison.

— Je me mets à votre place, Guillaume, dit-elle, soudain changée. Je vous comprends... Et parce que je vous comprends, eh bien, je crois que c'est cela en effet qui serait une trahison...

Mais il n'entendait plus. Il ne voulait pas se dérober plus longtemps à la tentation de ce sable où autour d'eux le monde s'enlisait. Pourquoi ne pas profiter du gâchis ?... Hersent mourrait sans lui. Il ne pouvait plus rien pour Hersent. Plus rien, — si le cri suraigu de quelque volatile torturé, perçant la rumeur des trains, n'était venu tout à coup lui rappeler le désespoir du monde.

— Vous avez raison, dit-il. Allons-nous-en.

Le bracelet-montre d'Irène était resté sur un guéridon, près du lit. Un guéridon noir. Elle allongea le bras. Sous la fenêtre, une locomotive sifflait, sans bouger. En un instant, ils furent dehors.

XXIII

Le train les reprit, après ces heures mortelles, comme deux voyageurs sans histoire, un peu moins encombrés que les autres. Guillaume respirait difficilement mais profondément; il avait l'impression d'avoir réussi à effacer une page écrite, un mauvais brouillon. Avoir failli être auteur brocardé, et redevenir honnête homme. Il avait compris un moment qu'être coupable c'est ne plus faire bloc avec soi-même, ne plus être un. Il avait toujours cru sentir, après chacune de ses rencontres avec Irène, que c'était la dernière rencontre. Mais il le sentit encore mieux cette fois-ci. Elle s'était finalement décidée pour Paris, et c'est ainsi qu'ils se retrouvaient pour la nuit dans un train bourré de voyageurs, si pareil à celui d'où il était descendu qu'il aurait cru ne l'avoir jamais quitté.

Comme le train précédent en effet, celui-ci allait cahin-caha, s'éternisant aux stations, et tous deux profitaient de ces arrêts intempestifs pour tendre le cou vers le ciel et tenter d'absorber un peu d'air. L'état inhospitalier des compartiments les avait rejetés à leurs valises, qu'ils avaient posées verticalement dans le couloir pour pouvoir y trouver un semblant de siège. Mais le couloir était si encombré lui-même qu'ils auraient presque pu y tenir debout sans appui. C'était une situation que Guillaume n'avait pas prévue. Ils étaient là coude à coude, se voyant à peine, basculant au gré des cahots, envahis par le sommeil. Dans les livres, pensait-il, on prend soin de séparer les personnages lorsqu'ils viennent de vivre une péripétie d'importance ; mais dans la vie, il arrive que les gens, après avoir vécu des minutes exceptionnelles, soient dans l'obligation de rester ensemble. Ils avaient tout le temps, en dix-huit heures, de penser à eux, de réfléchir à ce qui venait de se passer, mais la torpeur les avait gagnés, et Guillaume n'était même plus libre de songer à cela. Il s'était mis à neiger, et ce qu'il ressentait devant cette neige excluait toute autre méditation. Certes, il n'avait pas besoin de dire à Irène pourquoi il était devenu si étranger à cet enchantement des hivers, pourquoi les fins entrelacs des branches dessinées à la craie sur le ciel noir, tels qu'ils se révélaient à chaque arrêt, sous la faible lueur du train, lui apparaissaient comme des joliesses insupportables : il n'avait pu, en moins d'un mois, oublier cette voix de femme leur annonçant la mort d'un homme comme on fait un bon mot. Mais Irène, soulevant ses paupières, lui dit tout à coup qu'il avait, depuis la guerre, l'esprit tragique, et l'accusa de mettre en accusation la nature, lui disant qu'en ceci du moins elle ne le retrouvait pas. À cette révélation il ne trouva sur le moment rien à répliquer, car il lui fut impossible de donner forme au sentiment qui le troublait, et il répondit maladroitement que la nature n'était pas seule en cause, ne voulant pas ajouter qu'elle lui paraissait bien compromise, et peut-être complice. Alors, avec une humilité, un retour sur soi qui le touchèrent assez profondément pour que cette fois il ne pût le lui dire, elle voulut bien, après quelques cabrioles de l'esprit assez semblables à celles qu'il lui avait vu exécuter tant de fois sur le parquet des chambres avec l'intention de lui prouver son sang-froid, le bon état de ses nerfs et sa souplesse, avouer qu'elle comprenait. Seulement quand elle lui répéta, un peu plus tard, sur un ton apparemment neutre, qu'elle estimait qu'il avait vraiment changé, et qu'elle ajouta même qu'elle était triste parce qu'elle voyait bien qu'il ne « croyait plus à la Plage de Scheveningen », il ne trouva pas la force de lui répondre, et parla d'autre chose.

Ils étaient enfin arrivés, elle et lui, à se loger dans un compartiment, mais ils eurent bientôt à le regretter. S'il leur était agréable de s'asseoir autrement que sur des valises, il l'était moins de contempler leurs compagnons de voyage. Sans aucun doute ils étaient sur la bonne terre de France : des papiers gras étalés sur les genoux, leurs voisins jouaient du couteau, mastiquaient, se curaient les dents avec bruit. Cela donnait à Guillaume une nouvelle définition du Français : le Français est celui qui sait qu'un quart d'heure sans manger pourrait être mortel. Où ces gens avaient-ils trouvé ces œufs, ces viandes, ce beurre dont on manquait depuis tant d'années ? Le train était devenu en France un des lieux où les campagnes dégorgeaient leurs richesses. Les cris des coqs sur la terre enneigée, les appels rouillés des cloches venaient expirer là, sur ces banquettes tachées, parmi les claquements de langue, dans l'odeur de ces gens repliés sur eux-mêmes, digérant sur le lieu où ils avaient dormi, toutes fenêtres fermées, car le courant d'air est ce que l'on craint le plus après la faim. Tout cela dans un silence lugubre, où Guillaume et Irène sentaient leur âme devenir lourde dans leurs corps. Guillaume avait dans son sac quelques biscuits de chien et trois pommes, mais Irène prétendit, comme toujours, qu'elle ne pouvait rien avaler. Un homme gonflé de tartines, de beurre et de saucisson descendit, et ils poussèrent un soupir d'aise. Une grosse dame vint prendre sa place, munie d'un chat et d'une fillette qu'elle installa sur ses genoux. Un dialogue insipide s'éleva entre la grand-mère obèse et la fillette, qui ne devait prendre fin qu'avec leur séjour dans le train. Les demandes et les réponses étaient faites à voix haute, voix insolites au milieu du silence général, mais la sottise aime à parler haut. Aux questions fastidieuses de l'enfant, il était répondu avec une complaisance prolixe ; ou bien l'on répétait la question sans y répondre, quand cela soulevait trop de problèmes ; bientôt, se sentant de force, les voisins s'en mêlèrent, de sorte que l'infantilisme gagna peu à peu tout le compartiment. L'enfant ravie de son succès se mit alors à bécoter les chairs flasques qui s'offraient à elle sur le visage de la grand-mère. Guillaume se tournait avec sympathie vers le chat dont les yeux brillaient d'un calme mépris. Finalement, jugeant ce spectacle impossible, il consulta Irène du regard, et ils allèrent reprendre leurs places dans le couloir.

Il y a des doutes que l'esprit refuse d'examiner, mais c'est une victoire qui lui coûte. Ces gens, cette vie végétative, puissante et morne, cette insouciance animale, était-ce là ce qui avait été sauvé à si grand prix ? Était-ce donc pour ces épiciers, ces charcutiers repus, qui avaient attendu la paix derrière des remparts de cervelas, que l'on continuait à mourir ? Une idée abominable s'empara de lui. Il eût préféré mourir dans la peau d'un traître avéré plutôt que de vivre dans la peau de ces gens. Hélas, cette lenteur de la vie quotidienne, cette insignifiance des gestes, cette sourde rumeur de train roulant dans la nuit, cela recouvrait l'agonie d'Hersent dans sa prison. Guillaume s'était juré de ne pas le plaindre, mais il continuait à ne pas comprendre. Il comprenait Hersent condamné, il ne comprenait pas Hersent mort, — *ayant à mourir*. Peut-être parce qu'il ne comprenait pas la mort?... Il avait quitté le compartiment. Mais il regardait encore, à travers la vitre, ces gens fermés sur leur épaisseur, cette gelée visqueuse : la matière humaine indifférenciée. Bientôt, en vertu des indications notées sur le calendrier des Postes, les jours commenceraient à allonger. C'était le temps où un rayon fugitif suffit à faire penser que la belle saison n'est pas loin. Dans peu de semaines, bien des femmes, issues de la clandestinité des comptoirs, allaient pouvoir se remettre à procréer. Il y avait encore de beaux jours pour la canaille.

Maintenant les vitres, couvertes de buée, n'étaient plus que de vastes rectangles noirs qui ne faisaient que rendre à Guillaume son visage. Derrière ces vitres, il était impossible d'imaginer aucun paysage d'aucun temps, hormis peut-être de quelque planète morte. Guillaume et Irène avaient laissé la vraie nuit là-bas, sur les plages, sur les pentes des dunes, une nuit où l'on peut vivre, mais celle-ci derrière les vitres était une nuit de mort. Il vit Irène tirer une cigarette de son sac, puis une autre, puis fermer les yeux. Il ferma les yeux à son tour ; le train roula parmi tous les autres visages leurs visages de morts. Mais ce n'était pas seulement une nuit de mort, c'était une nuit pour le meurtre, une nuit pour Caïn, pour la voix du sang. Après avoir caché son frère sous des broussailles, Caïn espère échapper au châtiment, mais il n'échappe pas à la conscience, c'est-à-dire à l'épouvante. La peine du malfaisant : devoir se cacher à lui-même. Son acte l'a séparé en deux, et il y a une part de lui-même qu'il ne veut plus connaître. Cette surprise attristée quand nous apparaît la chose que nous avons faite. Caïn, Pierre, Judas. Comment ai-je pu ?... Rien ne devrait nous remuer le sang paraît-il comme le sentiment d'avoir évité une sottise. Mais rien ne l'alourdit, ne l'épaissit, ne le fige, comme le sentiment de l'avoir faite. Ma vie est devant moi, comme une chose arrêtée, finie ; c'est elle que j'ai tuée : plus de recours, plus d'appel. À vrai dire, devant cette image, Caïn, qui manque décidément d'expérience, ne songe qu'à fuir. Ce n'est pas moi, ce n'est pas moi. Il ne faut pas que ce soit moi. Il ne faut pas accepter l'idée que c'est moi. À aucun prix. Après tout, cela aurait pu arriver *sans moi*. Et puis, suis-je le seul coupable ? C'est ma culpabilité qui fait, après coup, l'innocence de l'autre : simple effet de perspective. Ce qui est vrai, c'est que la vie n'était plus possible à côté de lui. Il m'ôtait mon air. Mais surtout, sa pensée obscure revient sur ce qu'il y a pour lui de plus incompréhensible dans son acte : qu'il ne puisse pas le réparer, revenir en arrière. Un instant avant, il était encore possible de ne rien faire, et la vie continuait pareille à elle-même : le puits, le sillon, la charrue. Abel est loin, il garde les animaux, je ne me soucie pas de lui, je ne suis pas son gardien : je ne m'occupe pas de mon frère. Un instant, rien qu'un instant. Pendant cet instant-là, le coup est resté suspendu ; il n'existait qu'en moi, comme une impulsion, comme une idée, même pas, ce n'était rien : une chose qu'on peut défaire. Ah, voilà, il aurait fallu que cela reste une idée. Alors personne ne se serait douté de rien : j'aurais pu être assassin, j'aurais pu tuer, — *et ne pas le dire*. La pensée, voilà qui est commode. Quelle ressource, quelle économie de mouvements ! Je n'y avais pas réfléchi. C'était pourtant la seule méthode : tuer en imagination, supprimer Abel, *mais en moi-même*. Et j'y songe : c'était tellement plus radical. Je le vois, les fruits de l'action sont amers. J'ai supprimé Abel, et il n'a jamais été plus vivant. Je n'oublierai jamais ce cri, ce regard qui disait : « Mais tu ne vas pas faire cela, voyons ! Ce n'est pas possible ! Réfléchis ! » Ce regard des gens qu'on va frapper. La mitraillette pointée contre le ventre, je vois les yeux du type s'agrandir. Mais il est condamné : nous en avons décidé ainsi, André, Robert, et moi, et Julot, en petit comité (et José, il y avait aussi José) réunis en « conseil de guerre » : toutes ses pantomimes n'y feront rien. Dans ces quartiers, avant qu'une maison ne s'éveille, il faut longtemps. Le type est arrivé au coup de sonnette, pas méfiant. Tout de suite il a compris, son sang s'est retiré. C'était plus franc que le guet-apens, ou le coup de pistolet dans la nuque, comme l'autre fois. Il a eu l'air de penser : « C'est mon tour. C'est régulier. » Il n'a pas eu le temps de protester, comme l'autre : « Puisque je te dis que tu te trompes ! » Si on les écoutait ! Et puis nous n'étions pas là pour réfléchir. Je me connais, je suis un impulsif. Cela a été plus fort que moi. Je n'avais pas fait exprès de le rencontrer près de ce puits ; je veux dire que je ne cherchais même qu'à ne pas le rencontrer. Quand je l'ai vu, avec cet air qu'il avait toujours, du monsieur qui fait tout bien, à qui tout réussit, *le juste* en somme, je n'ai pas pu me retenir. Jusqu'ici, j'avais toujours pu réparer mes bêtises, mais cette fois je suis pris, et j'enrage. Une poterie cassée, on en fait une autre, et le temps nous est rendu. Mais ça !… Pourtant mon Dieu ! ça vous serait si facile ! Dites que ça ne compte pas, que c'est un cauchemar, un coup pour rien. Dites seulement une parole. Faites que cela n'ait pas été. Qu'il n'y ait pas cette terrible nouveauté sur la terre, et que je n'en sois pas l'auteur. Seigneur, si c'est vous qui êtes là, si c'est vous qui parlez, reprenez votre mort ; je ne puis en supporter l'aspect. *Je ne savais pas.*

Est-ce que ce n'est pas assez d'avoir ça sur la conscience, mon regret, cette maladie. Rien que ce tremblement que j'ai, est-ce que ce n'est pas assez horrible?... Il fuit, il croise des buissons, des puits, des mares, des abris qu'il avait construits autrefois, au beau temps du labeur. Il ne reconnaît plus rien, son acte a changé la face du monde, il y a un cri contre lui, qui sort des pierres, du chemin, du sable, de la terre entière. Il eût été si simple d'imaginer que ça s'était produit. J'aurais même pu écrire tout ce que je voulais contre Abel : il suffisait que je ne le montre pas, que je n'en parle à personne. Bien sûr, à partir du moment où je le montrais, j'agissais, — je tombais sous le coup de la loi. Mais comment savoir avant d'avoir fait? Il n'y a que l'action qui instruise. Et j'y songe, voilà une chose qui m'était déjà venue en tête. Quand donc? Ah, le jour de la gifle. Mon Dieu, je suis un violent, et en moi les mouvements du sang sont vifs. Cette expression d'extase qu'il avait devant la fumée de son sacrifice, — il avait tellement l'air de penser : «J'ai le cœur pur», et de croire qu'il était le seul être pur au monde, et de croire qu'on ne pouvait pas ne pas être fait ainsi, incapable qu'il était d'imaginer une conscience autrement faite que la sienne... Cela n'était pas supportable; ce jour-là aussi la gifle est partie toute seule, ce jour-là la vie a sauté au dedans de moi. Cet épisode aurait dû m'avertir. Mais je n'y ai plus pensé. Je ne sais pas penser. Je vais d'un seul coup jusqu'au bout de moi-même. Et la fois suivante a été comme la première. Je me rappelle : il avait élevé son autel à vingt pas du mien, ou davantage; mais tout d'un coup le vent a tourné, me rabattant sa fumée dans les narines. «Va plus loin! lui criai-je. Plus loin!» — «Pourquoi moi?» — «Pourquoi toi?» Il n'y avait personne en vue. Il ne bougeait pas, il m'attendait. Cette attente me narguait.

Le vent était tombé brusquement et la fumée montait tout droit, cela aussi était un signe, et il s'était simplement levé pour m'attendre et se tenait tout droit lui aussi, comme un petit martyr.

Un temps après (un peu de ce temps qui n'est plus qu'un tourbillon, jusqu'à ce que la conscience se noue, et que ce nœud vous paralyse le cœur) : « Caïn, qu'as-tu fait ? » Il n'avait pas prévu cela. Cette voix qui le frappe en pleine poitrine, et il ne sait d'où elle vient, mais cette fois un tel frisson s'empare de lui qu'il sait qu'il n'a encore rien connu de pareil. C'est une chose contre laquelle il ne peut rien. Tout son esprit s'anéantit, son âme se sépare, se décompose : c'est donc cela la peur, ce hideux frémissement de l'esprit ; cela ne se voit pas, mais cela vous coupe la parole, vous fait dire le contraire de ce que vous pensiez, de ce que vous aviez préparé, qui était si beau. « Qu'as-tu fait de ton frère ? » — « Mon frère ? Est-ce que j'ai à m'occuper de mon frère ? » Mais la voix reprend exactement comme s'il n'avait rien dit, un peu plus terrible seulement, une voix de haut-parleur : « Caïn, qu'as-tu fait de ton frère ? Où étais-tu, hier, à une heure de l'après-midi ? » Comment savent-ils ? Les questions sur ce qu'on a fait sont toujours effrayantes, mais celle-ci... « Je jure que je ne sais rien. » Alors la voix, soudain très patiente : « Caïn, il y a huit jours, quand tu as rencontré ta sœur Adah au bord du puits, te rappelles-tu lui avoir dit quelque chose au sujet de ton frère ?... » Un nouveau frisson. Je me rappelle, oui. Et s'il n'y avait pas eu Adah, il y aurait eu autre chose, ils feraient plutôt parler la lune. Tous les propos que j'ai tenus depuis ma naissance sont devenus suspects d'un seul coup : à dix ans, j'étais un « futur assassin », ils auront dû noter que j'avais le goût des massues, que j'aimais tailler des bâtons, et qu'à onze ans je mettais les bûches en croix. Ce sont des signes. Toute chose de mon passé est devenue signe depuis le jour où j'ai touché à la tête de ce malheureux. Mon amour pour Adah, ils le calomnieront, ils inventeront des mots pour ça. Mes promenades avec Lamech deviendront criminelles : nous aimions les sous-bois, cela s'est su. Ils iront rechercher dans mon passé d'enfant, de nouveau-né, quand je tétais ma mère. Et s'il n'y a rien, il y aura encore quelque chose. Telle est la vertu des enquêtes, du vocabulaire : le monde a vieilli en une heure de temps plus qu'il ne l'avait fait depuis ma naissance. Rien ne fait vieillir le monde comme un événement. Ah, tuez-moi, mais tuez-moi sans me dire pourquoi, ce sera plus honnête ! Vous ferez d'ailleurs bien de me tuer, parce que la pensée est un mal que je ne suis pas fait pour supporter. Non, je ne supporterai pas de penser que vous savez, que les autres savent, que tout le monde sait. Même s'ils ne disaient rien, je ne supporterais pas de lire cela dans leurs yeux, cette image repoussante qu'ils se font de moi. La vie ne me vaut plus rien si je ne puis la partager, connaître un sourire d'homme, serrer une main qui ne se méfie pas. Ah déjà je suis comme dans une prison, et le visage de l'homme me manque ! Même si par hasard vous poussiez la bonté envers moi au point de me laisser la vie, — et quel poids que celui de votre bonté !... Être vagabond sur la terre, celui devant qui les bouches se taisent et les portes se ferment, cela peut être une satisfaction. Mais depuis que je sais que chaque homme rencontré sera pour moi une condamnation à mort, que le dernier des avortons se croira le droit de me juger, non, autant rien. « Qu'as-tu fait ?... » Ce que j'ai fait ? J'ai fait ce que j'ai voulu. J'ai dit le contraire tout à l'heure ? C'est que tout est vrai. Désormais me voici renseigné sur moi-même : je sais ce que je vaux. Je vaux un assassin, je suis un homme dangereux pour les hommes : ils ne peuvent que se défendre de moi, ils essaieront de me prendre, et tout homme qui me trouvera me tuera. Est-ce bien cela ? J'ai fait ce que j'ai voulu : rien d'autre ne m'est essentiel. Je peux partir tranquille. Je vais mourir, mais j'ai agi : je n'aurai pas vécu en vain. Et enfin, avouons une chose : j'ai goûté pleinement ce que j'ai fait. Au moment où j'ai tué cet homme, qu'ils disent être mon frère, j'étais au comble de moi-même ; il y aura eu au moins ce moment-là, où j'aurai connu la plénitude. Pouvoir tuer, interrompre le cours d'une vie, il faut bien y songer, c'est énorme, cela ! Sensation inoubliable... Pendant que les autres troquent leurs sacs de blé et font des enfants, moi je vis, et mes gestes pèsent sur le cours du monde. Non ; je ne suis pas né en vain. Et si c'est là l'orgueil, l'orgueil est grand.

Un temps après (un peu de ce temps qui n'est que poussière et qui n'attend que de tomber, pour être soupesé, entre les mains du Juge) : J'aurai du moins gagné cela à mon acte : j'ai découvert la réflexion. Et la réflexion à son tour m'a fait me découvrir moi-même. Car voici ce que j'ai gagné à réfléchir : c'est que j'ai cessé d'être divisé contre moi-même. Je cesserai d'être divisé si au lieu de me repentir, de regretter, j'accepte, — mieux, je revendique. C'est moi qui ai fait cela, et je l'ai fait parce que je l'ai voulu : j'ai estimé nécessaire de débarrasser la terre d'un donneur d'offrandes, d'un fauteur de superstition. Alors, oui, je serai joyeux, et il me semblera que, parlant ainsi, je tue une seconde fois Abel.

Et enfin — je n'étonnerai pas peu.

Le train s'arrête, dans un affreux grincement de tous ses freins, Guillaume reçoit Irène projetée contre lui ;

dans le compartiment, un paquet tombe du filet sur les gens subitement tirés de leur sommeil ; puis le train repart, après plusieurs saccades, pour montrer aux voyageurs hébétés une vague lueur qui filtre au ras du sol, et qui leur découvre une terre plate, exténuée, toujours la même, la terre qu'ils connaissent depuis toujours, cette terre à la surface rugueuse, où l'homme se débat depuis qu'il est homme, et depuis qu'il cherche à comprendre les secrets.

— Je vais devoir vous quitter très vite, annonça Irène tout à coup.

Il fallut un moment à Guillaume pour pouvoir rejoindre sa pensée. Maintenant le train roulait lentement, dans un chaos de rails tordus, parmi des constructions écroulées : on n'était plus très loin de Paris. Irène sortait d'un demi-sommeil, ou plutôt d'une demi-torpeur entrecoupée de sourires. Guillaume avait, quelques instants plus tôt, vu s'incliner sa tête fatiguée, et avait pu la croire « partie », avec les autres, replongée dans la matrice universelle. Mais sous le couvert de ses cheveux, que déparait à peine un léger désordre, elle devait songer à ses projets. Et de cette heure de silence, de ces joues pâlies, de cet abandon chevelu, montait soudain cette parole inattendue : Irène songeait à son arrivée à Paris, et laissait prévoir à Guillaume qu'au tourniquet finirait cette dernière journée de vie à deux.

Irène l'avait habitué jadis à vivre le souffle coupé. C'était triste : cela ne prenait plus. Et il regrettait presque le temps où pour une parole semblable, il aurait senti son cœur se décrocher. Lequel des deux avait cessé d'être jeune ? Entre Irène et lui le monde avait basculé avec bruit ; quelque chose s'était déchiré. La Plage de

Scheveningen, comme les autres, était une plage minée.

La vie à deux se prolongea quand même un peu plus loin que le portillon de fer. Guillaume, intéressé, avait vu Irène changer graduellement d'attitude à mesure que le train se rapprochait de la gare où, à peine arrivés, elle courut à la consigne pour retirer d'une valise un manteau de fourrure grise dont elle se couvrit. À Paris, la « paix » avait fait des progrès. La percée allemande de janvier n'était plus qu'un souvenir, mais elle avait vidé quelques appartements, et les taxis étaient un peu plus faciles à trouver. Irène en arrêta un et donna pour adresse la rue Miromesnil. Il était tôt ; il y avait peu de circulation : le trajet s'accomplit à une vitesse que Guillaume n'avait pas souhaitée. À la sortie de la gare, Irène, malgré l'offre de ses tickets de pain, avait obstinément refusé d'avaler la moindre miette, le moindre liquide, le moindre toast. Il espérait un peu plus de succès des petits cafés de la rue Saint-Lazare, voire de la rue Miromesnil. Mais retrouvant ces façades ternies, ces rues décolorées, étroites, étouffantes, il se demandait comment Paris était possible, ou ce qui les avait fait si brusquement vieillir.

Ils avaient longé la Seine à toute allure. Irène frappait contre la vitre pour que le taxi allât plus vite. Guillaume commençait à se rendre compte qu'elle ne l'avait accepté dans cette voiture que par protection. Cependant il retrouvait des réactions de garçon bien élevé, qui ne pose pas de questions. Il ne lui demanda même pas pourquoi elle ne se rendait pas directement avenue de Sicile. Comme ils allaient s'éloigner des berges, elle eut le temps de s'émouvoir devant un arbre dépouillé, dont la cime couronnait le parapet de pierre. Ce fut court. Sans aucun doute, Irène était attendue. Le temps s'émiettait. Les gens vivaient maintenant une vie où il n'y avait plus de temps pour rien : Guillaume partait le lendemain soir vers l'est. Quand le taxi s'arrêta, la rue dans le matin gris commençait à bouillonner petitement. Il flottait au ras du sol un fin brouillard, déjà un brouillard de temps de paix. Guillaume eut à peine le loisir d'embrasser Irène. Il avait ses valises à la main ; elle les lui arracha, alla les porter dans un café où on lui remit une lettre qu'elle garda sans la décacheter et où elle refusa de s'asseoir. Ils firent quelques pas sans rien dire. Il y a des silences qui refusent les mots. Puis, sans avertissement préalable, Irène s'arrêta devant un escalier de métro, lui serra la main, — une poignée de main à la fois autoritaire et confidentielle, celle de l'officier qui vient de décorer un soldat. Guillaume eut envie de joindre les talons.

— Rendez-vous demain, n'est-ce pas ? lui cria-t-il dans un sursaut comme elle était sur les marches.

Elle se retourna, à peine surprise.

— Où donc ?

— Au café où vous avez laissé vos valises.

— Ça va.

Le luisant de sa fourrure s'effaça dans la pénombre du couloir. Elle était grise, cette fourrure, légère, aérée, pacifique comme le brouillard du matin. Un instant encore, Guillaume resta au fixe, à l'embouchure du métro, n'arrivant pas à détacher ses regards de ce trou où avait disparu Irène, et se demandant avec obstination si c'était de la marmotte ou de l'agneau des Indes.

Le lendemain, au café, il trouva une enveloppe avec un mot : « Le Miro. Ses grillades. Ses plats-minute. Bleus de Bourgogne sur commande. LAB. 78-87. Obligée de partir. Je vous écrirai. » Et un « I » souligné deux fois.

Il resta hébété devant ce morceau de papier. Le papier

étincelait comme un champ de neige, comme un pan de dune, aveuglant, à donner le vertige. Guillaume quitta le café à fond de train. Il n'eut qu'après coup le sentiment de ce qui s'était passé en lui à la vue de ce billet. La conscience lui revenait, comme après une opération. Ce fut le soir, par le titre d'un journal souillé de pluie, sur lequel il allait marcher, — un de ces journaux de la Libération au format de papier à lettres, — qu'il apprit l'exécution d'Hersent.

XXIV

Nos troupes avançaient en Alsace parmi des villes deux fois détruites. L'Allemagne leur offrit ses ferrailles tordues, son sol éventré, ses villes revenues à la nature. Des colonnes de prisonniers libérés croisaient les nôtres, avec des cris de joie pénibles à entendre. Nos convois croisaient aussi des colonnes de prisonniers allemands, et Guillaume n'avait rien connu d'aussi lourd que le silence qui se faisait alors. Il avait interrogé quelques Allemands, essayant de percer le mystère de cette race, qui sous la lueur sulfureuse de ce printemps-là paraissait, comme on disait, maudite ; mais ces interrogatoires privés ne lui révélaient rien de décisif, et il scandalisait en le disant. Son journal, — car il était tout de même parvenu à ses fins, — le priait d'envoyer des dépêches plus sensationnelles, de corser un peu les descriptions : ses lecteurs avaient besoin d'être excités, il fallait leur montrer l'Allemagne coupable, et abattue. Abattue, elle l'était, certes, et quelques-uns de ses intellectuels commençaient à la dire coupable ; mais de temps en temps, le bruit d'une fusillade insolite faisait dresser les oreilles, et l'on apprenait que les Américains « avaient dû » fusiller de petits espions de quatorze ans qui « travaillaient » à l'arrière des lignes. On disait que d'autres, aussi jeunes, se jetaient sous les chars, avec une charge de dynamite, ou des bouteilles d'essence ; et Guillaume songeait à quelques phrases dures et aux personnages des *Réprouvés,* ce livre de l'après-guerre allemande qu'Hersent avait tant reproché aux Français de n'avoir pas assez lu. À vrai dire, les perspectives étaient différentes, et le cri qui s'élevait des camps de concentration — dont on ne diffusait les nouvelles qu'avec prudence — rendait vaine la pitié que nous aurions pu éprouver pour l'ennemi, et déloyale la justice que nous aurions pu lui rendre. Les grands hommes du Reich se rendaient les uns après les autres aux Alliés, — qui les accueillaient avec des nuances dans le *shake-hand* destinées à faire sensation sur l'écran des « actualités », — et l'on voulait bien promettre au monde des châtiments exemplaires, qui ne compensaient rien. Les plus fiers n'avaient pas voulu attendre, et il n'était pas de jour que l'on n'apprît quelque suicide. La nouvelle de la mort de Hitler trouvait un certain nombre d'incrédules, un plus grand nombre encore d'indifférents. Déjà bien des gens atta-chaient tout juste à sa fin le genre d'intérêt qu'on attache à celle d'un gangster. Sa disparition laissait mieux apercevoir, derrière lui, la nation allemande, qui en devenait plus coupable. Tous les jours on annonçait la jonction des armées russes et des armées américaines ou canadiennes sur quelque point du front ; jusqu'au jour où la nouvelle fut certaine, et où les journaux américains parurent avec de gros titres. Mais sous l'en-thousiasme officiel perçait une préoccupation, un souci : nous ne faisions peut-être que changer de guerre. Le monde ne dormirait pas longtemps tranquille. Déjà disparaissaient plusieurs de ceux qui avaient joué leur rôle dans la victoire. Une nuit où Guillaume écoutait avec des camarades un concert transmis par T.S.F., l'orchestre s'arrêta brusquement au milieu d'une phrase, comme un simple disque, et une voix annonça la mort de Franklin-Delano Roosevelt. Un homme disparaît, mais un peuple continue — avec son armée, ses généraux, et ses savants plus terribles que les généraux, — et sa croissance inquiète le monde.

Tous ces événements se suivaient à une allure accélérée, et la chronologie devenait une cause désespérée. Privé de contacts étrangers pendant des années, Guillaume se précipitait sur les Américains, sur les Russes, désireux d'observer leurs mœurs, et de percer les secrets évidents de leur victoire, qui étaient le nombre et la force, ou celui de leur optimisme, qui était leur jeunesse. À Paris on continuait à condamner au petit bonheur. Les partis commençaient à compter leurs fusillés, pour se les épingler sur la poitrine, et les chiffres montaient avec les besoins de la propagande. Ceux qui n'avaient rien fait se cherchaient des raisons avouables, quêtaient l'indulgence ; quelques-uns, plus rares, se désespéraient sincèrement. Mais tout cela, et les polémiques déjà futiles autour des chefs, disparaissait dans l'horreur des dénombrements apocalyptiques, tels que de récentes informations les révélaient, des millions d'êtres rassemblés intentionnellement, et scientifiquement réduits en fumée. Mais à cela il faudrait penser plus tard. Car ce fut un des caractères de cette époque que le monde n'eut jamais le loisir de penser longtemps à la même chose. Les cadavres, d'où qu'ils vinssent, étaient emportés dans un tourbillon d'événements. La bombe d'Hiroshima, en volatilisant une ville, avec cent mille de ses habitants, volatilisait nos espoirs.

Enfin, à Oppenheim, sur le Danube, le jour de la victoire, Guillaume fut rejoint par une lettre d'Irène, vieille de trois mois, qui lui annonçait son mariage.

XXV

À peine relevé de son service, Guillaume, désireux de reprendre des occupations saines, s'informa d'une reconstitution possible de la mission française chargée des fouilles en Mésopotamie. Mais la mission avait quitté le terrain et il n'était pas question de la reformer pour le moment. On lui conseilla d'attendre, de s'armer de patience. C'était ce qu'il savait le moins faire. Un journal lui offrit de voyager, il accepta. Il venait de quitter l'Allemagne ; il en était revenu lentement, s'arrêtant, après la frontière, dans diverses villes où il pensait retrouver des amis, car de plus en plus, à travers ces événements contradictoires, l'amitié lui apparaissait comme la chose inestimable. Comme il atteignait Paris un soir et qu'il ouvrait la porte de sa chambre, à Vincennes, il eut la surprise de trouver sur le parquet une seconde lettre d'Irène. La lettre datait d'une semaine. Irène lui signalait sa présence à Biarritz, où elle était allée voir sa sœur, installée depuis peu dans une villa proche de la mer, et chez qui elle attendait son mari d'un jour à l'autre. Elle affirmait, avec beaucoup de simplicité, qu'ils seraient tous deux heureux de le voir, Laura parce qu'elle le connaissait, et Ralph, — il s'appelait Ralph, — parce qu'il ne le connaissait pas. Guillaume avait pensé, quelques mois plus tôt, qu'il ne reverrait jamais Irène. Avec la même facilité il se disposa à la revoir : tellement la simplicité est contagieuse. Il avait besoin de se reposer des misères entrevues, et tant de voyages, de traverses et d'entreprises l'attendaient, qu'il se jugea dispensé de résister à cet appel. Il pouvait de nouveau penser « nous » en pensant à Irène. Chose singulière, il songeait à ce Ralph sans humeur. Qu'il eût contresigné cette proposition le rendait plutôt sympathique. Irène avait visiblement décidé de faire entrer Guillaume dans leur amitié. Au fond c'était la signification de sa lettre. Il sembla même à Guillaume que, mariée, elle lui deviendrait plus amicale.

Il prit son temps. Il télégraphia à Irène, et, trois jours plus tard, à la tombée de la nuit, après avoir traversé cette région des Landes qui paraît si déplacée en France, il arriva à l'hôtel où il était convenu qu'on lui retiendrait une chambre. Le directeur de l'hôtel l'attendait en effet. Une lettre l'attendait aussi, qu'Irène avait crayonnée, le matin même, sur une table du vestibule. Elle annonçait à Guillaume, d'une écriture hâtive, illisible, que son mari venait brusquement d'être appelé, ou « rappelé » — on ne lisait pas bien — en Amérique, qu'il partait, qu'elle l'avait suivi. Elle lui conseillait d'aller voir Laura, qui avait, disait-elle, un « objet » — était-ce bien « objet » ? — à lui remettre, quelque chose à lui confier (confirmer ?)…

Il avait presque toujours vu Laura en passant, sauf au début, où elle accompagnait parfois Irène dans ses sorties, ajoutant à sa fantaisie un élément de souriante modération sur quoi il ne s'interrogeait pas. Quand il l'avait rencontrée, l'hiver précédent, sur ce pont, elle avait tout juste pris le temps de lui raconter, dans le courant d'air qui balayait la Seine, les plus récents événements de sa vie : son mariage, dans la première année de la guerre, la naissance de ses deux enfants, et la mort de son mari, officier dans la R.A.F., tombé en Normandie le jour du débarquement, et enterré sur le lieu de sa chute. Tous deux étaient horriblement pressés ce matin-là, il avait absorbé en même temps que les coups de vent ces nouvelles surprenantes, et n'avait plus entendu parler d'elle. Maintenant donc, il allait revoir Laura, et il avait toute la soirée pour se remémorer cette circonstance à laquelle sa vie bousculée ne lui avait plus permis de penser, et qui lui apparaissait soudain avec un nouveau relief. Car il se rappelait combien il avait été frappé. D'abord par l'imprévu, par la coïncidence de la rencontre, si peu de temps après avoir revu Irène, puis par la personne même de Laura, qui était belle et grande, avec un visage lumineux, aussi brune qu'Irène était blonde. Et aussi parce qu'elle lui avait raconté tout cela sans emphase, avec une sorte de sourire qui semblait vouloir excuser la gravité des faits ; enfin parce que de toute son attitude elle refusait les étiquettes qu'on aurait pu être tenté de lui appliquer, telles que « veuve de guerre », femme d'officier tué à l'ennemi, en ce temps où ces qualités étaient des titres. Il n'avait jamais vu un être porter ainsi son malheur, avec cet effacement, ce silence qu'elle mettait derrière les mots. Il avait écouté le récit de ces événements douloureux, tout en regardant cet éclatant visage qu'animait la chaleur des yeux, et il n'arrivait pas à rapprocher ces événements de ce visage, ni à le rapprocher d'Irène, qu'il venait à peine de quitter. Il l'avait suivie jusqu'au quai ; ils avaient fait ensemble quelques pas le long du parapet de pierres, et c'est là, en la quittant, qu'il avait pour ainsi dire découvert son visage. Elle avait donc pu, en trois minutes, lui raconter sa vie ; elle avait même eu le temps de tirer rapidement de son sac à main un petit portefeuille contenant, face à face, sous un mica, les portraits de ses deux enfants, — deux garçons naturellement, têtes bouclées, regards vifs, pareils aux enfants qu'on a en rêve. Ils avaient à peu près l'âge de la guerre : l'un trois, l'autre quatre ans. Ce qu'il ne parvenait pas à comprendre ce soir-là, c'est à quel point, malgré son malheur, malgré ce *tempo* accéléré et cette conclusion foudroyante, le destin de Laura lui était apparu, à l'entendre, à la voir, comme une réussite. Que de choses elle avait enfermées dans ces années dont il avait fait si peu, — et ces choses comprenaient la mort. Dans l'intervalle de ces cinq ans, qui comprenaient aussi la guerre, et qui lui semblaient aujourd'hui ne faire qu'une année, elle avait enfermé une vie complète de femme, et ces cinq ans composaient le plus étonnant des contes : Laura parlait de la mort d'Éric comme elle parlait de leur bonheur, sur le même ton, avec la même lumière qui refuse toute pitié. Comment avait-il pu oublier ? Il avait eu cette vision, et il s'était comporté ensuite comme s'il ne l'avait pas eue, comme si rien ne s'était passé. Aujourd'hui encore, après tout ce qu'il avait vécu, cela lui paraissait incroyable. N'importe qui connaissant l'histoire de Laura aurait conclu à une vie brisée. Guillaume lui-même, traitant ce souvenir comme s'il ne lui avait pas appartenu, inclinait à le mettre en doute, à considérer Laura comme ces sinistrées devant qui l'usage des mots est interdit : il hésitait à se présenter devant elle. D'autres raisons contribuaient d'ailleurs à cette hésitation. Renseignements pris, la villa, située hors du centre, paraissait difficile à atteindre, et probablement même à découvrir. Mais il faut bien avouer aussi que la nouvelle du départ brusqué d'Irène lui avait coupé de son entrain.

Il chercha longtemps cette villa «Atlanta» à travers les hauts quartiers de Biarritz, parmi ses édifices en pâte à bonbons, ses villas mauresques, ses petits châteaux troubadour, et ses manoirs à clochetons. Hélas, quel décor pour Irène, quel décor pour Laura, pour une femme dont le mari a été précipité du ciel, le front troué d'une balle, par un matin d'été ! Enfin, au haut d'une route qui dominait la mer, à l'extrémité de la falaise, — la dernière falaise de la côte en direction du nord — quelqu'un lui désigna la maison : une bâtisse isolée, massive, de forme hexagonale, aux murs grisâtres, avec des étagements de terrasses et des scintillements de vitres, visiblement exposée à tous les vents.

De près, son aspect délabré le renseigna : c'était celui des villas qui avaient été «occupées». Sur chacun des piliers qui soutenaient la porte extérieure, le mot «Atlanta» était largement sculpté sur un médaillon de ciment. Mais le portail de bois était tombé, le jardin dévasté, et Guillaume crut un moment qu'on l'avait trompé et que la maison était vide : car il n'y avait aucun moyen d'appel, et la porte était grande ouverte. L'impression persista à l'intérieur. Quelques marches l'avaient conduit à une vaste pièce hexagonale, aux murs complètement dépouillés, d'où partait un majestueux escalier de bois à double révolution. Sur lequel, ne voyant personne, Guillaume s'engagea. Une galerie obscure faisait le tour du premier étage, lui offrant plusieurs portes auxquelles frapper. Ses coups résonnèrent dans le silence. Il répéta la même opération à l'étage supérieur, avec aussi peu de résultat. Il continua à monter, frappant à toutes les portes, jusqu'à ce qu'il fût au fond d'un couloir, au dernier étage de la maison, et il entendait tout autour courir et gronder le vent. Une étroite fenêtre à meurtrière, qui n'arrivait pas à éclairer le couloir, lui livra un pan de ciel tumultueux, et une cascade de toits. Il revint sur ses pas ; un autre couloir, plus obscur, lui présenta plusieurs portes. Mais il parvint à l'avant-dernière sans qu'à aucune on lui eût répondu. De sorte qu'il frappa cette fois sans ménagement, et avec la conviction d'accomplir un geste inutile.

De par-delà le temps, comme si cette porte donnait sur les siècles, s'éleva le son d'une voix qui lui criait d'entrer. Guillaume fut aveuglé. Il avait sous les yeux une pièce immense, à peu près nue, une fenêtre ouverte à deux battants, toute remplie par la mer, et Laura, accroupie devant un feu de bois, en train de ranimer les bûches. Elle se leva, vint à lui avec un sourire si aisé, si convaincant qu'il fut tenté de croire, encore une fois, qu'il avait rêvé tout ce qu'elle lui avait raconté sur sa vie. Elle était mise avec ce soin qu'il n'avait connu qu'à Irène, toute en noir, une vaste jupe bien prise à la taille, retenue par une large ceinture de tissu brodé. Pourtant il ne pouvait ignorer les photographies posées çà et là, sur les rares meubles, seuls ornements, avec un tapis, de cette grande pièce ouverte sur la mer. Elle expliqua qu'elle venait de s'installer, qu'elle n'avait pas encore reçu ses meubles, qu'elle avait trouvé cette pièce à louer au haut de cette villa sans habitants.

— Un campement, vous voyez, dit-elle en souriant, ce n'est pas autre chose. Et il est probable, avoua-t-elle, que cela restera longtemps ainsi. Si du moins je puis y rester. Les existences aujourd'hui sont si peu fixées...

Un campement ? Ce n'était pas du tout l'impression de Guillaume. Il se demandait d'où venait cette paix qui l'enveloppait, cette impression qu'il était arrivé dans un havre, un refuge à l'abri du temps.

— Savez-vous qu'on ne se sent pas du tout ici dans un campement ? dit-il. Il me semble que c'est tout le contraire. Je croirais plutôt... oui, que c'est moi qui suis un campeur...

Il se disait : « Pourrait-il donc se trouver au monde quelque chose de meilleur, de plus accueillant que cette pièce remplie du bourdonnement de la mer, avec sa fenêtre ouverte, avec cette femme qui veille sur le feu ? Et a-t-on besoin d'autre chose ?... » Il débordait de sentiments vagues, de désirs d'apaisement, d'acquiescement, d'entente. Il aurait voulu communiquer tout cela à Laura.

— Je croyais... commença-t-il. Oui, figurez-vous — mais vous le savez certainement — qu'un hasard m'a fait connaître l'appartement que vous avez à Paris. J'ai dû y passer une heure ou deux, l'an dernier, au moment où... C'était une chose exquise... Mais ceci !...

— J'ai quitté la maison, dit-elle. J'ai tout vendu. Ne vous imaginez pas... Je suis venue ici pour travailler, — pour gagner ma vie, soyons précise.

— Vous avez quitté votre appartement de Paris ? s'écria Guillaume.

— Oui. Je n'y reviendrai pas.

Il songea, avec une satisfaction un peu cruelle, que plus rien n'existait, matériellement, de cette heure vécue avec Irène, avenue de Sicile, des instants de leur revoir, que tout en était dissipé, comme après un bombardement. La vie l'avait habitué à ces brusques dévastations, et il put admirer chez Laura ce qu'il avait souvent admiré — et quelquefois déploré — chez Irène, cette aptitude à faire table rase, qui décidément semblait être un trait de famille. Ces femmes avaient une aisance incroyable à rejeter ce qui, pour une raison ou pour une autre, ne leur convenait plus. Mais la raison pour Laura était trop claire, et il dut reconnaître que ses décisions ne relevaient pas du caprice. Et cette réflexion le saisit au moment même où il la faisait : car n'en avait-il pas été ainsi, bien souvent, avec Irène ?... Là où il avait cru à des caprices, n'y avait-il pas au contraire un mouvement irrésistible, une sorte de fuite en avant, vers des positions plus périlleuses ? Ne fallait-il pas lui rendre cette justice, et cette idée ne transformait-elle pas complètement l'idée qu'il avait pu se faire de sa conduite dans le passé ?

Ils continuèrent à parler quelque temps, avec cette discrète mais extrême liberté qui fait tout le charme des propos. Laura, qui déjà s'affairait autour d'un samovar de cuivre, — unique rescapé, disait-elle, de son appartement de Paris, — lui avait donné à choisir entre un fauteuil de toile et un modeste divan de jeune fille, privé de coussins, et dont la nudité s'accordait avec la nudité des murs. Ce divan lui rappelait ceux d'Irène, au temps où il allait la voir dans ces petites chambres meublées qu'elle avait successivement occupées dans Paris, mais où du moins, à peine entrée, elle épinglait hâtivement quelques reproductions de la Grèce archaïque, qui ne feraient qu'un temps, pour se donner l'impression d'être chez soi. Tandis qu'il continuait à échanger avec Laura des répliques fort peu conventionnelles, ses regards ne cessaient d'aller vers les quelques photographies posées sur les meubles. Il y en avait trois, de même format, de grandes images très simples, même pas encadrées, des agrandissements de photographies d'amateur : le mari, dans son uniforme d'aviateur, les enfants, une tombe à l'orée d'un bois. Guillaume n'avait pas besoin d'interroger Laura. Il suffisait de voir sur la photographie la netteté de ce visage d'homme, ces yeux clairs, pour tout comprendre. Une même expression de droiture invincible se dégageait des visages distincts de cet homme et de cette femme, et de ces têtes bouclées, ces têtes d'enfants presque du même âge. Laura continuait à lui parler paisiblement, et il écoutait cette voix chaude, aux intonations stimulantes, qui paraissait être la voix d'une femme heureuse. « Veuve à trente ans, avec deux enfants. » Rien comme l'exemple qu'il avait sous les yeux ne prouvait à quel point les catégories sont vaines, à quel point les êtres sont peu définis par leur situation. Il s'aperçut que, sans le chercher, il avait trouvé avec Laura une de ces conversations sans lacunes, si séduisantes par leur aisance, par tout ce qu'elles atteignent en passant, comme il en avait toujours eu si facilement avec Irène. Certes elles étaient aussi différentes que possible dans leurs façons d'être, mais elles avaient probablement quelque chose de commun : elles étaient *vraies*. Soudain il lui souvint d'une visite — l'unique — que Laura avait faite chez lui, à Paris, il y avait si longtemps, dans les débuts, en compagnie d'Irène : la troublante impression qu'il avait eue, en les voyant entrer ensemble ; et même, un court moment, l'extraordinaire hésitation qu'il avait éprouvée. Qu'après avoir perdu Irène, il pût se trouver là maintenant, et qu'il n'y eût rien de sombre dans ses pensées, c'était encore plus étrange. Se hasarderait-il à parler d'Irène ? Il attendait que Laura lui dise de quelle commission, de quel message, de quel gage elle était chargée, et elle ne semblait s'en préoccuper aucunement. Mais pourquoi venait-il de se dire qu'il avait « perdu » Irène ? Non, il n'avait jamais eu davantage peut-être le sentiment de l'avoir *trouvée*. De sorte que, venant en contradiction avec la certitude qu'il avait ressentie à son entrée dans le petit appartement de Laura, certitude du havre définitif, à peine était-il assis sur ce divan inconfortable, appuyé sur les coudes, il comprenait que sa visite était finie. Il se leva, revint vers les photographies, qu'il regardait tout en parlant d'autre chose, sans aucune gêne toutefois, et sans chercher à dissimuler l'extrême intérêt qu'il y prenait. L'une d'elles, qui était posée sur la cheminée, l'attirait plus que les autres. Il aurait voulu être seul un moment pour pouvoir se taire, et la regarder à loisir.

À l'endroit même où, à l'aube du vingt juin, s'était écrasé l'avion piloté par le mari de Laura, à l'orée de ce bois, dans l'herbe, on avait dressé une croix de pierre. Il n'y avait pas même un tertre, mais cette croix toute nue, en forme de croix de guerre, avec un simple nom, gravé sur la pierre. À côté de la croix, la photographie représentait Laura assise dans l'herbe, entourée de ses deux enfants, et rien en ce monde n'avait jamais autant surpris Guillaume que cette jeune femme souriante, entourée de ces merveilleux enfants, assise paisiblement, familièrement, auprès de cette tombe. On ne songeait même pas qu'il avait dû y avoir quelqu'un pour prendre la photo, et cette idée ne vint effectivement à Guillaume que beaucoup plus tard. Il était beaucoup trop en train, pour pouvoir faire pareille réflexion, de prendre conscience de son erreur. Car il avait toujours pensé que les morts sont nos ennemis, que nous ne pouvons supporter sans hypocrisie leur voisinage, — et il se rappelait tout à coup avec une sensation de profond arrachement, comme s'il s'était agi d'un événement d'une autre vie, ce petit « cimetière des Anglais », cet enclos dérisoire devant lequel il avait causé à perte de vue, l'année qui avait précédé la guerre, avec un homme qui aujourd'hui venait d'entrer si violemment dans la foule des morts. Or cette familiarité de Laura, cette façon aimable, flatteuse, de traiter la mort le déroutaient comme une considérable nouveauté. Il s'étonna d'avoir pu parler toute une nuit, comme il l'avait fait avec Irène, de la mort comme d'une chose épouvantable ; et il se demanda s'il s'agissait de la même mort. Il se demanda aussi pourquoi les hommes faisaient tout ce qu'ils pouvaient pour se rendre la mort hideuse : jusqu'à en faire une punition, — le suprême châtiment!... Il se retourna vers Laura : ses yeux brillaient, mais il n'y avait en eux aucun éclat trouble, aucune lueur de défection, aucune larme prête à tomber, rien que la lucidité la plus pure.

— Cette pièce, dit-il... Cette maison... C'est tout à fait merveilleux.

— Merveilleux, dit-elle, je ne sais pas. Ces vieilles baraques sont plutôt bizarres. Mais je reconnais que cette pièce est agréable. Et lumineuse, n'est-ce pas?

— Oui, dit-il. C'est cela. Si lumineuse! Cette grande fenêtre... Voyez-vous, j'adore les fenêtres ouvertes et les feux de bois.

— La dernière flambée de l'année, sans doute, dit-elle. C'est curieux, il y a encore des jours froids.

Ils avaient eu le même sourire : ce geste de couveuse de feu, de servante du foyer où il l'avait surprise, comme c'était *elle*!... Il vit que tout était immédiatement compris par elle, et passé sous silence : cela aussi était merveilleux. Comment avait-il pu hésiter à venir?...

— Mais, dit-elle, avez-vous bien vu la mer?...

Alors, tandis que derrière eux montaient les flammes du foyer, il suivit la jeune femme vers la porte-fenêtre. La salle se prolongeait par un bow-window à plusieurs pans, lequel s'ouvrait lui-même sur une large terrasse, limitée par une balustrade de pierre. Ces fantaisies avaient leurs avantages. La terrasse dominait ce que l'on pouvait voir de la ville, quelques toits épars sur la pente qui descendait vers une plage invisible, séparés les uns des autres par des envolées de tamaris. La mer était nue et gonflée. Au loin, vers le nord, la côte s'affaissait dans une clarté confondue de sable et de dune, sur laquelle

se dessinait finement une ligne d'écume presque inin-
terrompue. À peine Guillaume s'était-il approché de
la balustrade, il fut subjugué : cette légère courbe du
rivage, ces rouleaux des vagues, ces colonnes de nuages
dont le vent menaçait perpétuellement l'équilibre, cette
fuite interminable des sables, leur douceur fauve contre
l'éclat blanc et secret de la dune, — il connaissait tout
cela, et tout cela était bien réel. Il lui semblait même
que cette plage devenait la seule réalité de sa vie. Il savait
qu'il ne resterait pas dans cette ville, que les minutes lui
étaient comptées, que ses tâches d'homme l'appelaient
vers les coins les plus différents du monde. Il savait tout
ce qui l'avait fui, mais rien n'émerveille comme ce qui
demeure. Dans sa fuite même, Irène lui donnait cette
réalité à saisir. Il était impossible de lui en vouloir.

Guillaume revint vers le fond de la pièce, se proposant
pour aider Laura. Ils parlèrent des enfants, des soucis
quotidiens, de l'école. Elle l'entretint de son métier :
Laura soignait les visages ; c'est-à-dire qu'elle avait
repris, après la brève parenthèse de sa vie conjugale, le
métier que Guillaume lui avait connu avant la guerre,
— de sorte qu'il la retrouvait seule et la même, avec ces
deux enfants qu'il n'avait pas connus, comme s'ils lui
étaient venus par miracle.

Laura passait devant la fenêtre, s'y arrêtait. Guillaume
connut cette grande forme vêtue de noir, presque trop
belle dans sa chair éclatante, en même temps que la
ligne haute et grise de la mer. Il était déjà prêt à repartir,
et peut-être ne reverrait-il plus Laura, de même qu'il ne
reverrait plus Irène. Pourtant il venait d'atteindre ici un
de ces points mystérieux où notre vie trouve une
ouverture. La pièce où vivait Laura débouchait sur un
espace double. Cette plage qu'il apercevait au loin, où
sans doute il n'irait jamais, c'était celle où avec Irène il

avait été dix ans plus tôt, — celle où ils avaient passé la nuit côte à côte en compagnie d'un condamné à mort. Et il fallait admettre que le monde était divisé, que la moitié des hommes s'efforçaient à la haine, car la vengeance aussi est éternelle, et le travail de tuer est sans fin. Demain il allait retomber dans ce que les gens qui aiment vider les mots de leur sens appellent bassement « la vie ». Peut-être savait-il un peu mieux où était la vie, et ce qui vaut la peine d'être vécu. Il ne désirait de puissance que celle de la conscience. Et il aurait voulu transmettre à d'autres la lueur qui avait brillé un instant à ses yeux, — car il n'y a que des instants, et ils sont vite évanouis, — sur la courbe argentée de cette plage déserte, sur cet affrontement de terre et d'eau, si lointains déjà et si effacés par la brume, qu'il croyait les apercevoir dans le verre d'un télescope.

Il regardait ce paysage, adressait un mot à Laura — en train de nourrir le feu, le buste penché, de ses gestes tendres, un peu distants, — puis revenait aux photographies. Quelle stupidité c'eût été de ne pas avoir l'air de *voir* tout cela, de *voir* Laura, de ne pas reconnaître qu'il vivait un moment de profond amour. Quelle stupidité déjà de ne pouvoir le dire, le proclamer tout haut.

— Et dire, soupira-t-il, que j'ai failli ne pas venir !...
Elle se tourna vers lui d'un seul mouvement.
— Et pourquoi ?...
Mais cela encore était trop difficile à formuler.
— Vous n'avez pas idée du mal que j'ai dû me donner pour trouver cette villa !...
— *Nous* avons eu confiance dans votre sens de l'orientation, dit Laura avec un sourire, en se redressant. C'eût été bien mal de ne pas venir... Et elle ajouta, sur un ton à peine plus grave : Irène était si heureuse à l'idée que vous viendriez...

DU MÊME AUTEUR

Aux Éditions Gallimard

SILOÉ.

LE VENT NOIR.

DICKENS.

LA RUE PROFONDE.

LA PLAGE DE SCHEVENINGEN (L'Imaginaire n° 106).

L'INVITATION CHEZ LES STIRL (L'Imaginaire n° 325).

L'AVENUE.

Chez d'autres éditeurs

G.R. LE LIVRE DE LA HAINE, *La Part commune.*

BALEINE, *Actes Sud.*

UNE GRANDEUR IMPOSSIBLE précédé de L'HOMME NU de Didier Sarrou, *Finitudes.*

SILOÉ, *Points-Seuil.*

LA RUPTURE. Carnets 1937-1940, *Séquences.*

LA RUE PROFONDE suivi de POÈMES À TROIS PERSON-NAGES, *Le Dilettante.*

LE RESCAPÉ. Carnets nov. 1949-mars 1951, *Séquences.*

BALEINE suivi de L'INTELLECTUEL DANS LE JARDIN et de BAL À ESPELETTE, *Actes Sud,* coll. Babel.

POÈMES, *Actes Sud.*

TROIS PRÉFACES À BALZAC, *Le Temps qu'il fait.*

LA CONFÉRENCE, *Séquences.*

LE JOUR QUE VOICI, *Séquences.*

BAL À ESPELETTE : LETTRES TROUVÉES, *Actes Sud.*

SCÈNES DANS LE CHÂTEAU, *Actes Sud.*

LE GUIDE DU VOYAGEUR, *Séquences.*

Achevé d'imprimer par Dupli-Print
à Domont (95) en décembre 2016.
Dépôt légal : décembre 2016.
Premier dépôt légal : avril 2009.
Numéro d'imprimeur : 2016121445.
ISBN 978-2-07-023114-0/Imprimé en France.

315649